Olaf Thumann

Die Saga der vergessenen Stadt

Teil-1
Der Clan der Asen

© 2024 Olaf Thumann
Verlag: BoD · Books on Demand GmbH, In de Tarpen 42,
22848 Norderstedt, bod@bod.de
Druck: Libri Plureos GmbH, Friedensallee 273,
22763 Hamburg
ISBN: 978-3-7693-5503-1

Gewidmet all jenen Menschen, die sich bisweilen fragen, ob es den Menschen in der Vergangenheit besser ging, als uns Heute. Es waren damals andere Zeiten, andere Umstände und grundsätzlich andere Ansichten und Lebensauffassungen … und je weiter man in der Geschichte zurück geht, desto verschiedener sind gewisse Probleme, während andere Dinge noch immer im Prinzip gleich geblieben sind.

Manches hat sich zum Vorteil verändert, andere Dinge jedoch betrachten viele Menschen heute leider vergessene Tugenden.

Jeder Mensch möge selbst urteilen, was er oder sie, als erstrebenswert ansehen mag.

Gleich geblieben seit Urzeiten sind jedoch vor allem die Prinzipien von Liebe, Lust und Leidenschaft!

Covergestaltung, Karten und Illustrationen: Olaf Thumann

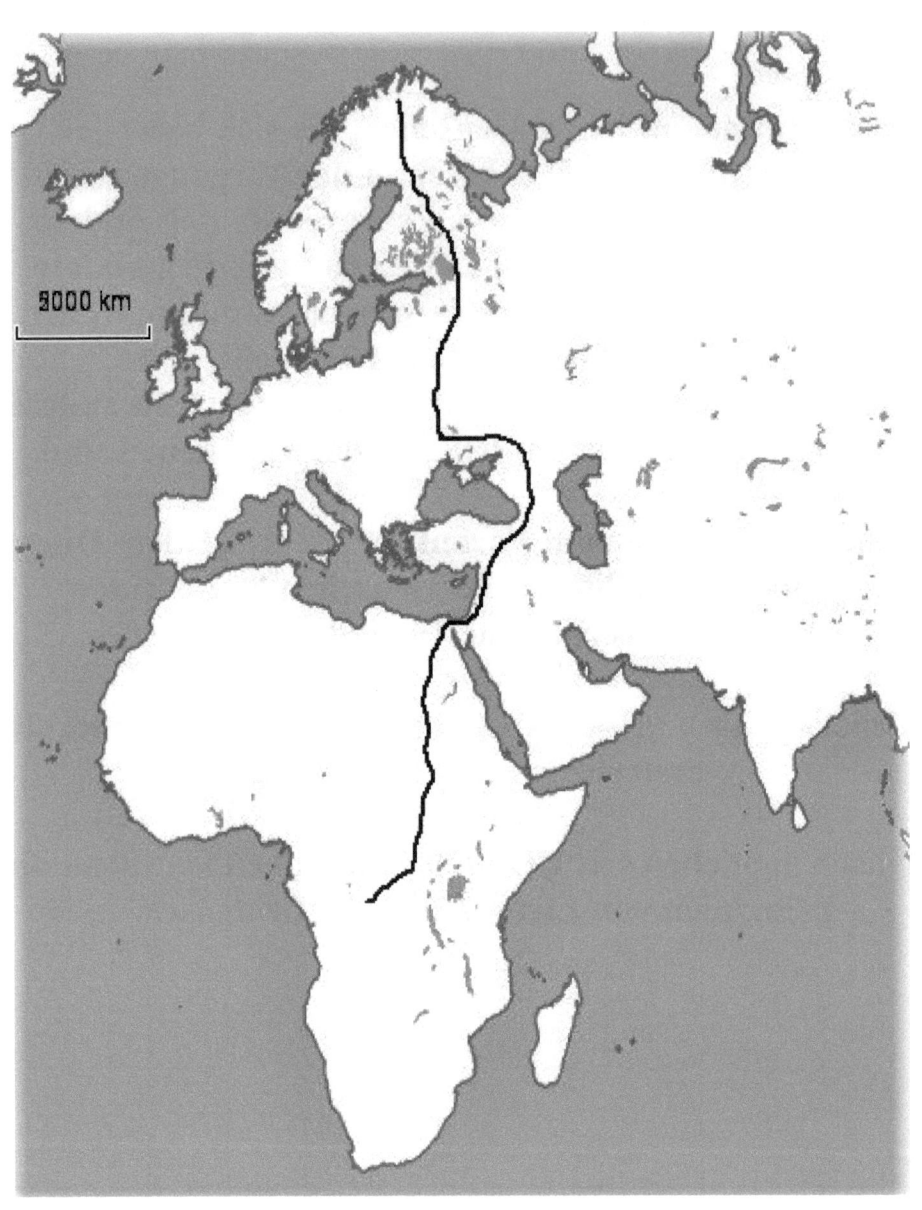

Die Reiseroute des Clans

Vorwort

Im eisigen Norden, wo die Winter lang und die Sommer kurz waren, lebten die frühen skandinavischen Clans in einer rauen, von Naturgewalten beherrschten Welt. Diese Clans formten eine enge, von alten Traditionen geprägte Gemeinschaft, die einem unverrückbaren sozialen Gefüge folgte. Um das Jahr 500 v. Chr. (in der Zeit, in der dieser Roman handelt) bestand die Gesellschaft im hohen Norden aus einer Vielzahl kleiner Sippen und Clans, die verstreut in den Tälern des Festlandes und entlang der Küsten lebten. Weit entfernt und zumeist auch abgeschieden von der Umwelt und von den Einflüssen der südlicheren, sesshaften Hochkulturen. Diese Menschen lebten von Jagd, Fischfang und dem begrenzten Ackerbau, den das kalte, unbarmherzige Klima zuließ. Die wenigen fruchtbaren Landstriche waren heilig und wurden wie ein Schatz gehütet, während das Land ringsherum aus Fels und Eis bestand. Eine für uns heutzutage unwirtliche Wildnis, die zwangsläufig die Stärke und Entschlossenheit ihrer Bewohner formte.

Das Leben in einem Clan bedeutete Sicherheit und Zugehörigkeit in einer Welt, die sowohl stark durch äußere Bedrohungen als auch durch innere Konflikte und Auseinandersetzungen geprägt war. Die Clans bestanden überwiegend aus engen Verwandtschaftsgruppen, die sich um einen Häuptling sammelten, der aufgrund seines Alters, seiner Stärke oder seiner Weisheit über die Gruppe herrschte. Dies war keine bloße Vererbung, sondern eine Rolle, die durch Mut und Geschick verdient werden musste. Der Häuptling, auch *Gode* genannt, war nicht nur ein Krieger und Führer, sondern oft auch ein Vermittler mit den Göttern und Geistern der Natur. Die Religion der Clans war tief in den uralten Mythen verwurzelt. Teils blutige Rituale und Opfergaben waren Bestandteil ihres täglichen Lebens.

Neben dem Häuptling hatte der *Thulr* eine bedeutende Rolle. Er war der Weise des Clans, der die Mythen und Gesetze kannte und überlieferte. Er hütete das Wissen der Ahnen, die Geschichten der Vergangenheit und die Gebote, die das Zusammenleben der Menschen regelten. So war der Clan wie ein kleines Reich, in dem sich alles um die Erhaltung und das Wohl der Gruppe drehte und letztlich das Überleben seiner Mitglieder sicherte. Jeder Einzelne kannte seinen Platz und seine Aufgabe. Die Krieger und Jäger stellten die Schutzmauer des Clans dar, während die Frauen oft das Wissen der Heilkunst und der Nahrungsvorräte hüteten und die nächste Generation auf die Rolle im Clan vorbereiteten. Es ist überliefert, dass auch die Frauen dem Waffenhandwerk nachgingen und in den grimmigen Schlachtreihen ihren Platz fanden.

Diese archaische Gesellschaft war jedoch nicht statisch. Der Mut und die Entschlossenheit eines Einzelnen konnten ihn zu einem Helden machen, der Ansehen und Macht errang. Die Clans führten regelmäßig Raubzüge gegen benachbarte Stämme und Clans, um den Wohlstand zu sichern und ihre Stärke zu demonstrieren. Ständige kleinere Kriege und Scharmützel waren üblich. Das Leben und der Reichtum waren flüchtig, und die knappen Ressourcen machten Überfälle zur Normalität. Dabei stand der Gedanke der Ehre im Mittelpunkt. Wer durch Mut und List Ruhm errang, der gewann den Respekt seiner Gemeinschaft und galt als Vorbild für die Nachkommenschaft. Zudem galten derartig herausragende Menschen als von den Göttern berührt und in deren Gunst stehend. Im Mittelpunkt dieser archaischen Gesellschaft standen die Götter, denen tiefe Verehrung entgegengebracht wurde. In dieser rauen und teils sogar brutalen Kriegergesellschaft waren begriffe wie Zusammenhalt, Mut, Ehre, Treue und Loyalität die Grundpfeiler, auf denen ihre Gesellschaft basierte.

Die frühen Nordmänner hatten nur sehr vage Vorstellungen bis gar keine Kenntnis, von den sagenhaften Reichen und Städten, die weiter im Süden existierten. Zumeist wurden derartige Geschichten als Aufschneiderei betrachtet und belächelt. Doch wie in den rauen Tälern und Siedlungen Skandinaviens so erzählte man sich auch in anderen Teilen der Welt von sagenhaften Städten und großen Reichen, die irgendwo in der weiten Ferne existierten. Afrika, der mystische Kontinent im Süden, beherbergte seine eigenen Geheimnisse und Zivilisationen, die Wissenschaftlern bis heute noch Rätsel aufgeben. Unter den Geschichten über die sagenhaften Reichtümer und untergegangenen Städte sind jene über das Reich von Ophir und die Minen von König Salomon wohl die bekanntesten.

In den Schriften, Überlieferungen und Erzählungen ist Ophir ein Land, das von unermesslichem Reichtum gesegnet war. Ein Ort, der Gold im

Überfluss hatte und exotische Schätze beherbergte, die bis ins Heilige Land und zu König Salomon gebracht wurden. König Salomon, der weise Herrscher des biblischen Israels, soll Gold und edle Hölzer aus Ophir bezogen haben, und es wurde sogar gesagt, dass sein Tempel mit diesem kostbaren Meterial errichtet wurde. Diese Minen, ein Quell von Mythen und Spekulationen, liegen angeblich irgendwo in finstersten Teil von Afrika. Manche Historiker und Abenteurer vermuten, dass sie irgendwo im südöstlichen Teil Afrikas existierten. In Regionen, die heute in Zimbabwe liegen könnten, in der Nähe der großen Steinstrukturen von Groß-Simbabwe.

Doch das Reich von Ophir ist nur eines von vielen Mysterien. Manche Theorien deuten auf die Möglichkeit einer bisher unentdeckten Stadt tief im Dschungel des heutigen Kongo hin. Diese unzugängliche Region, geprägt von undurchdringlichem Wald, von gewaltigen Flüssen und dichten Baumriesen, könnte dereinst möglicherweise die Heimat einer verlorenen Zivilisation gewesen sein, deren Hinterlassenschaften einfach von heutigen forschern und Wissenschaftlern noch nicht entdeckt wurden. Der Kongo, ein Gebiet von unbeschreiblicher Wildheit und Isolation, hat bis heute seine Geheimnisse vor der Welt bewahrt. Seine dichten Urwälder, die kaum vom Menschen erschlossen sind, bergen die Erinnerung an uralte Stämme und vergessene Reiche. Vielleicht, so wird spekuliert, könnten hier in den Tiefen des Waldes Ruinen verborgen liegen. Überreste eines Reiches, das einst Handel trieb, Kriege führte und sich selbst als Mittelpunkt der Welt ansah ... Oder aber von den umgebenden Stämmen und Völkern als solcher angesehen wurde.

Die Vorstellung einer Stadt inmitten des Kongo-Dschungels, die jetzt schon seit Jahrtausenden unter den dichten Baumwipfeln verborgen liegt, ist faszinierend. Solch ein Ort wäre unter anderem auch ein Zentrum des Handels gewesen, in dem Gold, Elfenbein und exotische Schätze ausgetauscht wurden. Vielleicht gab es prächtige Tempel und Paläste, die vielleicht mit den bunten Federn seltener Vögel und glänzenden Steinen geschmückt waren, während ihre Bewohner von den Ressourcen des Urwalds lebten und eine Kultur schufen, die so komplex und kunstvoll war, dass sie die Geschichtsbücher hätte füllen können.

Die meisten dieser Theorien sind natürlich reine Spekulation, doch es ist nicht auszuschließen, dass der dichte Wald des Kongos Spuren einer Zivilisation birgt, die einst blühte und später unterging, verschlungen von der unerbittlichen Natur oder zerstört durch Kriege mit den benachbarten Stämmen und Völkern. Es gibt Berichte und Legenden über Händler und Entdecker, die Hinweise auf eine verlorene Stadt gesehen haben wollen, von Eingeborenen geführt, die das Geheimnis ihrer Vorfahren hüteten. In diesen Geschichten erzählen die Alten stets von einem Ort, wo einst ein mächtiges Reich existierte, dessen Bewohner anders waren als die umgebenden Völker und sich zum Herrscher über Mensch und Natur aufgeschwungen hatten. Menschen, die über geheimes Wissen verfügt haben sollen und nicht aus Afrika stammten sondern aus weiter Ferne.

Selbst der Kongo-Fluss, der wie eine lebensspendende Schlange durch das Herz Afrikas fließt, könnte in dieser Erzählung eine Rolle spielen. Inmitten des dichten Waldes, wo die Flüsse stets als Lebensadern dienen, könnten Städte entstanden sein, deren Bewohner die Kraft der Ströme zu nutzen wussten und in friedlicher Koexistenz mit dem üppigen Grün lebten.

Doch wie bei vielen untergegangenen Zivilisationen stellt sich auch hier die Frage: Warum sind diese Städte irgendwann untergegangen und was hat sie letztlich in die totale Vergessenheit gerissen? War es der Einfluss äußerer Eroberer, waren es Naturkatastrophen, oder lag der Untergang in der Kultur selbst? Vielleicht lieferte sich die Stadt einen Kampf mit der unerbittlichen Natur und verlor diesen dann irgendwann gegen den unaufhaltsamen Vormarsch des Dschungels. Der Regen, der über die Jahrtausende hinweg das Land überschwemmte und fruchtbar machte, könnte zugleich die Mauern der Stadt geschliffen und die Zeichen der Zivilisation verwischt haben, bis nichts mehr als die Wurzeln und Stämme der Bäume übrig blieben.

Die Frage, ob diese Zivilisation jemals gefunden wird, bleibt eine der großen Geheimnisse der Geschichte. Doch solange die Dschungel des Kongos unberührt und unerkundet bleiben, bleibt die Hoffnung, dass eines Tages die Ruinen einer vergessenen Stadt ans Licht kommen, eine Stadt, die vielleicht auch über Jahrhunderte hinweg Handel mit dem sagenhaften Ophir trieb, die an die Minen von König Salomon reichte und die den goldenen Glanz Afrikas weit in die Welt hinaus trug.

In den Jahren zwischen 1000 v. Chr. und 500 n. Chr. entstand in Afrika eine Vielzahl hochentwickelter Kulturen und Städte, die heute oft nur als Ruinen oder durch historische Berichte existieren. Diese Zivilisationen prägten teils entscheidend die Geschichte Afrikas und entwickelten florierende Handelsnetze, beeindruckende Architektur und tiefgründige kulturelle Errungenschaften.

In Nubien, südlich von Ägypten, blühte das Königreich von Kusch, dessen Einfluss vom 10. Jahrhundert v. Chr. bis ins 4. Jahrhundert n. Chr. reichte. Die Hauptstadt Meroë, bekannt für ihre Pyramiden und Tempel, wurde damals ein bedeutendes Handelszentrum und erlebte eine eigene kulturelle Entwicklung, die sich von Ägypten unterschied. Die Kuschiten verehrten den Gott Amun und pflegten eine verblüffende Schriftkultur, die heute in Form von Inschriften überliefert ist. Sie kontrollierten den Handel entlang des Nils und verarbeiteten Eisen, was sie technologisch auf eine Stufe mit anderen Hochkulturen der damaligen Zeit stellte.

Karthago, an der Küste des heutigen Tunesiens gelegen, wurde um das 9. Jahrhundert v. Chr. von phönizischen Siedlern gegründet und entwickelte sich zu einer der mächtigsten Städte des Mittelmeerraums. Zwischen dem 6. und 3. Jahrhundert v. Chr. wurde Karthago zu einer Handelsmacht und rivalisierte schließlich erbittert mit Rom. Die Karthager kontrollierten Handelsrouten, die sich über das Mittelmeer bis an die Westküste Afrikas erstreckten und betrieben Handel mit Gold, Silber, Zinn und anderen wertvollen Ressourcen. Nach den Punischen Kriegen wurde Karthago 146 v. Chr. von den Römern völlig zerstört. Doch die Legende und der Einfluss der Stadt leben weiter. Die Ruinen von Karthago sind heute eine touristische Attraktion, die jedes Jahr von zehntausenden Menschen besucht werden

Im heutigen Äthiopien und Eritrea lag das Königreich Aksum, das vom 1. Jahrhundert v. Chr. bis ins 7. Jahrhundert n. Chr. existierte und als eine der wichtigsten afrikanischen Zivilisationen gilt. Aksum wurde zu einem Zentrum des internationalen Handels, das mit Rom, Indien und sogar Persien in Verbindung stand. Die Monumente von Aksum, darunter die monolithischen Stelen und Grabstätten, sowie der Obelisk von Aksum, gehören noch heute zu den wohl beeindruckendsten archäologischen Zeugnissen dieser vergangenen Zeit. Aksum nahm das Christentum an und beeinflusste die spätere äthiopische Kultur erheblich. Noch heute ist der Einfluss dieser untergegangenen Hochkultur spürbar.

Im Herzen der Sahara, in der Region des heutigen Libyen, lebten die Garamanten, ein Volk, das etwa im 5. Jahrhundert v. Chr. bis zum 5. Jahrhundert n. Chr. bekannt war und ihre Region dominierte. Sie entwickelten ein komplexes Bewässerungssystem, das ihnen ermöglichte, in der Wüste Landwirtschaft zu betreiben und Städte wie Garama zu errichten. Die Garamanten handelten umfangreich mit dem relativ nahen Mittelmeerraum und trieben Karawanenhandel durch die Sahara, was sie zu einer einflussreichen Kultur in dieser Region machte.

Obwohl es erst später, im 11. Jahrhundert n. Chr., aufblühte, verdient auch Groß-Zimbabwe Erwähnung. Die Ruinen dieser steinernen Stadt im heutigen Simbabwe bestehen aus massiven Mauern und Türmen und stellen ein architektonisches Meisterwerk dar, das für die nachfolgenden afrikanischen Zivilisationen von zentraler Bedeutung wurde. Forscher und Wissenschaftler sind noch heute begeistert, über Funde, de dort gemacht werden und uns einen tieferen Einblick in diese Kultur geben können.

Diese Zivilisationen und Städte waren und sind Zeugnisse von Afrikas Reichtum und Vielfalt und belegen den Einfluss, den der Kontinent über Handelsrouten und kulturellen Austausch hinaus auf die Weltgeschichte hatte. Jede dieser Städte und Kulturen erzählt von einem besonderen Umgang mit den natürlichen Herausforderungen und den Ressourcen, die in einer Zeit der Blüte führten und danach in die Vergessenheit gerieten.

Unsere Geschichte basiert auf der Spekulation, ein Volk aus einer fernen Region sei in das finstere Herz von Afrika eingewandert und habe sich dort eine neue Heimat erschaffen. Dies wird sicherlich nicht immer nur friedlich geschehen sein. Die Kernelemente der Menschheit selbst jedoch sind seit Urzeiten vorhanden und wir finden sie auch heute.

Liebe, Leidenschaft, Mut und Zusammenhalt.

Man sollte beim lesen dieses Romans jedoch nicht außer Acht lassen, dass zu den damaligen Zeiten völlig andere Vorstellungen von Moral existierten, als dies heute für uns geläufig ist. Ein Menschenleben war damals weniger Wert, in den Augen der Menschen.

Der nachfolgende Roman spielt in der Zeitepoche, kurz bevor Alexander der Große seinen Siegeszug gegen das Großreich der Perser begann und weite Teile der damals bekannten Welt eroberte. (Ab 334 v. Ch.)

Dies entspricht, in diesem Fall, der Zeitschreibung von etwa 340 v.Ch, in der dieser Roman angesiedelt ist, also kurze Zeit bevor Alexander der Große das damals existierende Weltbild grundlegend veränderte.

Taucht nun ein, in eine Welt aus Liebe, Lust und Leidenschaft … In der Zeit, als die Welt noch jung war.

1.

In den hohen, uralten Bergen des Nordens, wo das endlose Eis in scharfen Spitzen zum Himmel aufragt und der kalte Wind wie das Heulen verlorener Geister durch die Täler fährt, waren die Krieger des Clans in jener eisigen Dämmerung aufgebrochen, die das Ende des Winters einleitete. Es war eine Zeit, in der das Land, vom Griff des Winters langsam befreit, unter der noch zaghaft wärmenden Sonne wieder zu atmen begann. Schon bildeten sich Rinnsale auf den Hängen, und die stillen Wasser am Fuß der Berge begannen sich zu rühren. Doch auch wenn die Winde sanfter wurden und das Eis langsam schmolz, barg diese letzte Kälte eine trügerische Stille und Urgewalt. Eine Täuschung, die dem Clan zum Verhängnis werden sollte.

Die Krieger waren ausgezogen, um nach uraltem Brauch ihre Nachbarn anzugreifen. Die Stämme und Clans in dieser kargen Region lebten in einem unerschütterlichen Kreislauf von Angriff und Verteidigung, Raub, Kampf und Flucht. Die weiten Reisen durch das winterliche Ödland, durch knöcheltiefen Schnee und beißende Kälte, waren Mutproben für die jungen Männer und Krieger, die noch immer an den Legenden ihrer Ahnen gemessen wurden. Die Alten der Clans erzählten am lodernden Feuer von heldenhaften Beutezügen, von Siegen, die weit über das Land hinaus besungen wurden. Einmal mehr sollte sich die Stärke des Clans in der Kälte des Winters beweisen, während sie auf Beutezug waren.

Sie kehrten zurück, schwer beladen mit Beute und ihre Stimmen hallten über die Pässe, als sie sich ihrem Heimweg näherten. Doch dann, als sie durch ein enges, schmale Tal zogen, fiel eine tödliche Stille über die Männer. Der Schnee unter ihren Füßen, der zuvor nachgab und knirschte, schien nun fest, seltsam angespannt. Ein Zittern durchlief die Erde, ein dumpfes Beben, das die Luft erzittern ließ.

Dann geschah es. Ein Knirschen, so tief und so grollend wie das Brüllen eines Ungeheuers aus den uralten Tiefen der Erde. Der Schnee begann zu rutschen, erst leise und langsam, dann lauter und schneller, bis das Tal selbst zu beben schien. Die Schneewände der Berge, die sich hoch über ihren Köpfen erhoben, begannen zu brechen und dann, in einem einzigen gewaltigen Ruck, stürzte die Lawine. Mit unerbittlicher Wucht donnerte sie herab, eine weiße Flut aus Eis und Felsbrocken, die die Männer mit einem einzigen Schlag zum Schweigen brachte.

Das Tal

Nur fünf ältere und erfahrene Krieger, die als Vorhut vorausgeschickt waren, um einen Lagerplatz zu suchen, entgingen dem Tod. Sie sahen die Lawine kommen, sahen das tosende, wütende Weiß, das alles in sich verschlang, was sich ihm in den Weg stellte. Die Gewalt der Lawine war überwältigend, ein Chaos aus rasenden Schneemassen, scharfem Eis und zerschmetterndem Stein, das ihre Kameraden in Sekundenbruchteilen unter sich begrub.

Reglos standen die fünf Überlebenden, starrten in die Ferne, wo sich das Donnern langsam legte und jetzt nur eine unheimliche Stille zurückblieb. Die Welt, die eben noch von Rufen und Gelächter der Krieger erfüllt gewesen war, lag nun in einem unheilvollen Schweigen. Es war, als habe die Natur selbst den Atem angehalten. Der weiße Schleier der Lawine breitete sich über das Tal wie das Leichentuch eines gefallenen Riesen. Die Männer, die aufgebrochen waren, um Ruhm und Reichtum zu gewinnen, lagen nun stumm und kalt, tief unter der Schneedecke. Verschlungen vom Zorn der Berge.

Die fünf Überlebenden wagten sich näher an die Lawinenwand, die so plötzlich wie brutal das Leben ihrer Kameraden ausgelöscht hatte. Sie konnten nichts sehen, nichts hören. Nur die erdrückende Stille, die den letzten Atemzug ihrer Brüder verschlungen hatte. Eine dunkle Vorahnung lastete auf ihnen, das unbestimmte Wissen, dass sie Zeugen einer Prüfung geworden waren, die nicht für Menschen gedacht war. Der Berg hatte gesprochen, und seine Worte waren Zerstörung.

Mit schweren Herzen und bleichen Gesichtern kehrten sie der tödlichen Szenerie den Rücken zu. Sie wussten, dass die Menschen in der Siedlung auf sie warteten. Das Frauen, Alte und Kinder hoffnungsvoll auf die bevorstehende Rückkehr ihrer Männer und Söhne blickten. Die Fackeln würden entzündet, die Festmahle vorbereitet werden, denn jeder Raubzug, jedes Heimkehren ihres Clans, von einem Kriegszug, war ein Fest des Sieges. Doch in diesem Jahr würde kein Fest gefeiert werden.

Der Heimweg war eine düstere, lange Reise, die ihre Herzen noch mehr verhärtete. Der Schnee, der unter ihren schweren Schritten knirschte, wirkte nun wie das Flüstern der Toten. Jeder Schritt erinnerte sie an die Last, die sie nun zu tragen hatten. Stundenlang wanderten sie durch die Berge. Durch die Kälte und das finstere Zwielicht, bis sie endlich die heimatliche Siedlung erreichten. Ihre Gesichter waren gezeichnet von Trauer und Kälte, von der Last einer Botschaft, die kein Mensch und vor allem kein Krieger überbringen will.

Die Siedlung lag in ruhiger Erwartung. Rauch stieg aus den Dächern der Langhäuser auf, das Licht der Feuer flackerte durch die Kälte. Kinder rannten aufgeregt umher, ohne zu wissen, dass ihre Väter, ihre Brüder, ihre Helden nicht zurückkehren würden. Sie rannten den fünf Männern entgegen, hofften auf Erzählungen von Schlachten und Heldentaten. Doch als die Männer eintraten, schwiegen sie, und eine unheilvolle Stille legte sich über die Menge.

Langsam und bedrückt gingen die fünf Überlebenden zur großen Halle, dem Herzen der Siedlung, wo die Ältesten saßen und ihre weisen Ratschläge gaben. Die Wände waren geschmückt mit den Trophäen vergangener Kämpfe. Das Licht der Flammen warf Schatten, die wie Geister längst vergangener Krieger tanzten. Dort, in diesem weiten Raum, versammelte sich die ganze Siedlung, alle warteten auf das Wort der Heimkehrenden. Doch kein Jubel erhob sich, keine Siegesrufe erklangen. Das Schweigen der Überlebenden, ihre Gesichter und die Leere in ihren Augen waren Antwort genug.

Schließlich trat einer der Ältesten, ein Mann, der einst selbst mitgezogen war und die Macht der Berge und die Grausamkeit des Winters kannte, nach vorn und legte seine Hand auf die Schulter des Anführers der fünf Überlebenden. "Sprich, Sohn des Clans," sagte er mit rauer Stimme, die wie die Stimme der Erde selbst klang. "Berichte uns, was sich ereignet hat."

Der alte Krieger, dessen Name für alle Ewigkeit mit dieser Tragödie verbunden sein würde, hob das Haupt und erzählte von der Lawine, von der Kraft des Todes, die herabgestürzt war und alles Leben ausgelöscht hatte. Seine Worte waren wenige, doch die Schwere in seinem Blick erzählte mehr, als Sprache es vermochte. Die Trauer und das Unheil in seinen Worten breiteten sich wie eine düstere Welle durch die Halle, und als seine Rede endete, senkte jeder der Versammelten den Kopf, gefangen in stummer Trauer. Nicht wie es Brauch war, tapfer im Kampf, waren die anderen gestorben, sondern von der unbezwingbaren Gewalt der Natur gemeuchelt worden, ohne Möglichkeit dem Tode stolz entgegen zu treten und ihm trotzen zu wollen.

Ein Klagegesang begann, ein uraltes Lied des Verlustes, das die Frauen anstimmten, ein Klagelied, das durch die Halle hallte und die Geister der Toten zu rufen schien. Jeder der fünf Überlebenden legte seine Waffen und seine Ausrüstung auf den Boden. Ein Zeichen des Respekts für die Gefallenen, die mit ihrem Leben für den Ruhm des Clans gezahlt hatten.

Die dämmernde Hütte war von einem bedrückenden Schweigen erfüllt, das nur vom Knarren des alten Holzes durchbrochen wurde, während sich der Clanführer und die Ältesten tief in ihre Besprechung versenkt hatten. Rau und abweisend war die eisige, windige Nacht über das Land hereingebrochen. Von den dicken Wänden der alten Versammlungshütte schien das Echo früherer Ratschläge und Entscheidungen herabzuhallen, als die Vorfahren selbst noch jung und kraftvoll gewesen waren. Die Stimmung war von einer lastenden Sorge geprägt, die schwer auf den Schultern aller lastete. Ein scharfer Luftzug fegte herein, als eines der schweren Tierfelle beiseitegeschoben wurde und sich die letzten beiden Ältesten durch die niedrige Tür schoben. Sie setzten sich ohne Worte im Kreis nieder, ihre Gesichter verhärmt und die Blicke voller Erwartungen auf den Clanführer gerichtet.

Baldur, der Clanführer, ein Mann mit einem Gesicht, das von den kalten Wintern und heißen Sommertagen des Nordens gezeichnet war, stand schweigend vor ihnen. Seine Schultern waren breit, seine Hände rau von einem Leben voller Arbeit und Kriege. Heute jedoch war es nicht die Stärke, die ihm Macht verlieh, sondern die Schwere der Verantwortung, die auf ihm lastete. Sein Blick wanderte über die anderen Ältesten. Männer und Frauen, die wie er ein Leben lang für den Clan gekämpft, gehütet und gesorgt hatten. Doch heute waren ihre Gesichter von tiefer Sorge überschattet, ein Ausdruck der Trauer und Hilflosigkeit, der das sonst so tapfere Feuer ihrer Augen beinahe ausgelöscht hatte.

"Meine Brüder und Schwestern," begann Baldur schließlich mit einer Stimme, die wie das Grollen ferner Donner klang, "die Nachricht, die uns heute erreicht hat, ist schlimmer als jedes andere Unglück, das unser Clan je erleiden musste. Unsere tapfersten Krieger, Männer und Jünglinge, die im Herzen des Clans gelebt haben, die unser Blut und unseren Stolz verteidigten … sie sind gefallen. Nur eine Handvoll von ihnen hat überlebt und nun sind wir verletzlich, so verletzlich wie nie zuvor."

Er hielt verbittert inne und eine bedrückende Stille legte sich über die Anwesenden. Dann ergriff Thorald, der älteste der Ältesten, das Wort. "Das ist eine Tragödie, wie wir sie nicht kennen. Doch die Gefahr, die nun über uns schwebt, ist eine, die wir seit vielen Jahren gefürchtet haben. Wir haben die Küstenclans angegriffen, über Generationen hinweg ihre Dörfer und Höfe geplündert, ihre Vorräte und ihre Schätze genommen. Mit unseren Kriegern an unserer Seite hatten wir keinen Grund zur Sorge, doch nun ..." Seine Stimme verlor sich in der Stille und die Bedeutung seiner Worte lastete auf den anderen.

"Sie werden kommen," murmelte eine der älteren Frauen, Siglind, die sich bisher im Schatten gehalten hatte, ihre Augen waren dunkel und voller Sorge. "Sie werden sich zusammenschließen und ihren Zorn auf uns lenken. Die Wut eines geschlagenen Feindes ist groß und jetzt, da wir geschwächt sind, könnten sie endlich wagen, was sie sich früher nie getraut haben … Sie werden jeden einzelnen von uns, Kind, Mann und Frau, umbringen. Dies ist die Zeit, wo sie ihre Rache an uns nehmen werden. Unser Clan wird ausgelöscht werden. In einer Generation wird sich niemand mehr an uns erinnern … Es gibt nur eine Möglichkeit dies zu verhindern. Wir müssen unsere Gefilde verlassen und uns dort niederlassen, wo sie uns nie zu finden vermögen. Dort wird unser Clan erneut mächtig werden."

Ein unbehagliches Schweigen folgte ihren Worten, während Baldur in die Flammen blickte, die im Zentrum der Hütte loderten. Der Gedanke an eine Flucht, an das Aufgeben der Heimat, schien ihm unerträglich, und doch wusste er, dass die Weisheit der Worte der Ältesten ihn nicht belügen würde.

"Aber wohin sollen wir gehen?" fragte Erik, ein jüngerer Mann, der neben den Ältesten saß und mit zornigem Ausdruck seine Fäuste ballte. "Hier sind wir zu Hause. Unsere Ahnen ruhen in diesem Boden und wir haben unsere Kinder hier großgezogen. Was bleibt uns, wenn wir all das aufgeben?"

"Unser Leben bleibt uns," entgegnete Thorald, und seine Stimme trug einen scharfen, mahnenden Unterton. "Unser Leben und die Möglichkeit den Clan wieder stark werden zu lassen. Würdest du die Kinder und die Alten hierlassen, um durch das Schwert zu sterben? Wir alle kennen die Grausamkeit der Küstenclans. Sie sind nicht anders als wir auch. Wenn sie uns hier überraschen, ohne den Schutz unserer Krieger, dann ist dem Clan der Untergang gewiss."

Baldur nickte langsam, doch sein Gesicht war von einem inneren Kampf gezeichnet. Die Verantwortung, die ihm in jungen Jahren übertragen worden war, lastete nun schwerer als je zuvor auf ihm. "Wenn wir gehen, dann müssen wir bald gehen. Das Tauwetter setzt schon ein, und die Schneeschmelze öffnet uns die Wege in den Süden. Aber es wird eine Reise voller Gefahren sein. Wir haben viele Ältere und Kinder, die den langen Weg nur mit Mühe schaffen werden … und wir werden alle gehen. Niemand soll zurück bleiben, um von unseren Feinden gefoltert und letztendlich umgebracht zu werden. Sollen unsere Feinde sich ungewiss sein, wo wir sein mögen."

Die Anwesenden tauschten ernste Blicke aus. Die Entscheidung war eine von Leben und Tod und sie verlangte den Mut und die Entschlossenheit aller. "Vielleicht", sagte Siglind schließlich, "ist das Tauwetter und der kommende Frühling das einzige Geschenk, das uns in dieser Stunde der Dunkelheit geblieben ist. Es wird das Wasser rasch steigen lassen und die engen Täler teilweise fluten. Wir könnten diesen Moment nutzen, um uns weit zu entfernen, bevor die Küstenclans letztlich von unserer Schwäche erfahren."

"Aber was, wenn sie uns folgen?" warf Erik ein. "Ein Clan auf der Flucht ist verletzlich, ein leichtes Ziel. Noch nie zuvor ist ein ganzer Clan aus seiner Heimat aufgebrochen und geflohen. Wir werden verletzlich sein wie ein kranker Elch, den die Jäger eingekreist haben."

"Wir werden uns durch List schützen," antwortete Thorald leise, mit leuchtenden Augen. "Wir können unsere Spuren verwischen und uns durch Täler schlagen, die von den Küsten aus kaum erreichbar sind. Wenn wir vorsichtig und wachsam sind, werden wir den Weg schaffen. Sind wir erst einmal einen Mond gewandert, dann werden sie uns nur noch sehr schwer finden."

Baldur nickte und sah sich im Kreis seiner Vertrauten um. "Dann ist es beschlossen. Wir bereiten den Clan vor. Die Kinder werden nur das Nötigste tragen und die Alten stützen wir, wo wir können. Jedes Herz, jede Hand und jeder Schritt wird gebraucht, um unser Volk in Sicherheit zu führen." Baldur's Stimme klang fest, entschlossen, doch in seinen Augen glomm ein Schmerz, der ihn innerlich zerriss. Die Heimat aufzugeben, in der sie seit unzähligen Generationen lebten, war wie ein Stich in sein Herz.

So löste sich die Versammlung auf, und jeder der Ältesten und Berater verließ die Hütte mit dem Bewusstsein, dass sie bald das Land, das sie geformt hatte, verlassen würden. In den kommenden Tagen wurde mit eiligem Fleiß gepackt und vorbereitet, Vorräte gesammelt und die Ängste der Kinder beruhigt. Die gewaltige Aufgabe, das eigene Volk in eine unbekannte Zukunft zu führen, lag nun schwer auf den Schultern jedes Einzelnen.

Olov erwachte früh an diesem Morgen, die Kälte des schwindenden Winters kroch noch immer in die Schlafstätten, obwohl das Tauwetter begonnen hatte und sich die Tage schon merklich länger anfühlten. Sein Großvater, das Oberhaupt des Clans, hatte ihm am Vorabend mit ernster Miene die Aufgabe übertragen, zusammen mit Skald die anderen Siedlungen zu benachrichtigen. Es war das erste Mal, dass Olov eine solche Verantwortung zuteil wurde. Eine Anerkennung seiner Reife und Stärke, und zugleich ein Zeichen dafür, dass er bald mehr sein würde als nur ein Junge.

Er fühlte die Kälte des Bodens unter seinen Füßen, als er sich ankleidete, Schichten von warmer Kleidung und ein dickes, grobes Fell überwarf, das seine Mutter für ihn sorgsam geflickt hatte. Im Halbdunkel des Hauses sammelte er seine Gedanken. Ihm war bewusst, dass diese Reise nicht nur eine Pflicht war, sondern ein wichtiger Schritt in sein eigenes Erwachsenwerden.

Bevor er aufbrach, suchte er nach Hela, die oft am Bach spielte oder mit anderen Mädchen beim Holzsammeln half. Er fand sie schließlich an ihrem vertrauten Platz nahe der alten Ulme, die sie beide so oft als ihren geheimen Treffpunkt genutzt hatten. Hela trug ein schlichtes, doch hübsch besticktes Gewand, das ihre Mutter ihr wohl für den Winter genäht hatte, und in ihrem Gesicht spiegelte sich eine leichte Traurigkeit, als sie Olov näherkommen sah.

"Du gehst also wirklich", sagte sie, und ihre Augen, die das Blau eines klaren Winterhimmels hatten, blickten ernst zu ihm auf.

"Ja," antwortete Olov und versuchte zu lächeln, obwohl ihm plötzlich ein schwerer Kloß im Hals steckte. "Ich werde zusammen mit Skald die Nachricht überbringen, was der Rat entschieden hat. Es ist wichtig."

Hela nickte langsam, und in ihren Augen blitzte ein Funken Stolz auf, gemischt mit einer kindlichen Sorge, die sie nicht ganz verbergen konnte. "Ich wusste, dass du bald aufbrechen würdest," murmelte sie leise. "Aber ich werde dich vermissen. Die Tage sind nicht dieselben ohne dich hier."

21

Olov spürte einen warmen Stich in seiner Brust. Er und Hela waren unzertrennlich, seit sie sich als kleine Kinder zum ersten Mal begegnet waren und auch wenn sie nur wenige Tage getrennt sein würden, fühlte es sich an, als müsste er ein wichtiges Stück von sich selbst zurücklassen. Sie standen schweigend da, und dann griff er plötzlich nach ihrer Hand. Es war eine unbedachte Geste, eine, die von kindlicher Vertrautheit und doch einer erwachenden Zärtlichkeit getragen wurde. Ihre Finger waren klein und zart in seinen kräftigen Händen und für einen Moment schien alles um sie herum still zu stehen.

"Ich komme bald zurück," sagte er leise, "und dann, dann können wir wieder hier Angeln … Oder zumindest zusammen sein. Versprochen."

Hela lächelte zaghaft und drückte seine Hand, bevor sie sich losmachte. Sie drehte sich um und lief zurück zu ihrer Mutter, die unweit stand und mit einem besorgten Blick auf die beiden Kinder schaute. Olov seufzte und beobachtete Hela, bis sie aus seinem Blickfeld verschwand. Er verspürte ein merkwürdiges Gefühl der Leere und eine flüchtige Ahnung davon, dass sich alles ändern würde, wenn er zurückkäme.

Sein einen Sommer jüngerer Bruder, Skald, wartete bereits ungeduldig am Rande des Dorfes. Seine ledernen Stiefel in den nassen Schnee gedrückt und als Olov sich ihm anschloss, begaben sich die beiden Brüder auf den Weg. Sie hatten die groben Bündel mit Essen und Wasser auf die Schultern geschultert, und jeder von ihnen trug einen einfachen Speer zur Verteidigung.

Der Weg zu den umliegenden Siedlungen und Höfen war lang und auch beschwerlich. Obwohl das Tauwetter eingesetzt hatte und die Flüsse zu schmelzen begannen, waren die Pfade noch von schneebedeckten Stellen durchsetzt, und an manchen Stellen mussten sie die eisigen, glitschigen Felsen umgehen, um nicht abzustürzen. Die Landschaft lag in einem strahlenden, fast unwirklichen Licht, das von der tief stehenden Sonne durch die Eisschichten gebrochen wurde und den Himmel in Rosa- und Orangetöne tauchte.

Olov marschierte voran, seine Schritte sicher und kräftig, während Skald ihm leichtfüßig folgte, manchmal mit einem lauten Lachen oder einem Ruf, wenn er etwas Interessantes im Schnee fand. Sie waren Brüder, und auch wenn sie oft stritten und ihre Rivalitäten ausfochten, verband sie doch eine tiefe Loyalität und Freundschaft, die in solchen Momenten deutlich spürbar war. Dreizehn Sommer war Olov alt. Sein nur einen Sommer jüngerer Bruder war so alt wie Hela. In einem Sommer würde Olov das Alter haben, um an der Seite der Krieger auszuziehen. Aber es gab jetzt kaum noch Krieger. Nur die wenigen Wachen, die nicht mitgezogen waren und die Hand voll überlebender Krieger standen jetzt noch zwischen ihren Feinden und dem Clan.

Die erste Siedlung, die sie erreichten, war nicht mehr als eine Ansammlung von wenigen Holzhütten, die auf einem windumtosten Hügel standen. Halb in den steinigen Boden gegraben, wie es die Bauart der hiesigen Behausungen war. Die Menschen dort waren von einem rauen, zurückgezogenen Schlag und lebten abgeschieden. Als Olov die Botschaft des Clans überbrachte, nahm der Älteste der Siedlung sie mit ernstem Nicken entgegen. Seine Augen wurden von einem Schatten der Besorgnis getrübt. "Es wird eine schwere Zeit werden," murmelte er mehr zu sich selbst als zu den Jungen, und seine Worte hallten noch in Olovs Gedanken nach, als sie die Siedlung verließen und weiter in das nächste Tal wanderten.

Die Reise ging weiter, und die Tage verstrichen. Jede Siedlung, die sie erreichten, empfing sie mit einem Mix aus Besorgnis und Respekt, als sie die Nachricht des Clanrats überbrachten. Manch ein älterer Mann oder eine Frau legte Olov die Hand auf die Schulter und sagte ihm, wie stolz sein Großvater auf ihn sein müsse. In solchen Momenten fühlte er eine ungeahnte Kraft in sich aufsteigen, die ihm half, die Strapazen der Reise zu ertragen.

In einer der letzten Siedlungen, tief im Tal zwischen schroffen Felsen und windgepeitschten Wäldern, wurde Olov von einem alten Krieger empfangen, der ihm seine eigene Kindheit in einem strengen Gesicht widerspiegelte. "Du bist der Enkel des Clanführers," sagte der Mann mit einem prüfenden Blick, "und ich sehe seine Stärke in dir. Du wirst ein großer Krieger werden, Olov. Mögen die Götter dir auch die Weisheit geben, die dein Großvater besitzt. Ich bin vor vielen Sommern zusammen mit ihm auf den Kriegszügen gewesen. Niemand ist tapferer und listiger als dein Großvater."

Olov nickte, verlegen unter den Worten des Mannes, und verspürte zum ersten Mal in seinem Leben den Stolz, Teil des Clans der Asen zu sein. Auch Skald, der neben ihm stand, blickte mit neuem Respekt auf seinen älteren Bruder und schien zu ahnen, dass Olov in diesem Augenblick mehr geworden war als nur der ältere Bruder, mit dem er spielte und stritt. Er war der künftige Beschützer des Clans, ein Träger des Erbes, das der Großvater ihm unausgesprochen anvertraut hatte. Eigentlich wäre ihr Vater der Nachfolger gewesen. Ein wütender Bär bei einer Jagd vor zwei Sommern hatte dies jedoch jäh geändert.

Die letzten Etappen ihrer Reise führten die Brüder durch schneebedeckte Wälder, über zugefrorene Bäche und durch die steilen Anstiege der Berge. Die Nächte verbrachten sie eng zusammengerollt unter dicken Pelzen, und manchmal erzählte Olov seinem Bruder Geschichten, die er von seinem Großvater gehört hatte. Geschichten von den alten Göttern und den Kriegen der Vorfahren, die das Land der Asen geprägt hatten.

Als sie schließlich auf ihrem Rückweg ins Heimatdorf waren, spürte Olov eine tiefe Erschöpfung, aber auch eine Zufriedenheit in sich. Die Aufgabe war erfüllt, die Botschaft überbracht, und mit jedem Schritt wuchs in ihm das Gefühl, dass er für mehr bestimmt war, als er bisher ahnte.

In der letzten Nacht vor ihrem Aufbruch schritt Baldur durch das Lager und betrachtete die Zelte, die Feuerstellen, den Boden, den sie bald zurücklassen würden. Er spürte das Gewicht der Vergangenheit, das ihm auf den Schultern lastete. Doch auch die Hoffnung, dass ihr Clan jenseits dieser eisigen Berge einen Neuanfang finden würde.

Der Clan hatte sich versammelt und verbrachte diese letzte Nacht, bevor man aufbrechen würde, um das heimatliche Land zu verlassen. Die meisten schliefen bereits. Sobald das Morgengrauen über den Himmel zog würde der Clan aufbrechen. Tausendzweihundert Menschen. Frauen, Kinder, Alte und etwa dreißig Krieger. Die Mehrzahl der Clankrieger und die Jünglinge, zusammen etwa fünfhundertfünfzig tapfere Seelen, waren vom Schnee der Berge gefressen worden.

2.

Flucht in eine ungewisse Zukunft

Der Clan der Asen war eine besondere Gemeinschaft, deren Mitglieder sich bereits auf den ersten Blick deutlich von den umliegenden Clans unterschieden. Ihre Körper waren imposant und eindrucksvoll, mit einer Durchschnittsgröße von beinahe sechs Fuß und zehn Daumen, was sie um eine Handbreit über die Männer und Frauen der Küstenvölker erhob. Sie wirkten wie aus dem Gestein ihrer Heimat gehauen, mit Schultern, die breit wie ein Mannesjoch waren und Armen, die von der harten Arbeit im Felde und den langen Stunden des Waffentrainings kraftvoll und sehnig geformt waren.

Die Asen zeichneten sich durch ihre hellen, beinahe leuchtenden Haare aus, die vom Licht der Sonne oft ins Goldene oder auch Weißblonde schimmerten. Ihre Haut war blass und sonnenempfindlich, ein Erbe des hohen Nordens und schien wie von der Kälte selbst gehärtet. In ihren Augen spiegelten sich die Farben des Himmels wider. Oft ein stechendes Blau, so klar und scharf wie das Eis auf den Bergen, manchmal aber auch in grünlichen oder grauen Tönen, die an die wilden Wälder oder das stürmische Meer erinnerten. Dieses Erscheinungsbild verlieh ihnen eine Aura der Fremdartigkeit und Überlegenheit. Wie von einer anderen Zeit oder einem fernen, unberührten Land kommend. Die alten Legenden besagten, die Asen wären die Nachkommen von wilden Kriegern, die von den Göttern selbst auf die Erde gesendet worden wären.

Ihre auffällige Physis war jedoch nicht nur ein Ergebnis von Vererbung. Die Asen lebten nach einer strengen Disziplin, die für ihre Stärke und ihre Gemeinschaft von zentraler Bedeutung war. Das tägliche Leben im Clan war hart und die Aufgaben wurden mit einem Ernst und einem Willen zur Vollkommenheit ausgeführt, den andere Clans kaum nachzuvollziehen vermochten. Die Männer wie die Frauen der Asen arbeiteten oft in den Feldern, bereiteten die schweren Äxte und Speere und verbrachten ihre Abende damit, die Kräfte und Fähigkeiten zu schärfen, die im Kampf über Leben und Tod entschieden. In den langen

Winternächten, wenn die anderen Clans sich um das Herdfeuer scharten, übten die Asen das Bogenschießen und den Nahkampf. Die Waffenkunst war für sie nicht nur eine Notwendigkeit, sondern eine Ehre und ein Zeichen ihrer Eigenheit. Ein Grundsatz ihrer Kultur.

Die Mitglieder dieses Clans waren auch für ihre Disziplin und ihre Kälte bekannt, die sie in Zeiten der Not wie eine Rüstung umgab. Sie galten als unerschütterlich und mutig. Doch dies machte sie in den Augen ihrer Nachbarn auch unnahbar und sogar furchteinflößend. Es hieß, die Asen würden in mondlosen Nächten, mit den Göttern Zwiesprache halten und besonders in Verbindung zu alten, vergessenen Geistern stehen, die ihnen ihre Kraft und ihren überlegenen Körperbau schenkten.

Ihre Kultur und Rituale hatten etwas Erhabenes, beinahe Feierliches, das in ihrer tiefen Verbundenheit zur Natur und zu den Ahnen verwurzelt war. Ihre Götter verehrten sie in einer strengen, fast schweigenden Andacht, und ihre Zeremonien waren schlicht, aber voller Symbolik. Die Asen führten den Geist und die Weisheit ihrer Ahnen in sich und strebten danach, die Stärke der Alten in sich selbst lebendig zu halten. Sie nahmen ihre Geschichte und ihren Ursprung ernst und lehrten ihre Kinder mit derselben Strenge, in der Hoffnung, dass auch die später nach ihnen kommenden Generationen die Größe und die Würde ihres Clans wahren würden. Grundsätzlich jedoch waren die Asen ein Clan, der sich selbst als Kriegerkultur betrachtete. Ehre und persönlicher Mut waren dabei die Eckpfeiler ihrer Clankultur.

All dies machte die Asen zu einem Clan, der sich von den anderen unterschied. Sie waren nicht nur durch ihre äußere Erscheinung und ihre Stärke besonders, sondern auch durch eine innere Haltung, die sie mit Stolz erfüllte und sie wie einen einsamen Berg über die anderen Clans emporragen ließ. Die Asen sahen sich als etwas anderes, elitäres. Als etwas Erhabenes und dieser beinahe schon fanatische Stolz erfüllte jeden von ihnen, was sie Fremden gegenüber auch deutlich zeigten.

Unter den bleigrauen Wolken, die sich wie ein schweres Tuch über die zerklüfteten Berge des Nordens spannten, setzte sich der Clan der Asen in Bewegung. Die noch immer schneebedeckte Landschaft, die sie jetzt durchwanderten, war rau und unerbittlich, eine endlose Weite aus Fels, Wald, Schnee und Eis, die selbst die robustesten von ihnen an die

Grenzen ihrer Kräfte brachte. Es galt jedoch, den Marsch jetzt anzutreten, um viel Raum zwischen den Clan und die benachbarten Clans und Stämme zu bringen.

Die Kälte biss scharf durch die Pelzmäntel, die sie trugen, drang in die Knochen und ließ das Atmen schmerzhaft und schwer werden. Dennoch hielten sie durch, weil sie dies mussten, um nicht elendig zu sterben. Jeder Schritt war ein Akt des Widerstands gegen die vor Kälte klirrende Wildnis, die sie stumm umgab. Vor ihnen lagen die endlosen Weiten des Nordens, ein Land, das sich in seiner unbarmherzigen Schönheit kaum zähmen ließ und jeden, der es zu durchqueren wagte, auf die härteste Probe stellte.

Angeführt von Baldur, dem zähen Clanoberhaupt und begleitet von den wenigen überlebenden Kriegern, bahnten sich die Männer, Frauen und Kinder ihren Weg durch das Land. Hinter ihnen lagen ihre verlassenen Häuser und das Land, das ihnen einst Sicherheit und Nahrung geboten hatte. Die Erinnerung an das Lawinenunglück lastete schwer auf ihnen. Die Schatten der verlorenen Krieger, die mit ihnen hätten kämpfen und die Clanehre verteidigen sollen, schienen die Lebenden nun bei deren Schritten zu verfolgen.

Es waren die Alten, die Frauen, die Jugendlichen und die Mütter, die sich um die Kleinsten kümmerten. Diese in Felle eingewickelt auf hölzernen Schlitten zogen oder wenn sie dafür noch zu klein waren auf dem Rücken trugen. Jeder Muskel, jede Sehne war angespannt, denn jeder Schritt bedeutete das Überwinden von Schnee und Eis, von unwegsamem Gelände, das ihre Fortschritte verlangsamte und immer wieder gefährliche Rutschbahnen oder eisige Gräben offenbarte. Die wenigen Kühe, über die der Clan verfügte waren mit Gepäck und Lebensmitteln beladen worden, um so viel wie nur möglich mitnehmen zu können. Die Lebensmittel würden das größte Problem werden, befürchtete der Clanführer, Baldur. Die Kühe und auch die nahezu fünfzig Schweine, die man mitführte würden irgendwann geschlachtet werden, wenn es nicht gelang beizeiten regelmäßig Nahrung durch die Jagd zu beschaffen.

Die gesamte Reise war kein entspannter Marsch, wie ein gemächliches Spazierengehen, sondern ein stetiges, unermüdliches Vorwärtskämpfen.

Nächtens errichteten sie Lagerplätze, die mehr Schutz boten, als sie tatsächlich gaben. Ein einfaches Feuer wurde in den geschützten Senken entfacht, wo der Wind etwas weniger stark blies und die Flammen nicht sofort erstickte. Um das Feuer drängten sich die Clansleute dicht zusammen, ihre Gesichter bleich und ausgemergelt, die Augen in Furchen tief in die Schädel gesenkt, gezeichnet von Hunger und Erschöpfung. Die Kinder, so hungrig wie die Erwachsenen, ließen sich vom Flüstern der Alten in Schlaf wiegen, denen die Verantwortung auferlegt war, Geschichten aus früheren Zeiten zu erzählen. Die Erzählungen von ihren Ahnen, die Mythen der Asen, gaben den Verzweifelten Kraft und den Jungen Mut.

Jeder Sonnenaufgang versprach keine Erlösung, sondern nur einen weiteren Tag voller Strapazen. Und dennoch schritt der Clan weiter. Die Asen waren zäh und unbeugsam. Geprägt von der Härte ihres Landes und ihrer Geschichte. Immer wieder erklangen die Rufe des Clanoberhaupts, der ihnen Mut zusprach, auf die kommenden Tage und Nächte einschwor und sie an das große Ziel erinnerte. Ein neues Leben, eine neue Heimat, die irgendwo jenseits dieser Eiseswüste auf sie warten würde.

Doch mit jedem Schritt wuchs auch die Not. Die Nahrungsreserven waren knapp bemessen, auch wenn es anfänglich nur wenigen von ihnen klar gewesen war. So fiel eines Abends bei einer Versammlung der Ältesten die Entscheidung, auf dem Weg nach Süden mit allen Mitteln Nahrung aufzutreiben. Notfalls mit Gewalt, was für die Asen jedoch prinzipiell kein moralisches Problem war. Es kam nur darauf an, wie stark verteidigt ihre als Beute ausgewählten Ziele sein würden. Noch besaß man genug Lebensmittel aber in einem oder zwei Monden würde das bereits anders sein.

Als die ersten Vorboten des Frühlings zaghaft durch die Wolken drangen und das Eis in den Tälern zu schmelzen begann, erreichte der Clan die Randgebiete einer kleinen Ansiedlung. Dieser Ort war kaum mehr als verstreute Ansammlungen von Hütten inmitten des noch immer hart gefrorenen Bodens. Er bot jetzt die einzige Hoffnung auf frische Vorräte. In der Stille der finsteren Nacht schlichen die Kundschafter des Clans voraus, erkundeten die schwach bewachten Siedlung und brachten die Nachricht zurück. Ein Überfall war möglich. Die Zahl der ahnungslosen

Verteidiger war nur gering. Die Erntevorräte und der Viehbestand der kleinen Siedlung könnten ihnen ein weiteres Überleben sichern.

Ohne Verzögerung plante Baldur den Angriff. Die Krieger, die wenigen, die vom Lawinenunglück geblieben waren, die heranwachsenden Jungen und eine Anzahl von Frauen standen bereit. Bewaffnet mit Speeren, Äxten und Schwertern. Das kleine Dorf bot nur geringen Widerstand. Die Männer waren alt oder schwach. Die wenigen, die versuchten, ihre Vorräte zu verteidigen, wurden schnell überwältigt und erbarmungslos getötet. Es war ein kalter, brutaler, schneller Überfall, geführt mit der eisernen Entschlossenheit des Überlebenswillens. Gefangene wurden nicht gemacht. Auch galt es zu vermeiden, dass sich nach Rache dürstende Verfolger auf ihre Fährte setzten. Der Überfall glich einem Blutbad.

Mit jeder neuen Siedlung, die sie auf ihrem Marsch heimsuchten, wuchs das Gewicht der Schuld auf ihren Schultern. Für gewöhnlich verschonten die Krieger der Asen die Frauen und Kinder ihrer Feinde. Dies hatte sich jetzt geändert. Diese Taten waren notwendig, um die Ihren am Leben zu halten, aber sie gingen nicht ohne die Schatten des Blutes vorüber. In den Nächten, wenn das Lager wieder einmal voller Brot und getrocknetem Fleisch war und die Kinder satt einschliefen, sprachen die Alten leise Gebete zu den Göttern und baten um Vergebung für das, was der Clan in der Not getan hatte … Es widersprach ihrem Ehrenkodex.

Die harten Überfälle sicherten ihnen zwar Nahrung, doch sie forderten ihren Preis. Nicht nur im Blut der Fremden, sondern auch in der Seele der eigenen Leute. Die Ältesten, die die heiligen Runen lasen und die Zeichen der Götter deuteten, merkten die Veränderung in den Gesichtern der Krieger und aller anderen, die bei den nächtlichen Kämpfen mitwirkten. Jeder Überfall nahm ein kleines Stück ihrer Ehre, ihrer alten seelischen Stärke. Und doch war dieser blutige Weg alternativlos geworden, für den Clan.

Als sie durch das südliche Skandinavien zogen, veränderte sich die Landschaft langsam. Das Eis und der Schnee wichen langsam aber stetig sumpfigem Boden. Bäche aus Schmelzwasser schnitten scharfe Linien in den gefrorenen Boden, als sei die Erde selbst aufgerissen. Jeder Tag brachte neue Herausforderungen, als der Tross aus 1200 Menschen sich durch das weite, wilde Land kämpfte. Vor ihnen lagen noch zahlreiche Hürden. Flüsse, die durch eiskaltes Schmelzwasser angeschwollen waren und deren andere Ufer sie nur mit mühsam errichteten Flößen überqueren konnten, steile Bergketten, die sie überqueren oder umgehen mussten, immer wieder die Furcht, vor Verfolgern. Es vergingen einige Monde, und langsam wandelte sich die rohe Wildnis in ein Land mit grüneren Wiesen und Bäumen, deren Blätter ein leuchtendes Frühlingsgrün trugen. Doch selbst hier war keine Ruhe für den Clan. Immer weiter zogen sie, gen Süden, gen Wärme und Hoffnung ... und doch auch immer näher an die Grenzen fremder Clans und Stämme.

Eine Ansiedelung wird überfallen

Mit jedem Schritt in die fruchtbareren Landstriche wuchs das Gefühl der Bedrohung. Überall war der Hauch von anderen Menschen zu spüren. Leute die hier lebten und nicht ahnten, das der Clan der Asen vorüberzog, sich dabei bemühte unentdeckt zu bleiben. Der Clan der Asen war nicht mehr dieselbe mächtige, unaufhaltsame Einheit wie noch vor mehreren Monden, vor dem verheerenden Unglück, das ihre Krieger ausgelöscht hatte. Der jähe Verlust der allermeisten ihrer Krieger, der stärksten und erfahrensten unter ihnen, hatte ihre Kampfkraft erheblich verringert. Es war nur eine Frage der Zeit, bis sich die fremden Clans dieser Regionen ihrer Schwäche bewusst würden.

Die Furcht vor einem Angriff war in den Gesichtern der Menschen deutlich zu sehen, selbst in den verschlossenen Zügen der erfahrensten unter ihnen. Doch es war nicht nur die Sorge vor den Feinden, die den Clan beschäftigte. Auch die Götter schienen unzufrieden. Bei jedem lauten Donnerschlag über ihnen fragte sich der ein oder andere, ob der Clan vielleicht seine Würde durch die Flucht verloren hatte.

Die Marschgeschwindigkeit des Clans hatte sich in den letzten Wochen fast unmerklich verändert, denn die Sorgen um Nahrung und Sicherheit, die ständige Wachsamkeit, verlangsamten ihren Schritt. Aber dennoch war jeder der Erwachsenen auf das Ziel fixiert. Ein neuer Ort, weit entfernt von den bedrohlichen Clans ihrer alten Heimat. Die Freiheit, die sie einst in den endlosen Wäldern, Tälern und Hochebenen ihres Heimatlands besessen hatten, sollte erneut erblühen. Jeder Fortschritt wurde teuer erkauft und doch war ein Aufgeben für sie etwas, was sich nicht mit ihrer Ehre vereinbaren ließ. Es gab nur die Möglichkeit des Sieges oder des Untergangs.

Die vergangenen Monde des Marsches waren von unerbittlicher Härte geprägt. Der Clan der Asen hatte die schneebedeckten Berge längst hinter sich gelassen und befand sich in den sanfteren, hügeligen Landstrichen. Der Boden war weicher und fruchtbarer geworden. Dichte Wälder und weite Sumpfgebiete wechselten sich ab. Doch das Wetter blieb unberechenbar und spielte mit den Überlebenden ein gefährliches Spiel. Der Frühling war in den Sommer übergegangen. Trockenem Wetter mit Hitze folgten tagelange Phasen mit starkem Regen, der den Boden aufweichte und oft unpassierbar machte. Auch der Herbst brachte kein besseres Wetter. Es blieb wechselhaft und unberechenbar.

Jeder neue Schritt auf dem weichen, oftmals sumpfigen Boden war eine Herausforderung. Die Männer und Frauen der Asen, vom ständigen

Marsch ermüdet, bewegten sich wie in Trance. Ihre Körper waren von den Anstrengungen gezeichnet. Nur langsam, aber stetig entfernten sie sich von der alten Heimat. Kaum spürbar wechselte die Jahreszeit und der Herbst machte sich bemerkbar. Das Wetter musste von erbosten Göttern gesendet worden sein, meinten einige der Flüchtlinge. Einmal, als die Sonne endlich durch die Wolken brach, erwärmte sich die Erde für ein paar Stunden. Doch dann brach ein gewaltiger Sturm los, der den Boden unter ihren Füßen rasch in einen wahren Sumpf aus tiefen Pfützen verwandelte. Sie hatten die dichten Wälder hinter sich gelassen und zogen über eine Landschaft, die nur spärlich bewaldet war.

Der Clan zog sich unter die wenigen Bäume zurück, die an den flachen Hügeln wuchsen, schlug die Lederzelte auf und entzündete mit hastigen Händen Feuer. Dort harrten sie aus, warteten bis das Unwetter vorüber war und erholten sich einige Tage. In den dunkelsten Nächten, wenn der Wind heulte und die Bäume knarrten, erzählten die Ältesten Geschichten von den fruchtbaren Ländern, in denen der Clan, nach vielen weiteren Prüfungen, wohnen könnte ... Doch der Weg war noch weit.

Als der Winter sich langsam ankündigte befanden sie sich in der Nähe eines großen Flusses. Die Landschaft war hügelig und teils mit dichten Wäldern bedeckt, wo erfolgreiche Jagd auf Rehe und Hasen möglich war. Baldur entschied, hier neue Kräfte zu sammeln und mehrere Tage mit der Jagd zuzubringen. Eines Tages entdeckten einige Jäger bei einem der Jagdzüge eine kleine Ansiedelung, inmitten des Waldes. Die dort lebenden Leute waren sichtlich wohlhabend. Es gab mehrere Koppeln mit Rindern und auch eine große Anzahl von Schweinen war zu erkennen. Die ganze Ansiedelung war von einem niedrigen Holzwall umgeben und bestand aus etwa dreißig größeren Hütten und etwa einem dutzend Ställen sowie Lagerhäusern. Insgesamt mochten hier rund hundertachtzig Menschen leben.

Noch an diesem Abend beschloss Baldur, die Ansiedelung zu überfallen. Dort war es möglich den Winter gut zu überstehen, der bald kommen würde. Die ersten Nachtfröste waren bereits deutlich zu spüren gewesen. Alle wehrfähigen Männer, Frauen und Heranwachsenden, des Clans der Asen, bewaffneten sich in der Abenddämmerung und brachen auf, um ihr Ziel zu umzingeln. Der Angriff auf die Siedlung sollte inmitten in der

Nacht erfolgen. Baldur hatte allen eingeschärft, kein Feuer zu legen. Man benötigte die Hütten um dort zu überwintern. "Kein Feuer, Clansleute. Wir wollen hier überwintern. Wer Feuer legt, der soll ohne festes Dach über dem Kopf den Winter verbringen ... Wenn der Kampf beginnt, dann nutzt jeden Vorteil und gebt Eile. Je schneller wir sind, desto weniger Zeit hat der Feind um sich zu sammeln. Keine Gnade und keine Gefangenen. Wir können nicht unseren Clan mit zusätzlichen Mäulern belasten, die wir durchfüttern müssen. Seid tapfer, denn die Götter werden auf uns blicken und urteilen, ob wir wahrlich ein Clan von Kriegern sind."

Lautlos wie die Schatten der Nacht schlichen sie heran. Sie überwanden die niedrige Holzpalisade und verteilten sich zwischen den Hütten. Ein lang gezogener, dröhnender Ton aus dem Kriegshorn des Clanführers war das Angriffssignal. Wie Boten der Finsternis brachen sie die Türen der Hütten auf, stürmten hinein und verrichteten ihr blutiges Werk.

Der Clan bezog am folgenden Morgen das neue Winterquartier. Die Leichen der vorherigen Bewohner waren in einem Massengrab außerhalb der Ansiedlung vergraben worden. Baldur und die anderen Ältesten des Clans, opferten eine Kuh zu Ehren der Getöteten und baten die Götter darum, diesen Seelen Zugang nach Walhalla zu gewähren, da sie sich tapfer zur Wehr gesetzt hatten. Nach der feierlichen Zeremonie, bei der die ersten Schneeflocken fielen, was als gutes Omen und Zeichen der Götter interpretiert wurde, machten sie sich daran, im nahen Wald Bäume zu fällen. Es mussten noch einige Hütten erbaut werden, um allen hier versammelten Clansleuten ein festes Dach über dem Kopf bieten zu können.

Im überraschend einsetzenden Schneegestöber war Olov eifrig dabei, einen Baumstamm zu spalten, um so Bretter zu erhalten. Als er aufschaute erblickte er Hela, die dicht neben ihm stand und Anstalten machte, ihm zu helfen. Olov war froh über ihre Nähe. Seit Tagen hatten die beiden keine Gelegenheit mehr gehabt, miteinander zu sprechen. Der Blick den Hela nun Olov zuwarf sagte viel mehr, als Worte. Beide waren im Verlauf des vergangenen Jahres älter geworden und die harte Schule des Lebens hatte ihnen gezeigt, wie kostbar es sein konnte, wenn jemand in der Nähe war, zu dem man sich hingezogen fühlte. Bis auf heimliches

Händchenhalten und einen gelegentlichen Kuss auf die Wange war noch nichts geschehen ... Aber beiden war bewusst, dass sie, von den Göttern, für einander bestimmt waren. Besonders Hela genoss die Zeit, die sie nun zusammen verbringen konnten. Oft waren die beiden in den dichten Wäldern und machten gemeinsam Jagd auf Kleinwild wie Hasen.

Es war der frühe Morgen, als Olov und Hela den Gipfel des Hügels erreichten. Der Nebel lag noch schwer über dem Land, und die ersten Strahlen der Sonne drangen nur zaghaft durch die dichte Wolkendecke. Vor ihnen erstreckte sich eine weite, unberührte Landschaft, die sich bis zum Horizont zog.

"Es fühlt sich an, als ob wir die Welt erobern könnten", sagte Olov und atmete tief die kühle Morgenluft ein. "Ich habe das Gefühl, dass es für uns noch so unendlich viel zu entdecken gibt."

Hela trat neben ihn, ihre Augen fingen das erste Licht der Sonne ein. "Ja", sagte sie leise. "Es ist überwältigend, wie weit wir gekommen sind, wie viel wir hinter uns lassen haben. Und doch ..." Sie legte eine Hand auf seine Schulter, ihre Stimme wurde leiser. "Ich bin froh, dass wir das gemeinsam erleben. Ohne dich wäre mein Leben nicht vollständig."

Olov drehte sich zu ihr und sah ihr in die Augen. Der Moment war intim und ruhig, und ihre Blicke sprachen mehr, als Worte es je könnten. "Ich auch", flüsterte er, seine Stimme rau und voller Gefühl. „Mehr als alles andere. Das solltest du wissen ... Ich bin dein, auf ewig. Bis die Götter mich dereinst zu sich rufen werden."

Hela trat noch näher zu ihm, und ihre Hände fanden sich, ihre Finger verschränkten sich. "Und wo immer uns der Weg auch hinführen mag, Olov ... solange du bei mir bist, kann ich mir nichts Besseres wünschen."

In diesem Moment fühlte sich Olov vollkommen, als ob er tatsächlich alles gefunden hatte, wonach er gesucht hatte. Es gab keinen Zweifel, keine Angst vor dem Unbekannten, nur das Vertrauen in die junge Frau an seiner Seite, die er schon sein ganzes Leben kannte und den langen Weg, der noch vor ihnen lag.

Er zog sie in eine sanfte Umarmung und für einen Augenblick schien es, als wären sie die einzigen beiden Menschen in der Welt. Die weite

Landschaft vor ihnen war voller Versprechen, aber es war ihre gemeinsame Reise, die für ihn die wahre Bedeutung hatte. Lange standen sie dort und hielten sich einfach nur umarmt. Dann spürte Olov, wie Hela ihre Hände unter seinen Pelzumhang schob und sanft seinen Oberkörper streichelte. Ihr Lächeln war verheißungsvoll. "Bald, Olov ... bald will ich viel mehr haben, als nur ab und zu einen Kuss, wenn wir unbeobachtet sind."

Der Winter verging und das Frühjahr kündigte sich langsam an. Baldur war misstrauisch geworden und entsendete kleine Spähtrupps, die jetzt die umliegende Gegend, im Umkreis von mehreren Tagesmärschen, ausspähten. Die Trupps kehrten mit der Nachricht zurück, das Land wäre menschenleer. Die Späher hatten auf ihren Missionen keinerlei andere Ansiedelungen vorgefunden. Erst jetzt fühlte der Clan sich sicherer.

Das Jahr verging langsam. Die wildreichen Wälder und der breite Fluss boten Nahrung im Überfluss. Doch langsam wurde das Wild in den Wäldern seltener. Immer weitere Strecken mussten die Jagdtrupps zurück legen, um Beute zu machen. Der Herbst näherte sich dem Ende und am Morgen lag Rauhreif auf den Gräsern. Der Winter kam näher und würde bald die Natur in seine eisige Umarmung schließen. Dann kam der Tag, an dem ein Jagdtrupp meldete, man habe eine kleine Gruppe von Kriegern gesichtet, die dabei waren, sich wieder von der Ansiedelung zu entfernen. Bald schon wurde klar, dass diese unbekannten Krieger die Ansiedelung, über den Zeitraum von mindestens zwei Tagen hinweg, unentdeckt ausgespäht hatten. Sogleich wurde ein Trupp der besten Fährtenleser und Jäger zusammen gerufen. Grimwulf, ein erfahrener Krieger führte diese neun Männer an, deren Aufgabe jetzt darin bestand, herauszufinden woher die fremden Krieger stammten.

Einen Mond später kehrte der Trupp zurück. Mittlerweile lag bereits eine dünne, vereiste Schneedecke über der Landschaft. Grimwulf erstattete dem Clanführer direkt nach seiner Ankunft Bericht. "Wir haben die fremden Krieger zu deren Heimen verfolgt, oh Baldur. Sie leben einen halben Mond in Richtung Norden. Es ist ein großer Clan, mit mehreren Siedelungen. Ihr befestigtes Hauptdorf umfasst etwa achthundert Köpfe. Die anderen neun Dörfer dürften zusammen etwa die doppelte Anzahl an Köpfen beherbergen. Wir waren sehr achtsam und ich denke nicht, dass man unsere Anwesenheit dort bemerkt hat, zumal einen halben Tag nach unserer Abreise leichter Schneefall einsetzte, der unsere Spuren endgültig verwischte. Wenn ich raten müsste, so würde ich vermuten, dass wir erst nach dem Winter mit einem Überfall zu rechnen haben, oh Baldur."

Baldur nickte nachdenklich. Diese Annahme war wohl zutreffend. Nach dem Winter würde der Clan der Asen geschwächt sein, von der Härte der Kälte und des Frostes. Wenn dann das Tauwetter einsetzte, dann würden die Fremden kommen, um Rache zu nehmen, für den Tod derjenigen, die einst in der Siedlung gelebt hatten und die jetzt den Clan der Asen beherbergte. Der eisige Winter wäre noch nicht ganz vorüber und die Nahrungsvorräte würden bereits zur Neige gehen. Das wäre der richtige Zeitpunkt, um anzugreifen. Die Krieger des Clans wären zu diesem Zeitpunkt nicht auf der Höhe ihrer Kräfte. In der alten Heimat hatte der Clan nach dem selben Prinzip oft die Küstenstämme überfallen.

Am selben Abend rief Baldur den Clanrat zusammen. Eine Entscheidung musste getroffen werden. Lange saßen die Ältesten an diesem Abend zusammen. Schließlich erhob sich Baldur. "Ich habe alle eure Meinungen gehört und teile eure Befürchtungen. Wir sind noch zu schwach, um gegen die Unbekannten zu kämpfen. Sie würden uns durch die Zahl ihrer Krieger überrennen … oder zumindest derart viele von uns töten, dass der Clan ernsthaft in Gefahr kommt. Wenn wir annehmen, dass sie etwa ein Drittel ihrer Bevölkerung aussenden können um zu kämpfen, dann wären das achthundert Krieger. Dagegen sind wir derzeit machtlos. Wir müssen also etwas tun, was ich noch weit in die Zukunft schieben wollte. Wir werden dieses Land verlassen … Wieder einmal ist unser Clan dazu gezwungen fortzulaufen, um den Weiterbestand des Clans sicher zu stellen … Wir können nicht nach Westen, von dort kommen wir und das dortige Land ist auf Monde hinweg wenig geeignet für uns. Von dort kommen wir und haben es gesehen. Nach Süden können wir auch nicht. Wir wissen, das sich fünfzehn Tagesreisen von hier eine Küste befindet. Das Wasser dort ist salzig, wie uns unsere Jäger berichtet haben. Im Norden leben unsere Feinde … Also bleibt uns nur der Weg nach Osten. Ich habe entschieden, dass der Clan aufbricht, wenn der Winter noch seine volle, kalte Macht besitzt. Somit können wir einen guten Vorsprung erlangen, vor unseren Feinden aus dem Norden, die voraussichtlich erst über uns herfallen werden, wenn das Tauwetter einsetzt. Bis zu diesem

Zeitpunkt werden wir jedoch schon weit entfernt sein. Die einsetzende Schneeschmelze wird unsere Spuren verwischen ... Bereiten wir uns also sorgsam vor. Noch haben wir Zeit dafür."

Nachdem die anderen ihn verlassen hatte saß Baldur noch lange am Feuer und blickte nachdenklich in die prasselnden Flammen. So wie auch alle anderen missfiel es ihm, dass der Clan wieder weiterziehen musste. Ihre Feinde waren den Asen, im Kampf Auge in Auge, nicht gewachsen. Die reine Körperkraft der Asen tat dabei das ihrige. Ihre Feinde waren zudem auch deutlich kleinwüchsiger. Sie reichten den hoch gewachsenen Asen nur bis zu deren Schultern. Allerdings verfügten die Asen derzeit noch nicht wieder über ausreichend Krieger. Zwar waren auch die Frauen des Clans in der Lage, ihren Platz in der Schlachtreihe einzunehmen, wie es bei den Asen üblich war, jedoch konnte sich der Clan massive Verluste auf dem Schlachtfeld schlicht nicht erlauben, wollte man verhindern, dass der Clan nicht aussterben sollte. Baldur seufzte leise. Seit ihrer Flucht aus der fernen Heimat hatte der Clan fast fünfzig Angehörige verloren. Zumeist waren es die alten und kranken gewesen. Leider jedoch auch einige Kinder. Die Kinder waren die Hoffnung des Clans. Bislang waren auf dem langen Marsch und in ihrer derzeitigen Ansiedlung erst vierundzwanzig Kinder geboren worden. Eine Clanfrau lag derzeit in den Wehen. Die Kräuterkundigen des Clans rechneten damit, dass sie in den kommenden Stunden das Baby gebären würde.

Die Frau hatte das Baby geboren. Es war eine Totgeburt und die Frau war ihrem Kind nur wenige Zeit später zu den Göttern gefolgt. Zu groß war ihr Blutverlust gewesen. Schon am folgenden Tag wurden die beiden Körper verbrannt, wie es der alte Brauch verlangte. Das Gewürm der Erde sollte sich nicht an den Körpern der verstorbenen Clanleute laben.

Am Abend, als die toten Körper verbrannt wurden, hatte sich ganze Clan um den Scheiterhaufen versammelt, um Abschied zu nehmen. Hela, die dicht neben Olov stand umklammerte dessen Hand. Ihre Stimme glich einem Flüstern. "Wenn ich einmal zu den Göttern gehe, dann entzünde du das Feuer für mich. Ich werde auf der anderen Seite auf dich warten, bis die Götter auch dich rufen." Olov legte seinen Arm um ihre Schulter und drückte sein Gesicht kurz in ihre Haare. "Hab keine Furcht. Ich würde gegen die Götter selbst kämpfen, um dich zu schützen. Niemand wird dir jemals etwas antun, solange ich lebe. Darauf gebe ich dir mein Wort und schwöre es bei den Göttern und meinem Blut."

Der Tod war den Asen nicht fremd und sie akzeptierten ihn als Verlauf des Lebens. Jedoch war gerade jungen Leuten die Vorstellung davon geradezu abstrakt. Das Leben konnte noch so viel bieten.

Während der Clan sich vorbereitete, den Marsch in das Ungewisse wieder anzutreten wurden Jagdtrupps ausgesendet. Es galt nun genügend Nahrung zu beschaffen, für den Marsch. Auch Olov und Hela bildeten zusammen einen solchen Jagdtrupp. Oft blieben sie mehrere Tage der Siedlung fern. In den kalten Nächten krochen sie zusammen unter ihre langen Pelzumhänge, die sie als Decken nutzten und wärmten sich gegenseitig. Dies war das erste mal, dass sie den Körper des anderen so nah bei sich fühlten. Jedoch besaß der Clan strenge Regeln, die das Zusammensein von Männern und Frauen regelten. Die beiden jungen Menschen achteten die Regeln nicht nur, sondern hatten auch Angst vor den Strafen, wenn sie dagegen verstoßen würden.

Trotzdem tauschten sie zarte Küsse und Berührungen aus, wie verliebte Jugendliche das schon seit Menschengedenken taten. Diese Zeiten sollten den beiden unauslöschlich im Gedächtnis bleiben.

Langsam aber stetig näherte sich der Zeitpunkt, an dem der Clan wieder aufbrach. Es galt diese Gegend zu verlassen, bevor der Clan von den fremden Nachbarn angegriffen werden konnte. Das Zeitfenster wurde immer kleiner und die letzten Vorbereitungen wurden schon fast hektisch abgeschlossen.

Olov und Hela, die mit zu den letzten gehörten, die die nun einsam und verlassen in der bewaldeten Gegend liegende Siedlung verließen warfen einen langen Blick auf diesen Ort zurück, der so einschneidend in ihrem Leben gewesen war. Olov tat sich schwer mit der Abreise. Hela hingegen dürstete es geradezu, neue Orte zu sehen und neue Abenteuer zu erleben.

3.

Diener fremder Herren

Die Reise des Clans der Asen führte sie nun immer weiter nach Südosten. Ihre Wege hatten sie nach vielen Monde des Marschierens durch weite Ebenen und Wälder geführt, bis sie schließlich eine Region erreichten, in der sie zum ersten mal seit langem wieder auf andere Menschen stießen. Es war das Land der persischen Einflüsse, das Gebiet, das sich nach und nach vor ihnen entfaltete. Ein Land, in dem der mächtige Perser-König das Zepter schwang und das das antike Wissen und die Pracht der Zivilisation in seinen weiten Gebieten verbreitete.

Der Clan auf dem Marsch

Die ihnen unbekannte Region hatte sich zunächst als ein scheinbar friedlicher Ort erwiesen, an dem der Clan viele Flüsse und fruchtbare Landstriche passierte, die unbesiedelt waren. Doch bald schon begann sich die Natur der Umgebung zu verändern. Das Land, das sie jetzt betraten, war von Menschen bevölkert, die das Land bereits seit vielen Generationen beherrschten. Händler, Reisende und sogar Krieger aus weit entfernten Gegenden begegneten dem Clan mit neugierigen Blicken, doch ihre Mienen waren meist misstrauisch. Der Clan war in dieser Zeit besonders wachsam und jederzeit bereit, die Waffen einzusetzen, wenn eine Gefahr drohen sollte.

Der Clan hielt sich in den ersten Wochen relativ verborgen. Irgendwann jedoch war dies nicht mehr möglich, da sie immer öfter auf kleine Ansiedelungen und vereinzelte, ärmliche Höfe stießen. Der Umgang mit Fremden war eine heikle Angelegenheit, vor allem mit Völkern, die nicht nur für ihre militärische Stärke, sondern auch speziell für ihre raffinierten Taktiken und diplomatischen Spielchen bekannt waren ... So wie das Großreich der Perser, wie die Asen noch feststellen mussten. Der Clan der Asen, von der Härte des fernen Nordens geprägt, hatte in den letzten Monaten viel an seiner Beweglichkeit und Schlagkraft eingebüßt. Zwar war der kriegerische Kern stark wie eh und je, doch viele der wenigen noch übrigen Krieger waren von den Strapazen des langen Marsches gezeichnet. Den übrigen Angehörigen des Clan ging es nicht besser. Die Nahrung, die sie mitgeführt hatten war nun nahezu aufgebraucht und der kleine Bestand an Schweinen und Kühen war ebenfalls fast gänzlich geschlachtet worden, um als Nahrung für die Menschen zu dienen. Der Marsch musste jedoch weitergehen. Sie suchten einen Ort, wo sie sich niederlassen konnten. Einen Ort, der ihnen Sicherheit bieten konnte und vor allem genügend Raum, um ausreichend Platz für Jagdgründe und Ackerbau zu bieten … um dann langsam wieder mächtiger zu werden.

Es war bereits Ende des Sommers, als sie endlich zu einer Ansiedlung gelangten, die weitaus größer war, als alle anderen Siedlungen, die sie bislang gesehen hatten. Hela, die ein Talent für die Zungen anderer Völker zu besitzen schien, fungierte als Dolmetscher, als es zu den ersten Kontakten mit der Bevölkerung dieses Ortes kam, der von den Einheimischen Tbilissi genannt wurde.

Bereits am folgenden Tage suchte der Führer dieses Ortes das Lager des Clans auf, welches sich in Sichtweite von Tbilissi befand. Baldur und einige andere erwarteten den Fremden, anscheinend mächtigen Mann, der in der Begleitung von berittenen Kriegern und einigen Vertrauten oder Ratgebern erschien. Die Situation schien angespannt zu sein und die Krieger des Clans schoben sich in die vorderen Reihen.

Nach einiger Zeit war Hela in der Lage das zu übersetzen, was der fremde Anführer sagte und von ihnen wollte. Ihre Übersetzung war nicht dazu angetan, Baldur und den anderen Ältesten zu gefallen. Das Gesicht von Baldur verfinsterte sich und Hela trat vorsichtig einen Schritt zurück, darauf gefasst, das es wohl gleich zum Kampf kommen würde.

"Ihr seid weit von den euren Landen entfernt", sprach der persische Fürst mit einem Hauch von Spott in seiner Stimme. "Das Land hier gehört dem Großkönig. Wer es betritt, muss sich den Gesetzen der Herrscher beugen. Es wird nicht geduldet, dass Fremde ohne Einverständnis weiterziehen." Er trat näher, und seine Stimme klang nun noch schärfer. "Ich verlange von euch einen Tribut. In Gold, in Waffen, in Vieh oder in Sklaven. So ist es Sitte, in diesen Landen, die vom König beherrscht werden und dessen Stadthalter ich hier bin. Ich bin Aram, der über diese Stadt und diese Soldaten gebietet. Gehorcht oder spürt die Strafe des Königs, wenn ihr unsere Gesetze und Bräuche nicht akzeptiert."

Erneut startete Hela einen Versuch, um zu schlichten und dem Mann klar zu machen, dass der Clan nur wenig Besitztümer hatte. Das Gesicht von Aram war missmutig. Da berührte eine Frau, aus seinem Gefolge, ihn an der Schulter und flüsterte ihm danach lange etwas ins Ohr. Aram blickte nachdenklich auf die Krieger des Clan, die jetzt kampfbereit vor seiner Gruppe standen. Schließlich nickte er zustimmend. "Frau aus der Ferne, höre was ich zu sagen habe und übersetze meine Worte … Meine Tochter Schabnam zeigt Erbarmen mit euch. Deshalb mache ich euch, in meiner Güte, einen Vorschlag. Ihr sollt mir ein Jahr lang dienen und in dieser Zeit eure Krieger als Wachen für unsere Karawanen stellen. Ihr sollt auch einen Leibwächter für meine Tochter stellen. Sie wird sich einen von euch dafür aussuchen. Als Gegenleistung erhaltet ihr meinen Schutz, Vieh und eine Entlohnung für eure Krieger. Nach dieser Zeit mögt ihr weiterziehen, wenn ihr das dann noch wollt. Vergesst niemals, dass ihr dieses Angebot nur erhaltet, weil meine Tochter mein Herz erweicht hat. Sie ist die Sonne meines Lebens … Seid ihr damit einverstanden?"

Hela übersetzte und Baldur nickte zustimmend. Der Vorschlag hörte sich fair an. Nun bewegte die reich gekleidete Frau ihr Pferd ein Stück in Richtung der Clankrieger. Vor den Kriegern hielt sie ihr Pferd an und deutete dann auf Orm, einen jüngeren der überlebenden Krieger, des Clans. Der junge Orm war erst achtzehn Sommer alt, jedoch einer der wohl am imposantesten gewachsenen Männer des Clans. Die Frau stieg von ihrem Pferd und stellte sich vor Orm. Erneut deutete sie auf ihn, der die anderen Krieger des Clans um eine halbe Kopflänge überragte. Seine Muskulatur war sogar noch etwas deutlicher ausgeprägt, als die der ihn umgebenden Krieger, was eindeutig zu erkennen war, da er nur eine lederne Hose und Stiefel trug. Hela übersetzte Orm den Wunsch der Frau, der somit zur Bedingung des Stadthalters geworden war. Seufzend kniete Orm vor der jungen Frau nieder, die ihm noch nicht einmal bis zu seinen Schultern reichte. Dann beugte er sein Haupt und nickte.

Die sengende Sonne des Hochsommers brannte unbarmherzig auf die Berge nieder, als die lang gezogene Karawane von Tbilissi aus ihren Weg antrat. Eingebettet zwischen die sattgrünen Hügel und die steinernen Bergausläufer des Kaukasus, bot die Stadt den letzten Funken zivilisierter Sicherheit, bevor die Handelsroute in das Ungewisse führte. Der schmale Pfad wand sich durch zerklüftete Pässe und tiefe Schluchten. Ein Weg voller Schönheit, aber auch voller Gefahren.

Zwanzig Krieger des Asen-Clans begleiteten die Händler, deren beladene Kamele schwere Ballen mit wertvollen Gütern trugen. Seide, Gewürze, Metalle und Salz ... Waren, deren Wert sowohl Händler als auch Diebe anzog. Die Krieger waren eine beeindruckende Erscheinung. Männer und Frauen, die das Waffenhandwerk beherrschten. Auch Olov und Hela waren unter den Wachen. Olov, weil er lernen sollte, was einen Anführer ausmachte und Hela, damit sie sich bereits besser mit der Sprache der Leute vertraut machen konnte, die jenseits des Bergpasses lebten. Hochgewachsen, muskulös, die anderen Reisenden alle überragend, ihre blonden Haare und blauen Augen wie aus einer anderen Welt inmitten der sonnengebräunten Händler wirkten die Asen wie sagenumwobene Gestalten, die aus fernen sagenumwobenen Gefilden kamen. Ihre Waffen glänzten und funkelten in der grellen Sommersonne. Speere, Schwerter und hölzerne Rundschilde, so robust wie die Berge selbst. Die bis zum halben Oberschenkel reichenden Schuppenpanzer und nordischen Helme wirkten fremdartig in diesen Gegenden der Welt-

Olov, der jüngste Mann in der Gruppe der Asenkrieger, trug den Stolz und die Verantwortung seines Namens in jeder Bewegung. Mit sechzehn Sommern war er nicht mehr das Kind, das von den Älteren geschont wurde. Seit dem Verlust seines Vaters und der meisten Männer des Clans fühlte er die Last der Pflicht schwer auf seinen Schultern. Neben ihm marschierte Hela, deren helle, stählerne Schuppenrüstung unter der Sonne schimmerte. Sie war eine Kriegerin des Clans mit einer Präsenz, die selbst die Händler respektvoll schweigen ließ.

Die Karawane setzte sich mit einem rhythmischen Trommeln von Hufen und Schritten in Bewegung. Die Hitze des Tages machte die Reise anstrengend. Auch die Nächte brachten nur wenig Erholung. Im Schutz der Dunkelheit war die Gefahr eines Überfalls am größten. Der Pfad führte an schroffen Berghängen entlang, deren Felsen so alt wirkten, als hätten sie die Zeit selbst geformt. Hier und da zierten kleine in die Felsen gemeißelte Steinfiguren den Weg. Relikte vergangener Kulturen, deren Geheimnisse schon längst in Vergessenheit geraten waren. Die Händler erzählten leise Geschichten über diese Statuen, doch die Krieger des Clans lauschten kaum. Ihre Aufmerksamkeit galt den Schatten, die sich in den Schluchten bewegten, den Geräuschen, die der Wind mit sich trug.

Am Abend des ersten Tages errichteten sie ein Lager in einer Senke, wo ein klarer Bach durch das steinige Gelände floss. Die Händler kümmerten sich um die Tiere, während die Krieger Wachen aufstellten. Olov, der seinen Platz am Rande des Lagers bezogen hatte, beobachtete staunend den Sternenhimmel.

"Hast du Angst?" fragte Hela, die sich neben ihn setzte.

"Nein," antwortete er nach kurzem Zögern. "Aber ich frage mich, wie viele von uns diesen Weg zurücklegen werden. Es werden in diesem Jahr sicherlich noch einige von unserem Clan sterben. Wir werden weniger."

Ihre Augen suchten die Dunkelheit und ihre Stimme war leise, aber fest. "Wir sind Asen. Wir werden kämpfen und siegen. So wie wir es immer tun. Irgendwann wird das alles weit hinter uns liegen. Dann haben wir ein Land erreicht, wo wir die Herren sein werden … Nicht Diener wie jetzt."

Der dritte Tag der Reise brachte sie an den engsten Teil des Passes, eine Schlucht, deren steile Wände kaum einen Ausweg boten. Die Händler führten ihre Tiere vorsichtig durch den unebenen Pfad, während die Krieger die Umgebung mit scharfen Augen absuchten.

Die Stille war unheimlich. Kein einziger Vogel sang, kein Wind bewegte die Gräser. Es war Olov, der als Erster das Geräusch hörte. Das dumpfe Dröhnen von Hufen, das von den Felswänden verstärkt wurde. "Räuber!" rief er mit einer Stimme, die das Lager alarmierte.

Die Krieger reagierten sofort, formierten sich zu einem Schildwall um die Spitze der Karawane. Die Händler drängten ihre Tiere in die Mitte, des Passes, während die Angreifer wie ein schwarzer Strom aus den Bergen herabströmten. Sie waren zahlreich. Mindestens vierzig Männer, deren Kleidung und Waffen so chaotisch waren wie ihre Bewegungen.

Arnvid, der Anführer der Krieger, trat vor die Linie. Sein Speer schien eine Verlängerung seines Armes zu sein, und seine Stimme hallte wie ein Donner. "Asen, haltet die Schlachtlinie! Zeigt diesen Dieben, was es heißt, uns zu begegnen!"

Die erste Welle der Räuber prallte gegen die Schilde der Asen, doch die Krieger hielten stand. Speerspitzen stießen vor, suchten nach Lücken in der Verteidigung der Angreifer. Das metallische Klirren von Schwertern, das Stöhnen der Verletzten und die Schreie der Angreifer mischten sich zu einem tödlichen Chor.

Olov kämpfte mit einer Entschlossenheit, die jeden in seiner Nähe inspirierte. Sein Schwert blitzte, als er einen Gegner zurückdrängte, dann einen weiteren. Neben ihm bewegte sich Hela wie ein Sturm ... jeder Stoß ihres Speeres war präzise, jeder Hieb ihrer kleinen Axt tödlich.

Ein Räuber sprang auf Olov zu, ein wilder Blick in seinen Augen, doch Hela war schneller. Ihr Speer durchbohrte den Mann, bevor er Olov erreichen konnte. "Bleib wachsam! Ich brauche dich noch!" rief sie, ihre Stimme war klar und stark aber mit einem Lachen, trotz des blutigen Chaos um sie herum.

Die Angreifer waren zahlreich, doch sie kämpften unorganisiert. Die Asen nutzten jede Lücke in ihrer Verteidigung, jede Unsicherheit. Arnvid führte seine Krieger mit der Präzision eines erfahrenen Kriegers. Er hob seinen Schild, parierte einen Schlag und stieß seinen Speer vor, ein einziger, flüssiger Bewegungsablauf, der zwei Gegner niederstreckte. Ein wahres Schreckgespenst, für die Räuber, die derartigen Gegnern nie zuvor entgegentreten mussten.

Als die Schlacht zu kippen begann, war es Hela, die den letzten Funken Mut in den Herzen der Asen entfachte. Sie trat vor, den Speer fest in der Hand, und rief den Anführern der Räuber zu: "Kommt her, wenn ihr euch traut, und kämpft gegen eine Kriegerin der Asen!"

Die Räuber zögerten, einige Augenblicke und dieser kurze Moment des Stillstands war alles, was die Asen brauchten. Mit einem donnernden Schrei brach die Linie der Krieger vor, trieb die Angreifer zurück. Der Feind begann zu fliehen, einer nach dem anderen, bis die letzten Überlebenden in die Dunkelheit der Berge verschwanden. Der Pass war still, abgesehen von den Klagen der Verwundeten und dem leisen Rascheln des Windes. Die Asen plünderten die Toten und nahmen sich alles verwertbare. Erstaunt stellten sie dabei fest, dass die Räuber mit Ringen, Armreifen und Ketten aus Gold und Silber behängt waren. Eine sehr willkommene Aufstockung der Kapitalmittel, über die der Clan verfügte.

Als die Karawane schließlich, elf Tage später, den Handelsknotenpunkt erreichte, wurden die Krieger wie Helden von den Karawanenkaufleuten verabschiedet. Ihre Rüstungen waren noch immer von Blutspuren bedeckt, ihre Gesichter von Staub bedeckt, doch sie trugen den Ausdruck von Menschen, die überlebt hatten ... die gesiegt hatten und dem Clan Ehre gemacht hatten.

Eine neue Karawane wandte sich, vom Handelsknotenpunkt, gen Tbilissi. Beladen mit neuen Waren und neuen Geschichten. Die schroffen Berge umarmten den Weg wie Wächter, ihre kargen Felsen ein Mahnmal an die unzähligen Leben, die sie in den Jahrhunderten zuvor gesehen hatten. Der Rückweg durch die Pässe war lang und beschwerlich, ein Marsch, der Geduld, Ausdauer und unnachgiebige Wachsamkeit verlangte.

Die Sonne sank langsam über den Gipfeln und warf goldene Lichtstrahlen auf die nackten Felsen, die sich in leuchtenden Rot- und Orangetönen verfärbten. Unten im Tal rauschten kleine Bäche, deren Wasser über das Gestein plätscherte, wie flüsternde Stimmen aus einer längst vergangenen Zeit. Doch trotz der Schönheit der Natur lastete eine bedrückende Stille auf der Gruppe, als würden die Berge selbst sie vor dem warnen, was vor ihnen lag. Tag für Tag bewegte sich die Karawane vorwärts, jeder Schritt ein Echo im unbarmherzigen Pass. Der Weg war schmal, manchmal sogar etwas eng, dass nur eine doppelte Reihe von Menschen und Tieren hindurchpasste. Links und rechts ragten die Wände der Schlucht in den Himmel, scharfkantig und unbezwingbar. Der Schatten der Berge ließ den Tag früh zur Nacht werden, und die Luft war kühl und klar, doch sie trug einen Hauch von Gefahr mit sich.

Die Händler sprachen kaum, ihre Stimmen gedämpft von der ständigen Angst, beobachtet zu werden. Olov spürte die Anspannung wie ein greifbares Band, das sich um die Gruppe legte. Es war Hela, die ihn daran erinnerte, warum sie hier waren. "Du fühlst es auch, nicht wahr?" fragte sie leise, während sie nebeneinander marschierten.

"Ja," antwortete er. "Die Stille. Es ist, als würde etwas auf uns warten. Die Natur hält den Atem an und die Tiere haben sich versteckt."

"Irgend etwas wartet doch immer auf uns, Olov," sagte sie mit einem wissenden Lächeln und zwinkerte ihm zu. "Aber wir sind Asen. Wir sind ein Volk von Kriegern. Wenn der Kampf kommt, werden wir bereit sein."

Es war am frühen Abend des sechsten Tages, als die Karawane sich einem besonders engen Abschnitt des Passes näherte. Die Krieger des Clans, stets wachsam, hielten an und untersuchten die Umgebung. Der Pfad schlängelte sich hier zwischen zwei massiven Felswänden, die wie steinerne Wächter über den Reisenden thronten.

Arnvid hob die Hand, ein Zeichen, das die gesamte Gruppe zum Stehen brachte. Seine Augen suchten die Höhen der Felswände, und seine Hand umfasste den Speer, der ihn schon durch zahllose Schlachten geführt hatte. "Es ist zu still," murmelte er. Kaum hatte er gesprochen, brach das Inferno los.

Von den Hängen der Berge stürmten sie herab. Männer in zerlumpten

Kleidern, ihre Waffen ein wilder Mix aus Schwertern, Keulen und Dolchen. Es waren fünfzig an der Zahl, ihre Gesichter von Gier und Blutlust gezeichnet. Sie schrien wie wilde Tiere, während sie auf die Karawane zurasten, ihre Bewegungen unkoordiniert, doch ihre Zahl eine erdrückende Bedrohung. "Schildwall!" brüllte Arnvid und die Asen reagierten wie ein gut geöltes Uhrwerk. Die Krieger formierten sich in einer dichten Linie, ihre Schilde ein undurchdringbarer Wall, ihre Speere nach vorne gerichtet. Die Händler und Lasttiere wurden in die Mitte des Passes gezogen, während die Asen sich darauf vorbereiteten, die Wucht des Angriffs zu tragen.

Die Räuber prallten gegen den Schildwall wie eine Welle gegen einen Felsen, doch die Asen hielten stand. Arnvids Stimme donnerte über das Schlachtfeld: "Haltet die Schlachtlinie! Für den Clan, für die Ehre!"

Die Räuber drängten mit brutaler Gewalt, ihre Waffen auf die Schilde der Krieger niederfahrend. Doch die Asen waren unnachgiebig. Speere stießen vor, fanden Lücken in der Verteidigung der Angreifer und trafen mit tödlicher Präzision. Blut spritzte, und die Schreie der Verwundeten mischten sich mit dem metallischen Klirren von Klingen.

Olov kämpfte wie ein Löwe. Sein Schwert war eine Erweiterung seines Körpers, jeder Hieb präzise und tödlich. Neben ihm bewegte sich Hela mit einer Anmut, die fast übermenschlich wirkte. Ihr Speer fand sein Ziel in den Schwachstellen der Angreifer, und ihr Schild wehrte Angriffe ab, als wäre er ein Teil von ihr. "Bleib bei mir, Olov!" rief sie, während sie einen weiteren Räuber zurückstieß.

"Ich gehe nirgendwo hin, wo du nicht bist!" rief er zurück, sein Gesicht von Schweiß und Blut gezeichnet. Doch seine Augen leuchteten vor Kampfeslust und Entschlossenheit. Helas freudiges Lachen antwortete ihm. Die Räuber schienen unerschöpflich, ihre Angriffe unaufhörlich, doch die Asen kämpften mit einer verbissenen Wildheit, die nur aus tiefer Entschlossenheit heraus geboren werden konnte. Arnvid führte einen Gegenangriff an, sein Speer eine tödliche Waffe, die in die Reihen der Angreifer eindrang und Chaos säte.

"Für den Clan!" brüllte er, "Für Ruhm und Ehre! Mögen die Götter voller Wohlgefallen auf uns blicken." Die Krieger der Asen stürmten vor.

Die Formation der Räuber brach unter dem Druck der Asen zusammen. Die Krieger bewegten sich wie ein einzelner, tödlicher Organismus, jeder Schlag war präzise, jeder Schritt vorwärts drängte die Gegner weiter in die Defensive.

Olov stieß sein Schwert tief in die Seite eines Mannes, zog es heraus und wirbelte blitzschnell herum, um einen weiteren Angriff abzuwehren. Seine Bewegungen waren instinktiv, sein junger Körper bereits eine Waffe, geschmiedet durch die Härten des Lebens.

Hela war wie ein Sturm in der Mitte des Kampfes, ihr Speer fand immer wieder sein Ziel, ihre schrillen Kriegsschreie hallten zwischen den Bergen wider. "Kommt her, ihr Narren! Lernt, was es heißt, gegen eine Asin zu kämpfen! Kostet den Stahl meiner Klingen."

Die Räuber, die von Gier und Verzweiflung getrieben waren, kämpften bis zum letzten Mann. Als die lage verzweifelt wurde, wandten sie sich zur Flucht. Doch die Asen waren dicht hinter ihnen und ließen nicht zu, dass auch nur ein einziger entkommen konnte. Keiner von ihnen konnte den Asen standhalten. Als der letzte Räuber fiel, war die Stille, die sich über den Pass legte, fast greifbar. Die Asen standen inmitten des Chaos, ihre Waffen und Rüstungen rot von Blut, ihre Gesichter vom Kampf gezeichnet. Doch keiner von ihnen war gefallen, Lediglich einige wenige hatten oberflächliche Verwundungen erhalten. Arnvid blickte auf die Leichen, die den Boden bedeckten, und nickte langsam. "Sie haben ihren Lohn erhalten," sagte er mit rauer Stimme.

Die Händler, die sich hinter den Kriegern versteckt hatten, kamen jetzt vorsichtig hervor. Ihre blassen Gesichter waren voller Dankbarkeit und Ehrfurcht. Derart hatten sie noch nie zuvor Krieger kämpfen sehen. Diese blonden, hühnenhaften Gestalten waren wie aus alten Geschichten, Märchen und Sagen. Unaufhaltsam und mit einem erschreckenden Blutdurst. Der Rest der Reise verlief ohne weitere Zwischenfälle, und als die Mauern von Tbilissi am Horizont auftauchten, atmeten die Asen erleichtert auf. Die Stadt empfing sie mit offenen Armen und die Krieger des Clans wurden vom Stadthalter wie Helden gefeiert.

Der Stadthalter war höchst erfreut, über die beiden Siege, die über die Räuber errungen worden waren. Kurzentschlossen fasste er den Plan, mit der nächsten Karawane mitzuziehen und eine Abteilung seiner Soldaten in die Berge zu führen, wo die verstecke der Räuberbanden liegen mussten. Nun sollte es kein Problem mehr sein, mit den wenigen überlebenden Räubern fertig zu werden, die bereits seit einigen Jahren die Passstrecke unsicher gemacht hatten. Die Truppe des Stadthalters bestand aus vierzig berittenen Kriegern. Soldaten, denen man ansah, dass sie gewohnt waren in den Kampf zu ziehen. Damit führte der Stadthalter nun die Hälfte seiner Soldaten in die Berge. Vom Clan der Asen sollten weitere zwanzig Krieger und Kriegerinnen diese Streitmacht begleiten.

Die gemischte Truppe zog los und fand die Verstecke der Banditen, da man nun wusste, wo in etwa sich diese befinden mussten. Es hätte wenig Sinn, wenn die Räuber sich weit von ihren Verstecken entfernt hätten, bei ihren Überfällen. Sie fanden die Verstecke nach kurzer Suche und töteten alle diejenigen Räuber, die bislang mit dem Leben davon gekommen waren. Der Stadthalter teilte die Beute großzügig auf und lobte den Mut und das Geschick der Asen. Durch diesen kurzen Feldzug vergrößerte sich der Reichtum der Asen schlagartig. Die Räuber hatten in der Zeit vor ihrer Auslöschung viele Karawanen und einzeln reisende überfallen. Deren Reichtümer fanden jetzt neue Besitzer.

Im Verlauf des einen Jahres, welches sie im Dienst des Stadthalters zubrachten, begleiteten die Kriegertrupps der Asen nahezu jeden Monat eine Karawane, durch den Pass. Jeder aus dem Clan wartete sehnsüchtig darauf, die Reise fortzusetzen. Bald schon, wäre diese Zeit abgelaufen, wo sie einem fremden Herren dienen mussten.

Das Jahr in Tbilissi brachte nicht nur glühende Hitze und das Summen von Handelstreiben, sondern auch eine Reihe von Ereignissen, die Orm, einem jungen Krieger des Asen-Clans, den Kopf mehr als einmal verdrehten. Orm, ein Mann von stattlicher Statur und mit Schultern so breit wie ein Ochsenjoch, war von der Tochter des Stadthalters auserkoren worden, sie als Leibwächter zu begleiten. Die Wahl war weder zufällig noch unüberlegt. Schabnam, ein junges Mädchen mit rabenschwarzen Locken und Augen, die jeden Blick zu durchbohren schienen, hatte ihn unter den anderen Kriegern des Clans entdeckt wie eine Perle unter Steinen.

Schabnam war klug, gewitzt und charmant, aber auch von einer sturen

Zielstrebigkeit, die den Willen von fünf Männern hätte brechen können. Dass sie Orm wollte, war für sie so selbstverständlich wie die Sonne am Himmel, und obwohl er zu Beginn den Abstand eines pflichtbewussten Kriegers hielt, sah sich Orm bald in einem Strudel aus Schmeicheleien, unverschämten Komplimenten und unverhohlenen Einladungen wieder, die ihn rot anlaufen ließen, wie einen Knaben beim ersten Fest des Frühlings. Orm war kein Mann, der sich leicht aus der Fassung bringen ließ. Sein ganzer Körper schrie nach Disziplin, und seine blonde Mähne wehte im Wind wie die Standarte eines Königs. Doch Schabnam verstand es, diesen Disziplinpanzer mit der Geschicklichkeit einer Diebin zu knacken.

Es begann harmlos. Ein kurzer Blick, ein zufälliges Berühren seines Arms, wenn sie ihm Anweisungen gab, oder ein unverschämtes Kichern, wenn er sich verlegen räusperte. Bald darauf kamen die schmeichelhaften Bemerkungen. Ihre Dienerinnen hatten ihr berichtet, dass Orm wirklich überall an seinem Körper alle andern Männer übertraf, die sie bislang gesehen hatten. Orm selbst hatte dies gar nicht registriert. Er hatte in einer der heißen Quellen gebadet, die sich in der Umgebung von Tbilissi befanden und war dabei von den neugierigen Dienerinnen beobachtet worden. Was diese gesehen hatten, berichteten sie natürlich, mit glänzenden Augen an Schabnam, wobei sie mit ihren Händen die Größe von Orms Organ andeuteten, welches dieser zwischen seinen Beinen trug. Mit funkelnden Augen hatte Schabnam der Schilderung zugehört.

"Orm, ich habe noch nie einen Mann gesehen, der eine Rüstung so gut ausfüllt wie du," sagte sie eines Tages leise, während sie ihre Finger spielerisch über das Leder seines Brustpanzers gleiten ließ.

"Das... äh... das ist nur die Arbeit im Feld. Das Kriegertraining," stotterte Orm, der spürte, wie sein Gesicht heiß wurde.

"Arbeit im Feld?" wiederholte sie nachdenklich, mit einem unschuldigen Augenzwinkern. "Nun, ich hoffe, du bist auch abseits des Schlachtfeldes so... fleißig. Wie du sicherlich weist, sollen starke Männer den Frauen auch bei anderen Gelegenheiten hilfreich sein … auch wenn sonst niemand dabei ist und der Mond scheint."

Orm errötete. Er hätte fast seinen Helm fallen lassen.

Schabnam

Im Verlauf der Monate wurde es schwieriger, ihrer Aufmerksamkeit zu entkommen. Schabnam ließ keine Gelegenheit aus, ihn in Gespräche zu verwickeln, ihm weiche Tücher zu reichen, wenn er vom Training zurückkam, oder gar kleine Geschenke zu machen. Orm war sich sicher, dass der Rest des Clans von all dem Wind bekam, denn Hela, die scharfe Augen für alles hatte, schenkte ihm mehr als einmal einen spöttischen Blick.

"Du lässt dich ganz schön einwickeln," flüsterte sie ihm eines Tages zu, während sie gemeinsam auf Wache standen.

"Ich lasse gar nichts einwickeln," knurrte Orm, mit verdrießlicher Miene.

"Ach nein? Dann erklär mir, warum sie dir heute Morgen Honigkuchen gebracht hat, während ich mich mit Gerstenbrei begnügen musste?"

Orm seufzte schwer. "Ich bin doch nur ihr Leibwächter. Ein Nichts, für eine Frau von ihrem Stande. Ich bin ihr durch unseren Eid verpflichtet, solange der Clan hier ist. Davon abgesehen ziehen wir bald weiter ... Ich danke den Göttern, auf Knien, wenn es endlich so weit ist."

Die Monate verstrichen langsam und das Ende der Knechtschaft rückte näher. Es war am Ende eines langen Tages, als es schließlich geschah. Der Stadthalter hatte einen prächtigen Empfang gegeben, und die Asen waren als Ehrengäste geladen. Orm hatte Schabnam wie immer begleitet, in seiner Rolle als Leibwächter, doch die Feierlichkeiten zogen sich hin, und der Wein floss in Strömen.

"Du kannst nicht die ganze Nacht wie ein Baum in deiner Ecke stehen," flüsterte Schabnam ihm zu, als sie sich kurz von der laut feiernden Gesellschaft entfernte.

"Es ist meine Pflicht, dich zu beschützen, Ich habe einen Eid geleistet," erwiderte Orm.

"Vielleicht solltest du mich vor meiner eigenen Einsamkeit beschützen," sagte sie leise und zog ihn in die Schatten eines Säulenganges.

Orm, sonst so standhaft wie ein Fels in der Brandung, fand sich plötzlich in einer Situation wieder, aus der er keinen Ausweg wusste. Ihr Duft, die Nähe, der Schimmer des Mondlichts auf ihrem Gesicht ... all das war zu viel. Dann strichen ihre Hände sanft über seine Arme und sie drängte sich an ihn, um ihm einen Kuss zu geben. Die Pflicht des Kriegers wurde in diesem Moment von etwas mächtigerem übermannt, was sich bereits seit vielen Monden aufgestaut hatte. Einer ungestümen Leidenschaft, die alle Vorsicht hinwegfegte. Orm war wie Wachs in ihren Händen, als sie ihn am Hals küsste und sanft an seinem Ohr knabberte. Orm sah ihr berechnendes Lächeln nicht, als er sie endlich umarmte.

Schabnam griff zu seinem Unterarm, warf einen letzten Blick auf die feiernde Gesellschaft und zog ihn dann in einen unbenutzten Raum. Sie drückte ihn rückwärts auf einige Stoffballen, die in dem Raum lagen und setzte sich dann auf seinen Schoß. Wild küsste sie ihn und als er endlich ihre Küsse mit der selben Intensität erwiderte stöhnte sie lustvoll auf. Sie schob seine Hände unter ihr weites Übergewand, an ihre Brüste. Orm spürte ihre harten Brustwarzen für einen Moment, ehe sie ihr Übergewand einfach über ihren Kopf zog und sich nach vorne beugte. Orm konnte nicht anders und bedeckte die runden Brüste mit Küssen, die Schabnam ein weiteres, leises Stöhnen entlockten. Mit flinken Fingern löste sie seinen Gürtel und streifte seine Hose ein Stück herab. Zufrieden blickte sie auf seinen steil empor stehenden Penis, bevor sie sich breitbeinig auf diesem niederließ. Wie von alleine glitt Orm in sie hinein, überwältigt von der Wärme und Feuchtigkeit, die seinen Penis nun umfingen. Nur Augenblicke später begann Schabnam sich auf ihm zu bewegen. Was zuerst ein sanftes auf und ab war wurde schnell zu einem wilden Ritt und dann kam der Moment, auf den Schabnam hin gearbeitet hatte. Sie verkrampfte sich und ein kehliges Stöhnen entwich ihrer Kehle, als sie zum Orgasmus kam. Sie lächelte Orm an, ließ sich von ihm gleiten und zog ihn dann über sich. Weit öffnete sie ihre Beine, dirigierte ihn mit der Hand zu ihrem Lustzentrum und zog ihn dann herab, auf sich. Kaum war Orm wieder in sie eingedrungen, da setzte der uralte Instinkt ein und er begann sie zu stoßen, was Schabnam, bei jedem Stoß, mit tiefem Stöhnen erwiderte. Als Orm seinen Orgasmus erreichte und sich in sie ergoss umklammerte sie ihn und stöhnte lustvoll auf.

Noch zweimal an diesem Abend verlangte Schabnam nach seiner Manneskraft, bevor sie sich beide wieder ankleideten und auf das Fest zurück kehrten, wo niemand ihre Abwesenheit bemerkt hatte.

Die Nacht war kurz und der Morgen kam schnell. Als Orm im Lager des Clans erwachte, fühlte er sowohl Zufriedenheit als auch ein nagendes Schuldgefühl. Schabnam hingegen war strahlend wie die aufgehende Sonne und schritt lächelnd und zufrieden durch den heimatlichen Palast des Stadthalters. Sie hatte endlich bekommen, was sie schon so lange gewollt hatte. Als Orm an diesem Tage zum Dienst im Palast erschien hatte er Gewissensbisse und auch Angst, vor dem Zusammentreffen mit Schabnam. Was, wenn sie die vergangene Nacht jetzt bereute?

"Du bist ein wundervoller Mann, Orm," sagte sie mit einem zufriedenen Lächeln. "Ich wusste, dass du eines Tages weich wirst … Allerdings bist du nur in der Seele weich geworden. Andere Teile von dir waren hart und fest wie aus Eisen. Ich werde diese Härte noch viele male testen müssen, um sicher zu sein, dass ich mich nicht irre." Sie lachte leise und zwinkerte ihm dabei zu.

Orm stöhnte innerlich. Die Nacht hatte auch ihm gefallen … Aber sein Eid und seine Ehre als Krieger des Clans fühlten sich in diesem Moment etwas beschmutzt an. Prinzipiell jedoch war er einfach nur müde und erschöpft von der vergangenen Nacht.

Die Wochen vergingen und Orm hoffte insgeheim, dass diese Nacht keine Folgen haben würde. Doch es folgten noch viele derartige Nächte. Die junge Frau schien geradezu unersättlich zu sein und Orm fiel es schwer, ihr zu widerstehen, was er eigentlich gar nicht wollte, da er es liebte, wenn er mit ihr Liebe machte. Schabnam liebte es, wenn er sie von hinten nahm. Ganz besonders jedoch, wenn er sie zwischen ihren Beinen leckte. Etwas, was Orm vorher nicht gekannt hatte und was ihm und ihr nicht nur Freude bereitete, sondern ihn nahezu rasend machte vor Verlangen nach ihr. Prinzipiell jedoch achtete Schabnam nur auf sich. Ihr ging es nur darum, selbst einen Orgasmus zu erhalten. Ob Orm diese Erfüllung ebenfalls bekam war ihr egal. Sie nutzte lediglich seine Manneskraft aus, um Befriedigung zu erhalten.

Der Vater von Schabnam registrierte es nur beiläufig, dass seine Tochter jetzt oft zur Jagd ausritt und sich dabei von Orm begleiten ließ, der mit langen Schritten neben ihrem Pferd ging. Die Route führte die beiden stets zu einer einsamen Hütte, wo Schabnam dann von Orm forderte, er solle ihr seine Manneskraft beweisen … meist auch mehrfach, was sie ungemein genoss.

Eines Morgens trat Schabnam mit ernstem Gesichtsausdruck auf ihn zu.

"Orm," begann sie, ihre Stimme ungewohnt sanft.

Etwas misstrauisch runzelte Orm seine Stirn, als er antwortete. "Ja?"

Schabnam blickte für einige Momente auf den Boden, zu ihren Füßen. "Ich... ich glaube, ich bin schwanger."

Die Worte trafen ihn wie ein Schlag mit dem Hammer. Sein Gesicht wechselte jetzt, innerhalb eines Wimpernschlages, zuerst von verblüffter Überraschung zu blankem Entsetzen und dann schließlich zu resignierter Akzeptanz. "Bist du sicher?" fragte er schwach.

"Ich habe keine Zweifel. Ich bin eine Frau und wir Frauen können die Zeichen unseres Körpers deuten," sagte sie, und ihre Augen funkelten vor Entschlossenheit.

Orm wusste, dass er handeln musste. Mit schwerem Herzen suchte er Baldur, das weise Clanoberhaupt, auf und berichtete ihm, reumütig, was zwischen ihm und Schabnam geschehen war. Der alte Krieger hörte ihm ruhig zu, nickte nachdenklich und sagte schließlich:

"Du hast dich in eine Lage manövriert, die einem Mann deines Formats würdig ist, Orm. Der Vater der jungen Frau wird nicht begeistert von dieser Nachricht sein, befürchte ich. Aber keine Sorge. Ich habe soeben eine Nachricht vom Stadthalter erhalten. Der Großkönig hat ihn angewiesen, seine Tochter nach Babylon zu entsenden, damit sie dort an den Hof des Herrschers kommen mag. Als Schutz für die Tochter des Stadthalters sind zwanzig berittene Soldaten eingetroffen und haben den Boten begleitet, der diese Anweisung überbracht hat. Schabnam wird noch in dieser Stunde aufbrechen. Ihre Dienerin packen bereits die Dinge zusammen, die für die Reise benötigt werden.Der Stadthalter wird ebenfalls zwanzig seiner Soldaten entsenden, um die Reisegesellschaft zu begleiten. Deshalb sollen wir noch drei Monde länger hier verbleiben und in dieser Zeit einige besonders wichtige Karawanen durch den Passweg begleiten. Dafür werden wir gut entlohnt ... In Gold, Silber und Vieh. Danach steht es uns frei zu gehen, wohin wir wollen.Wir Asen wissen, wann es Zeit ist, aufzubrechen. Lange genug haben wir auf diesen Moment gewartet … DU wirst sofort zu unseren Spähern und Kriegern gehen, die sich derzeit bereit machen, um eine kleinere Händlergruppe zu eskortieren, die ebenfalls den Passweg nehmen will. Sobald die Zeit verstrichen ist, werden wir diesen Ort verlassen … und hoffen, dass der Stadthalter bis dahin noch nicht gehört hat, dass du seine Tochter geschwängert hast."

Innerhalb weniger Tage sprachen sich diese Neuigkeiten im Lager des Clans herum. Die Nachricht von Schabnams Zustand hatte sich wie ein

Lauffeuer verbreitet und Orm sah sich direkt nach seiner Rückkehr einer bunten Mischung aus spöttischen Kommentaren und herzhaften Lachern gegenüber.

"Ich wusste, dass du irgendwann weich wirst," bemerkte Hela mit einem breiten Grinsen. "Das kleine Biest war derart läufig nach dir, dass es jeder hat sehen müssen, der Augen besitzt."

"Weich? Ich nenne das Mut," fügte Arnvid hinzu. "Nicht jeder Mann legt sich mit der Tochter eines Stadthalters an oder besteigt sie!"

Die Zeit verstrich und es nahte der Tag, an dem der Clan aufbrach. Baldur hatte entschieden, den Passweg zu nehmen und in die Länder weit im Süden zu ziehen. Dort sollte es weite Gebiete geben, die nahezu oder sogar vollkommen menschenleer waren. Der Clan hatte sich für diese Reise gut vorbereitet. Durch Gespräche mit den Karawanenführern, die von ihnen in der Vergangenheit begleitet worden waren, hatten sie viel über die Regionen südlich der Bergkette erfahren. Olov hatte sogar die Kunst des Kartenlesen und des Kartenzeichnen erlernt. Ein Procedere, das ihm anfänglich nicht leicht gefallen war, da die Asen derartiges nicht kannten. Es gab vielen, in diesen Landstrichen, was den Asen fremd war. Die Sklaverei war nur eines dieser Beispiele. Die Asen lehnten den Gedanken entschieden ab, dass ein Mensch das Eigentum eines anderen sein könne. Hier jedoch sah man das völlig anders und zelebrierte dies sogar teils mit Genuss, wie die Asen bereits mehrfach festgestellt hatten. Die Menschen, die in den Landstrichen weit südlich der alten Heimat der Asen lebten fanden die Sklaverei völlig normal. Es gab sogar Stämme, die ihren Lebensunterhalt mit der Sklavenjagd bestritten. Ein Konzept, welches bei den meisten der Asen, schon beim Gedanken daran fast körperliche Übelkeit auslöste. Die Menschen jedoch die hier lebten und den Asen meist noch nicht einmal bis zu deren Schultern reichten, empfanden es als normal und wollten auch nicht darauf verzichten. Ihre Wirtschaft basierte sogar zu großen Teilen auf das Konzept der Sklavenhaltung. Wen wunderte es also, dass es die Asen drängte, diese Regionen zu verlassen, die in ihren Augen dekadent und schwach waren. Die Karawane des Clans setzte sich in Bewegung, die Berge von Tbilissi hinter sich lassend. Der Pass war wie ein steinernes Portal in eine neue Welt, doch Orm konnte den bohrenden Gedanken an Schabnam und das, was er zurückließ, nicht abschütteln. Schabnam war nicht nur die Frau gewesen, mit der er das erste mal zusammen gewesen war, sondern hatte auch sein Herz berührt. Langfristig jedoch hätte diese Beziehung kein gutes Ende genommen, wie Orm sich eingestand.

"Du siehst aus, als hättest du eine Horde Räuber allein besiegt," bemerkte Hela, während sie neben ihm marschierte.

"Vielleicht habe ich das auch," murmelte er, woraufhin sie in schallendes Gelächter ausbrach.

Die Reise war beschwerlich, doch die Asen waren zäh. Die Landschaft, mit ihren schroffen Klippen und steilen Abhängen, schien sie herauszufordern, doch der Clan zog unbeirrt weiter. In den Nächten am Lagerfeuer konnte Orm die Blicke der anderen spüren. Sie waren freundlich, doch voller Verständnis, aber auch mit einem Hauch von Schadenfreude. Es war Baldur, der schließlich eine Lanze für ihn brach.

"Orm," sagte er eines Abends mit einem verschmitzten Lächeln, "wir alle machen Fehler. Aber wenn man dich ansieht, dann denke ich, dass du nicht mehr Fehler gemacht hast, als dein Herz ertragen kann. Und das ist alles, was zählt." Der Clan lachte, und Orm fühlte sich ein wenig leichter.

In den Augen der anderen Krieger jedoch war der Vorfall etwas, das ihn durchaus auszeichnete. Nicht wenige der zumeist jungen Krieger hatten Schabnam, in der Vergangenheit, bisweilen mit Verlangen in den Augen hinterher gesehen.

Auch hatten die jungen Krieger der Asen festgestellt, dass die vielen jungen Frauen in der Stadt durchaus angetan waren, von den hoch gewachsenen, muskulösen und blonden Jünglingen. Einige Dutzend von ihnen hatten die Gunst diverser Frauen genießen dürfen … und dabei Dinge kennen gelernt, die im hohen Norden bislang gänzlich unbekannt gewesen waren. Es schien beinahe so, als wenn in den hiesigen Gefilden die Liebespraktiken schon fast zu einer Kunstform geworden waren. Das hatte auch Hela festgestellt, da sie sich oft mit den weiblichen Bediensteten des Stadthalters unterhalten hatte und jegliches Wissen in sich aufsog, wie ein Schwamm.

4.

Neue Länder, fremde Kulturen

Als die Asen schließlich die Berge hinter sich ließen, atmeten sie auf. Orm blickte ein letztes Mal zurück, sah die Gipfel, die jetzt Tbilissi völlig verbargen, und wusste, dass sein Leben sich unwiderruflich verändert hatte. Er Orm wusste, dass ein Teil von ihm für immer in der Stadt am Fuße der Berge zurückbleiben würde ... zusammen mit den Erinnerungen an Schabnam und Nächte die sie zusammen verbracht hatten.

Die Berge des Kaukasus ragten im Norden auf, ihre schneebedeckten Gipfel leuchteten in der Wintersonne. Südlich erstreckten sich karge Hügel, deren rötliche Erde an manchen Stellen durch gefrorene Flussläufe durchbrochen wurde. Hier und da ragten niedrige Sträucher aus dem Schnee, die Olov an die knorrigen Finger eines Greises erinnerten. Die Kälte war erbarmungslos. Auch die Tiere hatten darunter zu leiden. Der Clan hatte etwas mehr als fünfzig Pferde erstanden. Zum reiten waren die Tiere zu klein, für einen ausgewachsenen Krieger der Asen. Nun trugen die Tiere schwere Gepäckstücke, die an den Lastsätteln befestigt waren. Das stetige Knirschen der Hufe auf dem vereisten Boden wurde zum ständigen Begleiter.

Hela ging oft an Olovs Seite, ihr Mantel aus dicken Fellen fest um die Schultern gezogen. Ihr Haar, das normalerweise von der Sonne golden schimmerte, war unter einem dichten Tuch verborgen, doch ihre Augen strahlten umso lebendiger. Sie sprach selten direkt mit ihm, doch wenn sie es tat, war ihre Stimme ein sanftes Gegengewicht zur harschen Umgebung. Einmal, als Olov abends am Lagerfeuer saß und das Fleisch einer mageren Ziege schnitt, legte Hela ihm wortlos einen zusätzlichen Streifen Brot auf den Teller. Ihre Finger streiften seine, nur für einen Augenblick, und Olov fühlte, wie sein Herz schneller schlug.

"Du wirst noch wachsen, Olov. Du brauchst deine Stärke ... und ich werde sie später ebenfalls brauchen, wenn die Zeit soweit ist", sagte sie leise, ein schiefes Lächeln auf den Lippen, bevor sie sich umdrehte und zu den anderen Frauen ging, die in der Nähe kochten. Olov blickte ihr hinterher und war bereits versuch ihr hinterher zu gehen. Dann jedoch zuckte er nur mit seinen Schultern, die bereits deutliche Muskulatur zeigten. Olov würde später einmal ein ausnehmend hoch gewachsener und sehr kräftiger Krieger werden, hatten die Alten behauptet.

Nach gut einem Monat erreichte der Clan die südlichen Ausläufer des Kaukasus. Die Landschaft veränderte sich langsam. Die schneebedeckten Ebenen wichen sanften Hügeln, die von dichten Wäldern durchzogen waren. In den geschützten Tälern hatte der Schnee begonnen zu schmelzen, und hier und da sprießten die ersten Gräser. Das Tal eines Flusses öffnete sich vor ihnen, und die Asen folgten seinem Lauf nach Westen. Das Wasser glitzerte in der Frühlingssonne, und das Geräusch von Vogelgesang verdrängte allmählich die beklemmende Stille des Winters.

Es war an einem dieser Tage, als Hela und Olov gemeinsam Wache hielten, dass sie ihm ein Geheimnis anvertraute. "Manchmal," sagte sie, während sie einen kleinen Stein zwischen ihren Fingern drehte, "frage ich mich, ob die Götter uns nicht absichtlich geprüft haben. Vielleicht war die Lawine nicht unser Unglück, sondern unser Neubeginn." Sie blickte ihn an, und in ihren Augen lag eine Ernsthaftigkeit, die ihn dazu brachte, den Atem anzuhalten. "Du bist stark, Olov. Stärker, als du denkst. Du weist, dass wir beiden für einander bestimmt sind. Ich warte schon lange auf den Tag, an dem wir beide alt genug sind, um gemeinsam ein Zelt zu beziehen … Geht es dir nicht auch so?"

Diese Worte begleiteten ihn jetzt beständig durch die nächsten Tage. Immer wieder ertappte er sich dabei, wie er nach Hela Ausschau hielt. Ihre Gesten ... ein Lächeln, ein zufälliger Blick, ein geteiltes Stück Brot ... wurden für ihn zu etwas Heiligem.

Der Regen prasselte auf das Zelt, in dem sie sich niedergelassen hatten, um den Sturm abzuwarten. Die Geräusche der Natur drangen durch das Zelt, doch drinnen war es ruhig und warm. Das Feuer, das draußen brannte, war vom Regen fast ausgelöscht worden, aber Olov und Hela hatten sich in das Zelt zurückgezogen, um sich vor dem Unwetter zu schützen. Die beiden gehörten zu denjenigen, die am Rand des Lagers die Wachen stellen sollten.

Die Atmosphäre war gesättigt von der Wärme des Feuers, das innerhalb des Zeltes brannte, und dem angenehmen Geruch von feuchtem Holz. Die Reise hatte sie erschöpft, und die letzten Tage waren von ständigen Kämpfen gegen das Wetter und die Elemente geprägt gewesen. Das unwegsame Gelände hinter ihnen hatte sie, in den vergangenen Tagen langsamer gemacht.

Hela saß auf einem Fellhaufen, ihre Arme um ihre Knie gelegt. Olov war ihr gegenüber und zog sich ebenfalls an den warmen Ort zurück. Der Regen prasselte laut gegen das Zelt, doch hier drinnen war es still.

"Es ist seltsam", sagte Hela, ihre Stimme leise. "Der Regen und die Kälte sind widerlich … sie scheinen das Außen noch mehr zu trennen. Aber irgendwie fühlt es sich gerade an, als wären wir näher als je zuvor."

Olov beobachtete sie, seine Augen hafteten auf ihr. "Ich glaube, der Regen hat einen ähnlichen Effekt auf uns alle", antwortete er ruhig. "Er zwingt uns dazu, uns zurückzuziehen, uns zusammenzurotten."

Hela lächelte schwach. "Vielleicht, aber ich glaube, es ist mehr als das." Sie rückte näher zu ihm, ihre Augen suchten den Kontakt. "Es fühlt sich an, als ob wir das Außen endlich hinter uns gelassen hätten. Als ob wir in einem Moment leben, der nichts anderes braucht."

Ihre Worte waren ein sanfter Hauch, der den Raum füllte, und für einen Moment vergaß Olov alles andere. Die Stille, die sie teilten, war voll von einer ruhigen Intimität. Langsam nahm er ihre Hand und ihre Finger verschränkten sich wie von selbst.

"Ich habe eigentlich noch nie gewusst, wie sehr ich Nähe brauche, bis ich dich gefunden habe", sagte er leise. "Du hast es mir gezeigt."

Hela senkte ihren Blick, doch ihre Hand hielt die seine fest. "Ich glaube, das haben wir beide getan."

Sie näherten sich einander und als ihre Lippen sich trafen, war es ein langsamer, fordernder Kuss. Der Regen prasselte weiter gegen das Zelt, doch für einen Augenblick schien die Zeit stillzustehen. Die Wärme ihrer Nähe war alles, was sie brauchten. Während vor dem Zelt Wind und Regen tobten fanden die beiden eine Wärme, die ganz anders war, als die des Holzfeuers. Die Clangesetze waren hart und sowohl Olov als auch

Hela wollten nicht aus dem Clan verstoßen werden. Das war die übliche Strafe, wenn zwei Clanangehörige zusammenfanden und sich dem Liebesspiel hingaben, bevor sie beide ein gewisses Alter erreicht hatten. Achtzehn Sommer alt mussten beide sein, sonst drohte die unnachgibige Strafe des Clans. Für junge Leute wie Olov und Hela nahezu eine Zeit der Folter, da sie beide sich zueinander hingezogen fühlten und sich begehrten. Die Angst vor der Strafe war jedoch zu groß. So blieb es auch diesmal bei Küssen, obwohl beiden der Sinn nach deutlich mehr stand.

Als sie die Berge hinter sich ließen, wurde die Luft spürbar milder. Die Gruppe bewegte sich nun durch Armenien, eine Region, die durch grüne Täler und felsige Höhenzüge geprägt war. In der Ferne konnten sie die Ausläufer eines fernen Gebirges sehen, doch davor erstreckten sich fruchtbare Ebenen, durch die unzählige kleine Wasserläufe mäanderten. Die Wege wurden jetzt belebter. Kleine Karawanen zogen vorbei, beladen mit exotischen Waren wie Tuch, Gewürzen und Ölen. Olov konnte sich kaum sattsehen an den fremden Gesichtern und Sprachen. Hela schien seine Neugier zu bemerken und begann, ihm Namen für die neuen Pflanzen und Tiere zu nennen, die sie entdeckten. Als sie an einem Fluss rasteten, zeigte sie ihm, wie man eine fremdartige Frucht, die Olov für eine Art Melone hielt, öffnete. Der Saft war süß und klebrig, und Olov lachte, als er sah, wie Hela sich über ihre Lippen leckte, um nichts zu verschwenden.

Im dritten Mond ihrer Reise erreichte der Clan die Küste eines Meeres. Die Landschaft hier war ein Kontrast zu allem, was sie bisher erlebt hatten. Statt schneebedeckter Berge oder karger Ebenen standen hier Olivenhaine und Zedernwälder, die sich in der warmen Brise wiegten. Die Luft roch nach Salz, und das leise Rauschen der Wellen begleitete sie, während sie entlang der Küste zogen. Olov fühlte sich, als wäre er in eine andere Welt getreten.

Es war an einem dieser Tage, als die Sonne gerade über dem Meer unterging und der Himmel in Gold und Rosa leuchtete, dass Hela Olov zu einem kleinen Felsen rief, der sich über die Wellen erhob. "Schau," sagte sie, ihre Stimme von der Meeresbrise fast verschluckt. "Die Welt ist groß, Olov. Und sie gehört denen, die den Mut haben, sie zu erobern."

Er wusste nicht, was er sagen sollte und so nickte er nur. Hela lächelte, und für einen Augenblick schien alles andere unwichtig ... die Sorgen, die Flucht, die Ungewissheit. Es gab nur sie beide und das endlose Meer. Hand in Hand saßen sie am Meeresufer und blickten auf die Wellen. Hela legte ihren Kopf an seine Schulter. Ihre Stimme war fast wie ein Flüstern. "Bald ist es soweit. Dann dürfen wir entsprechend der Clangebräuche endlich so leben, wie auch die älteren des Clans dies tun ... Bald ist es soweit."

Je näher sie ihrem Ziel kamen, desto belebter wurden die staubigen Wege, die hier als Straßen galten. Händler boten ihre Waren an und die Geräusche von Marktgesprächen und Tierlauten erfüllten die Luft, wenn sie kleine Küstensiedlungen durchquerten. Hela blieb immer an Olovs Seite und Olov bemerkte, wie sich zwischen ihnen ein stilles Verständnis entwickelte, das immer tiefer zu gehen schien. Sie mussten jetzt nicht mehr sprechen, um einander zu verstehen. Die Freundschaft aus ihrer Kindheit war etwas anderem gewichen. Etwas, was die Menschen inniger verband. Beide bemerkten es bereits seit einiger Zeit. Sie waren keine Kinder mehr und die Gedanken, die sie für einander hatten entsprachen nicht mehr länger dem Gedankengut von Kindern sondern jetzt dem von Erwachsenen, die sich ihres Körpers und des Körpers ihres Gegenübers sehr bewusst waren. Doch die uralten Gesetze des Clans waren eindeutig. So lange nicht beide als Erwachsene von achtzehn Sommern galten, war es beiden strikt verboten, sich der körperlichen Liebe hinzugeben. Wer dies missachtete, musste mit harten Strafen rechnen ... Es war in der Vergangenheit auch schon vorgekommen, dass diejenigen aus dem Clan ausgestoßen worden waren.

Als der Clan der Asen seinen Marsch entlang der Küste des Mittelmeeres fortsetzte, spürte jeder Schritt das Gewicht der Reise, das mit jedem Tag immer schwerer auf ihren Schultern lag. Der Sommer hatte längst Einzug gehalten, die Sonne brannte gnadenlos auf die Erde, und der salzige Duft des Meeres wehte unaufhörlich mit den frischen Brisen vom offenen Meer heran. Die endlosen Wellen des Mittelmeeres, die sich vor ihnen ausbreiteten, wirkten wie ein weites, unerreichbares Ziel, aber sie waren sich der Schwierigkeiten auf diesem Abschnitt ihrer Reise bewusst. Jeder Tag brachte die Asen der Erfüllung ihres Traums näher ... Das verheißenen Land, das sie suchten, doch der Preis für ihre Reise sollte nicht unbemerkt bleiben.

Der Clan zog weiter an der Küste entlang, und je weiter sie sich dem südlichen Mittelmeer näherten, desto klarer wurden die Unterschiede zu ihrer Heimat. Die Farben der Landschaft, die sie passierten, hatten sich verändert. Die üppigen, grünen Wälder des Nordens, die sie so lange begleitet hatten, waren nun seit langem einer oftmals recht kargen Küstenlandschaft gewichen. Die flachen Hänge, die fast bis zum Rand des Meeres heranreichten, waren von wildem Gestrüpp und wenig fruchtbaren Böden bedeckt, die einzigen Zeichen von Zivilisation waren die vereinzelten, von Handel geprägten Siedlungen, die sie passierten. Jetzt hatten sie die Küste erreicht, die in der Antike ein wichtiger Handelsweg war. Hier standen alte Handelsstationen, in den Ortschaften, an denen Waren aus dem fernen Osten, dem Westen und von den kargen Steppen des Nordens getauscht wurden. Doch trotz der Unberührtheit der Küste, trotz der Weite des nahen Meeres, war es der Umgang mit den Einheimischen, der dem Clan zunehmend Sorgen bereitete. Nicht nur die Gegebenheiten der Reise waren herausfordernd, sondern auch die Blicke, die ihre Frauen und Mädchen an den Rastplätzen auf sich zogen. Die persische Präsenz war noch immer stark spürbar. Der persische Großkönig Kambyses hatte diese Landstriche vor geraumer Zeit erobert und seinem Reich hinzu gefügt. Hier galt das Gesetz der Perser, welches sie bereits aus Tbilissi kannten. Allerdings mit dem Unterschied, dass der Clan dort unter dem Schutz des Stadthalters gelebt hatte. Hier galt dieser Schutz nicht mehr. Sie waren Fremde, die dieses Land durchquerten. Es hatte sich bereits unter den kleinen Siedlungen und Handelsplätzen herumgesprochen, dass der wandernde Clan der Asen eine wahrlich außergewöhnliche Erscheinung war. Großgewachsene Krieger, stark und entschlossen in ihrem Tun und geschickt mit den Waffen ... und noch viel mehr war es die Schönheit und Anmut der Frauen des Clans, die zu einem Gesprächsgegenstand geworden war.

Oft genug standen die Männer der Asen den fremden Händlern und Kriegern gegenüber, mit denen sie Lebensmittel gegen ihr Gold und Silber tauschten. Doch mehr als einmal, besonders in den letzten Wochen der Reise, hatten sie beobachtet, wie ihre Frauen von den einheimischen Männern, die sie aus den fernen Ländern kannten, mit bewundernden, aber auch drohenden Blicken gemustert wurden. Unter den Frauen selbst begannen die Sorgen zu wachsen. Ihre Schönheit, ihr hoher Wuchs, ihre langen, blonden Haare und die von harter Arbeit und körperlichem Training geprägten Körper waren im Mittelmeerraum keine alltäglichen Erscheinungen. In den Augen vieler, die sie sahen, waren sie eine Verlockung, die verführt und den Willen eines Mannes brechen konnte. Sie waren das Symbol für die wilde, ungezähmte Schönheit des Nordens.

Die Unruhe begann sich langsam, aber stetig auszubreiten. Es gab Gerüchte, die sich unter den Lagerfeuern verbreiteten. Einige der Krieger, die ihren Instinkten sehr vertrauten, begannen zu murmeln, dass die Männer der hiesigen Länder ein Auge auf die Frauen des Clans geworfen hatten. In den Dörfern, in denen der Clan Halt machte, war es spürbar, dass die fremden Männer, nicht selten in prunkvollen Gewändern, begannen, die Frauen des Clans aus der Ferne zu beobachten. Ihre Augen glitten über ihre Körper, bewunderten die Schönheit, die nichts von der Zerbrechlichkeit der südländischen Frauen hatte.

Für die Frauen des Clans war diese Aufmerksamkeit ein ständiger Begleiter. Einige fühlten sich geschmeichelt von den Blicken, die sie auf sich zogen, doch andere begannen, die tiefe Bedeutung dieser Blicke zu spüren. Sie waren nicht nur von Bewunderung getragen, sondern auch von Gier. Die Schönheit der Asinnen, die mit unerschütterlichem Stolz und in ihrer vollen Unabhängigkeit reisten, weckte in den Männern des Südens das Verlangen, das sie nicht beherrschten. Die Ältesten des Clans, die die Lage stets mit wachsamen Augen verfolgten, rieten allen zur Vorsicht. Sie warnten die Frauen, sich vor den offenen und versteckten Annäherungen der Südländer zu hüten. Jedes Clanmitglied hatte jetzt ständig eine Waffe griffbereit.

Die Krieger des Clans, gewohnt, ihre Äxte und Schwerter gegen die raue Natur und andere Feinde zu richten, fanden sich nun mit einer neuen Bedrohung konfrontiert ... einer Bedrohung, die nicht aus dem rauen Norden oder den feindlichen Clans kam, sondern aus den Augen und Händen von Männern, die unter der Herrschaft eines anderen Königs standen. Mit Gesetzen und Gebräuchen, die sich teilweise völlig von denen des Clans unterschieden.

Doch es war nicht nur die Anziehungskraft der Schönheit der Frauen, die die Männer der Asen beunruhigte. Vielmehr war es die permanente

Bedrohung durch die Perser und die von ihnen unterdrückten Völker, die sich wie ein unheilvolles Schwert über den Clan legte. In den Nächten, wenn der Mond sich über dem Mittelmeer spiegelte, hatten sie immer wieder Gespräche, an den Lagerfeuern, über das, was passieren könnte, sollte es zu Blutvergießen kommen. Die Meinung der Clanangehörigen war klar. Niemand legte ungestraft Hand an ihre Frauen.

Und so setzte sich der Clan der Asen, jeden Morgen bei Sonnenaufgang, langsam und bedächtig in Bewegung, Richtung Süden. Die Frauen wurden besonders bewacht, die Krieger blieben wachsam und machten keine Fehler, während die Schönheit und die Stärke des Nordens sich inmitten des fremden Landes ausbreitete.

Als sie schließlich die Tore von Jappe erreichten, war der Clan erschöpft, aber auch voller Hoffnung. Die Stadt war ein geschäftiges Zentrum, in dem der Duft von Gewürzen und Fisch in der Luft lag. Olov blickte zu Hela, und für einen Moment trafen sich ihre Blicke. Es war, als ob all die unausgesprochenen Worte zwischen ihnen in diesem einen Augenblick klar wurden. Hela lächelte und Olov wusste, dass ihre ganz persönliche Reise noch lange nicht zu Ende war.

Die Wüste breitete sich vor ihnen aus wie ein endloses Meer aus Sand und Stein, die warme Frühlingssonne lag schwer auf der Gruppe, als sie durch die weiten küstennahen Ebenen südlich von Jappe zogen. Die Luft war erfüllt vom Summen von Insekten, und das leise Knirschen der Schritte der Tiere und Menschen war das einzige Geräusch, das ihre Bewegung durch die heiße Stille begleitete. Drei Tage nach ihrem Aufbruch aus der Stadt stießen die Asen auf die Karawane.

Es begann mit einer dünnen Staubfahne am Horizont. Olov bemerkte sie als Erster. "Dort vorne, siehst du das?" Er deutete mit einem Finger auf die flimmernde Linie, die wie ein Schatten über den heißen Boden glitt. Neben ihm ritt Hela, die Augen zu Schlitzen verengt. Sie nickte und lief dann eilig zu Baldur, der an der Spitze des lang gezogenen Zuges ging.

Die Karawane war groß. Als sie näher kamen, sahen sie die Reihen von schwer beladenen Kamelen, dicht gefolgt von einer kleinen Gruppe von Männern und Frauen, die wie ein verlorener Schattenzug hinter den Tieren hergingen.

Die Karawane

Die Asen zügelten ihre Lastpferde und hielten inne, während Baldur einen Boten vorschickte, um zu erkunden, wer die Fremden waren. Kurz darauf kehrte dieser zurück und berichtete, dass es sich um die Karawane eines reichen babylonischen Händlers handelte, der auf dem Wege nach Ägypten war. Sein Name war Bel-Marduk. Er reiste mit einer großen Eskorte von Söldnern, Karawanentreiber, Dienern ... und Sklaven, die er als Handelsware mitführte.

Das Gelände war hügelig. Der Hauptteil des Clans lagerte derzeit etwa tausend Schritte hinter der Vorhut, hinter einer Bodenwelle. Somit konnten die Wachen der Karawane nur die Vorhut des Clans sehen, die sich in einer flachen Senke befand. Auch die Karawane machte sich daran, ein Nachtlager aufzuschlagen. Olov blickte hinüber und schätzte den Abstand zu ihnen auf etwas mehr als tausend Schritte.

Der Händler selbst kam ihnen langsam entgegen, als die Asen näher traten. Bel-Marduk war ein untersetzter Mann mit einem dicken Bauch, der sich unter seinem reich bestickten Kaftan wölbte. Sein Gesicht war rot vom Wein, den er offensichtlich schon früh am Tag genossen hatte und sein Lächeln war breit, doch es erreichte seine Augen nicht. Vier hart aussehende Wachen begleiteten ihn.

"Ah, Reisende!" rief er mit ausladender Geste. "Ihr habt das Glück, auf die prächtigste Karawane zu treffen, die je diese Wüste durchquert hat! Ich komme aus dem fernen Babylon und reise mit einem Schutzbrief des Großkönigs in das Land der Pyramiden. Was führt euch hierher?"

Baldur, der sich als Anführer der Gruppe vorstellte, sprach mit höflichem Ton, doch die Spannung in seiner Stimme war nicht zu überhören. "Wir ziehen nach Süden und treiben auf dem Weg Handel. Unsere Reise führt uns auf den Spuren der Küste entlang. Was ist es, das ihr transportiert, Händler?"

Bel-Marduk lachte und breitete die Arme aus. "Alles, was das Herz begehrt! Feinstes Tuch aus Babylon, Gewürze aus Persien, Öle und Düfte, wie sie nur die Götter selbst kennen. Und natürlich ..." Er ließ die Worte in der Luft hängen und machte eine Geste zu den Reihen der Sklaven, die hinter den Kamelen einhergingen. "... Arbeitskraft. Kundige Handwerker und Frauen für die einsamen Nächte ... Für jene, die es sich leisten können."

Olovs Blick folgte der Geste des Händlers, und sein Magen zog sich zusammen. Die rund zwanzig Menschen, die der Karawane folgten, waren an den Handgelenken mit Seilen gebunden, die so fest waren, dass das Fleisch darunter aufgerieben war. Nahezu alle waren barfuß, ihre Füße blutig und wund vom scharfen Wüstenboden. Einige stolperten, und wenn sie fielen, wurden sie von einem harten Ruck am Seil wieder auf die Beine gezwungen.

Hela neben ihm stieß scharf die Luft aus. "Das ist unwürdig," flüsterte sie, und Olov konnte die Wut in ihrer Stimme hören. Er nickte langsam, seine eigenen Hände zu Fäusten geballt.

"So ist die Welt der Händler," murmelte Baldur, doch in seiner Stimme lag ein kalter Unterton. "Gier und Profit kennen keine Gnade."

Bel-Marduk bemerkte die Blicke der Asen, doch er lachte nur erneut.

"Seid nicht so ernst! Dies sind keine Menschen wie ihr und ich. Sie sind Eigentum, nichts weiter. Rohstoffe, die verkauft werden, um Nutzen zu bringen." Dann fiel sein Blick auf Hela und er leckte sich über seine Lippen. Seine Augen musterten den Körper der jungen Frau abschätzend. Ein Funkeln trat in die Augen des Händlers.

Bel-Marduk deutete fordernd auf Hela. "Ich bin ein mächtiger Mann und stehe in der Gunst des Großkönigs, der mich selbst in das Land der Pyramiden entsendet hat … Gebt mir diese Frau, als euren Tribut. Es verlangt mich nach ihr."

Der Gedanke, dass der Clan als Tribut "Geschenke" dieser Art übergeben sollte, stieß bei den Asen auf starken Widerstand. Wütendes Murren erklang und die Krieger umfassten ihre Waffen fester.

"Diese Frauen sind keine Geschenke für den Hof eines anderen", sprach Baldur in ruhigem, aber festem Ton. "Wir sind nicht hier, um unseren Stolz zu verkaufen oder uns vor dir zu verbeugen. Unsere Frauen sind gleichwertig mit uns und wir fordern den gleichen Respekt, den auch ihr für eure eigenen Frauen beanspruchen würdet." Seine Worte waren von Stärke, doch die diplomatische Situation war heikel. Der babylonische Händler, der den Clanführer mit einer Mischung aus Bewunderung und Respekt betrachtete, nickte bedächtig. "Ich verstehe eure Worte, aber bedenkt, dass ihr euch auf fremdem Boden befindet. Eure Krieger mögen stark sein, doch die Macht des persischen Reiches ist weitreichend und kennt keine Grenzen." Mit einem letzten Blick auf Hela wandte er sich um und ging zu seinem Lager zurück. Seine Wachen folgten ihm, wobei sie immer wieder Blicke über ihre Schultern warfen.

Als die fünf Männer der Karawane wieder in ihrem Lager angekommen waren seufzte Baldur. "Sie werden heute Nacht kommen und sich die Frauen mit Gewalt holen … Aber sie wissen nichts von unserer wahren Anzahl. Schlagen wir also vorher los. Es wird bald dunkel. In der Nacht werden wir die Karawane umzingeln und sie angreifen, sobald die Männer der Karawane Anstalten machen, uns zu überfallen. Damit rechnen sie nicht und die Überraschung gibt uns einen Vorteil bei dem Kampf … Olov, geh zum Rest des Clans und gebe dort Bescheid. Alle waffenfähigen Männer und Frauen sollen sich so schnell wie nur möglich hierher auf den Weg machen. Sie sollen aber darauf achten, nicht unnötig Staub aufzuwirbeln. Beeile dich, wir haben keine Zeit zu verlieren."

Nachdenklich betrachtete Baldur die Karawane und zählte die dort sichtbaren Menschen. Schließlich wandte er sich zu Orm und Hela, die dicht bei ihm standen. Das kalte Lächeln von Baldur hätte auch einem hungrigen Wolf gehören können. "Siebzig Wachen und Tiertreiber. Ich denke jedoch, die Tiertreiber sind ebenfalls Krieger … Zumindest bewegen sie sich so. Bewaffnet sind sie auch alle, wie Krieger. Dann noch der dicke Händler und vierundzwanzig Sklaven. Wenn man nur die dortigen Krieger in Betracht zieht, dann sind sie uns um das doppelte überlegen … Zumindest, wenn man nur unsere Vorhut gezählt hat, die teilweise dazu noch aus Frauen und Kindern besteht. Ich denke, das wird eine bittere Überraschung für die Kerle werden."

Hela schnaubte verächtlich durch die Nase. Sie hatte schon vor vielen Monden bemerkt, dass die Leute aus dem Perserreich und den hiesigen Regionen, Frauen nur als minderwertig betrachteten. Die Frauen der Asen waren jedoch mit der Waffe nicht weniger geschickt, als die Männer des Clans … und zudem in der Regel auch deutlich wilder im Kampf. Wenn die Karawane in der Nacht angreifen würde, dann würden die dortigen Männer schnell bemerken, dass sie einen schweren Fehler begingen. Es war äußerst unwahrscheinlich, dass die Krieger der Karawane anderen Menschen noch von diesem Irrtum erzählen konnten, wenn der Kampf erst einmal vorüber war. Die Asen waren nicht bekannt dafür, Milde oder Gnade mit feindlichen Kriegern zu zeigen, die einen Überfall auf die Asen planten oder durchführten.

Die Wüste schien den Atem anzuhalten. Unter der silbernen Sichel des Mondes lagen die Hügel reglos da, als ob sie den Kampf bereits erahnten, der diese Nacht entflammen würde. Die Karawane, die sich zwischen den Felsen zur Rast niedergelassen hatte, wirkte wie eine Insel in einem Meer aus Schatten. Das leise Knistern von Feuerholz und das leise Schnauben der Zugtiere waren die einzigen Geräusche, die derzeit die nächtliche Stille durchbrachen. Doch die wahre Bedrohung lauerte jenseits der lodernden Flammen ... unsichtbar, geduldig und tödlich.

Auf einem Hügelkamm kauerte Olov und starrte hinab in das Lager. Seine Augen, blau wie der Winterhimmel in seiner Heimat, funkelten im schwachen Licht. Er zählte die Wachen der Karawane, jede Bewegung, jedes Geräusch wurde von seinem scharfen Verstand erfasst. Neben ihm kniete Hela, den Griff ihres Speeres so fest umklammernd, dass die Knöchel weiß hervortraten. Ihr blondes Haar war unter einem dunklen Tuch verborgen. Sie wirkte wie eine Kriegerin aus alten Sagen, bereit, den Willen der Götter zu vollstrecken.

"Sie bereiten sich vor", flüsterte sie kaum hörbar, nahe am Ohr von Olov. Ihr Atem war ruhig, ihre Stimme fest.

Olov nickte. "Ja, sie glauben, wir schlafen bereits. Doch ihre List wird ihr Untergang sein."

Bel-Marduk und die Krieger der Karawane hatten gehofft, den Clan der Asen in der Dunkelheit zu überraschen. Ihre Augen waren auf die Frauen und Kinder gerichtet, die in Zelten am Rande des Lagers schliefen. Sie hatten nicht bemerkt, dass diese ein Lockmittel waren ... eine Falle, die nur darauf wartete, zugeschnappt zu werden.

In den Schatten ringsum jedoch waren die Krieger und Kriegerin der Asen bereits in Position. Ihre Leiber schmiegten sich an den Boden, verschmolzen mit den Schatten der Felsen. Sie waren Jäger und dies war ihre Beute. Orm, der mächtige Krieger, kauerte in einer Senke, seine Axt in beiden Händen, bereit zuzuschlagen. Neben ihm lag Skald, Olovs jüngerer Bruder, ein Bogen in der Hand, der Pfeil bereits auf der Sehne. Neben den beiden kauerten weitere Asen, in der Dunkelheit und bildeten einen Ring um das Lager der Karawane.

"Sie werden nicht wissen, was sie trifft", murmelte Orm leise. Seine Stimme war wie das Grollen eines entfernten Donners. Skald grinste schwach und nickte. "Wir werden ihnen zeigen, dass die Asen sich nicht so leicht übertölpeln lassen und unbezwingbar sind."

Die Wachen und Treiber der Karawane schlichen sich leise vorwärts, Schwerter und Speere in den Händen. Ihre Gesichter waren von Gier und dunkler Entschlossenheit gezeichnet. Sie hatten die Ketten für die Frauen schon bereitgelegt, als ob der Sieg gewiss wäre. Ihre Schritte knirschten auf dem trockenen Boden, ein leises Geräusch, das in der Stille der Nacht dennoch wie ein Donnerschlag erschien.

70

Baldur beobachtete jede Bewegung. Sein Herz schlug ruhig, doch seine Muskeln waren angespannt wie die eines Raubtieres, das auf den richtigen Moment wartet. Er hob die Hand, ein stummes Signal für die Krieger des Clans. Der Angriff würde beginnen, sobald die Angreifer nah genug waren, um keinen Ausweg mehr zu haben.

Die Karawanenleute waren fast an den Zelten, als Baldurs Kriegshorn die Stille der Nacht zerriss. Es war ein mächtiges, grollendes Signal, das von den Felsen zurückgeworfen wurde und die Angreifer in Panik versetzte. Plötzlich und vollkommen unerwartet schossen die Asen aus ihren Verstecken. Ihre Schreie waren wie das Heulen von hungrigen Wölfen, die lange auf Beute gelauert hatten. All die Verbitterung, die sie in den vergangenen Monden in sich hinein gefressen hatten, entluden sich jetzt in Blutdurst und dem Verlangen nach Rache und Vergeltung. Wie ein unaufhaltsamer Sturmwind rannten sie auf die Angreifer zu.

Olov sprang den Hang hinunter, sein Schwert in der Hand. Der erste Angreifer, ein Mann mit einem schmutzigen Turban und einem gezackten Dolch, hob gerade die Waffe, als Olov ihn mit einem einzigen Schlag niederstreckte. Blut spritzte auf den trockenen Boden und der Mann fiel mit einem dumpfen Aufschlag, wand sich am Boden und röchelte. Überall entbrannte der Kampf. Die Krieger der Asen waren wie eine Naturgewalt, die über das Lager hereinbrach. Speere flogen durch die Luft, Bogensehnen surrten, und das metallische Klirren von Klingen erfüllte die Nacht. Hela kämpfte wie eine Berserkerin. Ihr Speer durchbohrte die Brust eines Mannes, der sie angreifen wollte, bevor er überhaupt zuschlagen konnte. Sie zog die Waffe mit einem Ruck heraus, und der Körper des Mannes sank leblos zu Boden. Ihre Augen brannten vor Zorn, und sie drehte sich sofort dem nächsten Gegner zu.

Der riesige Orm schwang seine Axt mit brutaler Kraft. Jeder Hieb war wie ein Urteilsspruch der Götter, der über die Angreifer erging. Er schlug einen Mann nieder, dessen Schwert nutzlos gegen die mächtigen Schläge der Axt war und brüllte wie ein Löwe, um seine Feinde einzuschüchtern. Die Angreifer begannen zu wanken. Sie hatten gehofft, eine Gruppe unvorbereiteter Reisender zu überfallen, doch stattdessen hatten sie sich mit Kriegern angelegt, die für den Kampf geboren waren. Panik breitete sich aus, als die Wachen versuchten, zurückzuweichen. Doch die Asen ließen ihnen keine Gnade. Sie hatten keine Flucht, keine Chance, sich neu zu formieren. Die Hügel, die ihnen Deckung hätten bieten können, waren bereits von den Kriegern besetzt, die unaufhaltsam vorrückten und das Lager der Karawane bereits überrannt hatten. Die zwei Wächter, die dort verblieben waren, starben innerhalb eines Wimpernschlages.

Die Schreie der Angreifer wurden zu einem wirren Chor aus Panik und Schmerz, während die Asen unaufhaltsam vorrückten. Der Boden unter ihren Füßen war hart und trocken, doch er wurde bald feucht vom Blut derer, die töricht genug gewesen waren, ihre Stärke zu unterschätzen. Der Mond stand hoch am Himmel und warf ein kaltes, unbestechliches Licht auf das Chaos, das sich unter ihm entfaltete.

Olov stürmte vorwärts, seine Bewegungen präzise wie ein Raubtier, das auf die Beute zuschlägt. Sein Schwert fuhr wie ein Blitz durch die Nacht, jede Klinge, die sich ihm entgegenstellte, wurde mit brutaler Effizienz abgewehrt. Ein besonders kräftiger Angreifer, ein Mann mit breiten Schultern und einem Schwert, trat ihm in den Weg. Ohne Zögern duckte sich Olov unter einem wuchtigen Schlag hinweg und führte sein Schwert mit einem Hieb quer über die Seite des Mannes. Der Angreifer keuchte, sein Schwert fiel klirrend zu Boden, bevor auch er selbst in den Staub sank. Ein Schwertstoß in seine Kehle beendete den Kampf endgültig.

Baldur stürmte an Olov vorüber. Der Clanführer war bespritzt mit Blut und fletschte seine Zähne. "Weiter!" rief Baldur, sein Atem war schwer, doch sein Geist klar und völlig auf den Kampf ausgerichtet. "Lasst keinen entkommen! Macht die Kerle nieder!"

Inmitten des Kampfes ertönte ein anderes Geräusch, Das Rasseln von Ketten, unterbrochen von gedämpften Schreien. Hela wandte den Kopf und sah eine Gruppe von Sklaven, die sich zwischen den Zelten duckten, während die Karawanenleute in ihrer Verzweiflung versuchten, sie als lebende Schutzschilde zu benutzen. Ihre Augen wurden schmal, und mit einem schnellen Entschluss stürzte sie vorwärts. Ein Mann, der einen der Sklaven am Arm packte, hob ein Messer, doch Hela war schneller. Ihr Speer bohrte sich in seine Schulter, und er ließ sein Opfer mit einem Schrei los. Wieder stieß Hela ihren Speer vor und traf den Wächter tief in dessen Brust. Die Sklaven taumelten zurück, ihre Gesichter waren gezeichnet von Angst und Erschöpfung, doch in Hela fanden sie eine unerwartete Retterin, die nicht von ihrer Seite wich und verhinderte, dass jetzt einer der Karawanenwächter aus Rache die Sklaven tötete.

Die Sklaven kauerten sich zusammen und starrten stumm und mit vor Angst geweiteten Augen auf das Blutbad, welches rund um sie tobte, während Hela wie ein Bollwerk vor ihnen stand, ihre Speerklinge hell leuchtend im Mondschein. Inzwischen hatte Orm die zentralen Reihen der Karawanenwachen durchbrochen. Um ihn herum stapelten sich die Leichen, und sein Atem ging wie das Fauchen eines wilden Tieres. Ein Gegner, doppelt bewaffnet mit Schwertern, trat ihm entgegen. Der Mann war schnell, seine Hiebe präzise, doch Orm war eine Wand aus Muskel und Entschlossenheit. Er parierte die Angriffe mit einer schieren Kraft, die seinem Gegner den Mut raubte.

"Das ist alles, was ihr zu bieten habt?" donnerte Orm und ließ seine Axt in einem gewaltigen Schwung niederfahren. Sie traf das Schwert des Mannes mit solcher Wucht, dass die Klinge zerbrach und der Gegner zurücktaumelte. Orm setzte nach, sein Hieb zerschmetterte Helm und Schädel des Mannes gleichermaßen.

Skald, der währenddessen seinen Platz auf dem Hügel gehalten hatte, feuerte Pfeil um Pfeil auf die fliehenden Feinde ab. Seine Treffsicherheit war beinahe übermenschlich, trotz des trügerischen Mondlichtes. Kein Schuss verfehlte sein Ziel. Die Fliehenden stürzten wie gehetzte Tiere, einige mit Pfeilen in Rücken oder Beinen, während andere durch die Klingen der Asen niedergestreckt wurden. Schließlich richtete sich Olovs Blick auf den Anführer der Karawane. Der dicke Mann, in dunkle Stoffe gehüllt, mit einer langen Krummsäbelklinge bewaffnet, hatte sich hinter einem Felsen verschanzt. Zwei verbliebene Wachen schirmten ihn ab, doch in ihren Augen lag die Verzweiflung. Sie wussten, dass es nur eine Frage der Zeit war.

Olov schritt voran, sein Schwert fest in der Hand. Neben ihm tauchte Orm auf, seine Axt immer noch triefend vom Blut seiner letzten Gegner. "Er gehört dir", brummte Orm und trat einen Schritt zur Seite. Der Anführer griff an, ein letzter Akt der Verzweiflung. Sein Krummsäbel schoss vor, ein geschickter Schlag, der auf Olovs Brust zielte. Doch Olov war vorbereitet. Er wich zur Seite, ließ die Klinge an ihm vorbeigleiten, und konterte mit einem schnellen Stoß, der die Hand seines Gegners traf.

Der Mann schrie auf und ließ sein Schwert fallen, doch Olov hatte kein Mitleid. Mit einem letzten Schlag durchbrach er die Verteidigung des Mannes. Kreischend fasste sich Bel-Marduk an seinen Hals, aus dem das Blut spritzte. Röchelnd sank der Karawanenherr zu Boden und zuckte noch einmal, bevor seine Augen glasig wurden. Er hatte seine Gier mit dem höchsten Preis bezahlt ... Mit seinem Leben. Ringsum wurde es nun ruhiger. Der Kampf war vorbei.

Die Krieger begannen, die Toten zu durchsuchen, während andere Wasser und Nahrung für die geretteten Sklaven sammelten. Der Mond stand noch immer hoch am Himmel, doch sein Licht schien heller und reiner zu sein als vor dem Kampf. Fast so, als hätte er die Götter selbst zu Zeugen dieses Kampfes gemacht.

Baldur betrachtete nachdenklich die vielen Fuhrwerke und Lasttiere der Karawane. Dieser Kampf hatte dem Sieger einen unerhörten Reichtum eingebracht. Er wandte sich zu einigen Kriegern, die in seiner Nähe standen. "Holt unsere Krieger zusammen. Wir müssen die Leichen der getöteten Männer vergraben. Es wäre fatal, wenn man sie findet. In dieser Gegend sind wir Fremde und die Macht des Großkönigs reicht auch bis in diese öde Landschaft. Wir müssen vermeiden, dass irgendwer uns mit dem Verschwinden der Karawane in Verbindung bringt."

Den Rest der Nacht brachten sie damit zu, ein tiefes Massengrab auszuheben und die Leichen dort hinein zu werfen. Dann bedeckten sie alles wieder mit Sand und legten zuletzt noch einige Felsen auf das Grab. Kein Mensch, der vorüber kommen würde konnte erkennen, dass hier gegraben worden war und was sich unter der Erdoberfläche verbarg.

Zufrieden nickend inspizierte Baldur das Werk, bevor er sich umwandte und zurück in das Lager ging. Nichts deutete darauf hin, dass hier die toten Körper vergraben worden waren. Die Reichtumer der karawane waren nun im Besitz der Asen. Nicht nur die Handelsgüter hatte man erbeutet, sondern auch gute Waffen und eine wahrlich große Summe Gold und Silber. Baldur war zufrieden.

5.

Das Land der Pyramiden

Am folgenden Morgen setzte der Clan sich wieder in Bewegung. Das Ziel ihres Marsches war die Stadt Men-Nefer, die im Land der Pyramiden lag und das Zentrum der dort herrschenden Perser bildete, seitdem diese das Land der Pharaonen erobert hatten. Von dort aus würde es dann weiter gehen, Richtung Südwesten in die unerforschten Gebiete.

Die Kinder und Alten des Clans saßen jetzt in den Fuhrwerken. Eine enorme Erleichterung für den Clan, der nun dadurch eine deutlich schnellere Marschgeschwindigkeit einhalten konnte. Baldur nutzte den Marsch dazu, um sich über die befreiten Sklaven zu informieren. Schnell schon hatte der Clanführer erkannt, dass dies keine gewöhnlichen Arbeitssklaven waren. Ephimos war der Sprecher der ehemaligen Sklaven, die nun mit dem Clan zogen. Der gebürtige Athener hatte nur verschwindend wenig gute Worte für die Perser übrig, die ihn in die Sklaverei verkauft hatten ... auf direkte Anordnung des Großkönigs.

Der bereits etwas ältere Ephimos erzählte Baldur mit grimmigem Gesicht seine Leidensgeschichte. "Ich bin in der Stadt Athen geboren worden. Es zog mich aber schon in jungen Jahren an den Hof des Großkönigs von Persien, weil Baumeister dort gut entlohnt werden. In den ersten Jahren lief alles gut. Ich studierte bei den dortigen Gelehrten und erwarb im Verlauf der Zeit einen große Kenntnisse. Ich war angesehen und auch gut betucht. Dann jedoch erhielt ich vom Großkönig einen Bauauftrag ... Ich führte ihn mit all meinem Wissen aus. Man neidete mir jedoch die Gunst des Großkönigs und so wurde das Bauprojekt sabotiert, ohne das ich es bemerkte. Anstatt der von mir ausdrücklich angeforderten Materialien wurde minderwertiges Baumaterial verwendet. Meine Brücke stürzte ein und einige Edle vom Hofe wurden dabei verletzt. Der Großkönig war so wütend, dass er mich verhaften ließ und an Sklavenhändler verkaufte. Ich kann die höhnischen Gesichter meiner Konkurrenten noch heute vor mir sehen ... Die anderen Sklaven haben ähnliche Geschichten. Von den sechs Frauen sind zwei Heilerin die ehemals sehr hoch angesehen waren.

75

Alle übrigen sind Handwerker. Schreiner, Tischler, Töpfer, Weber und zwei Schmiede sind ebenfalls unter den Sklaven, die ihr befreit habt. Dazu noch zwei Händler, die erfolgreichen Handel mit weit entfernten Regionen getrieben haben und ebenso ein ehemaliger Schreibgelehrter, direkt aus dem Palast des Großkönigs. Er war für die Korrespondenz mit den Stadthaltern zuständig. Ich kann kaum in Worte ausdrücken, was für eine Dankbarkeit wir empfinden, weil ihr uns gerettet habt."

Baldur lächelte den Mann an und klopfte ihm gutmütig auf die Schulter. "Die Zeit der Sklaverei ist jetzt vorüber, mein Freund. Ihr habt jetzt die Möglichkeit, euer Wissen einzusetzen und bei uns Freiheit, Ansehen und Wohlstand zu bekommen."

Jaffe lag nun bereits seit einem halben Mond hinter ihnen. Sie hatten das Land der Pyramiden erreicht und überall hier war der Einfluss dieser alten Zivilisation zu spüren. Die sengende Sonne stand hoch am Himmel, während sich der Clan der Asen auf den staubigen Wegen von der Küste ins Landesinnere vorarbeitete. Das Meer lag schon lange weit hinter ihnen. Nun führte ihr Weg sie in das Herz eines Landes, das einst die Pracht der Pharaonen gekannt hatte. Ägypten, das Reich der Flüsse, Tempel und vergessenen Könige. Die Asen waren müde, doch ihre Schritte waren unbeirrt. Olov marschierte an der Spitze, die Augen wachsam auf den Horizont gerichtet. Neben ihm ging Hela, deren Speer ihr nun als Wanderstab diente. Orm, der große Krieger, hatte eine Last aus Wasservorräten über die Schulter geworfen, während Skald, Olovs jüngerer Bruder, das Bündel mit Pfeilen und Bogen trug. Hinter ihnen zog sich die Karawane der Asen wie ein dünnes Band durch das hügelige, von der Sonne verbrannte Land.

Der Weg führte sie durch hügeliges Gelände, das von armseligen Feldern, Olivenbäumen und vereinzelten Feigenplantagen durchzogen war. Kleine Dörfer mit Häusern aus Lehmziegeln tauchten gelegentlich auf, ihre Bewohner starrten die Asen mit einer Mischung aus Furcht und Neugier an. Solche Menschen wie die Asen waren hier völlig unbekannt. Diese blonden, hochgewachsenen Gestalten mit ihren kräftigen Körpern und blassen Augen waren ein ungewöhnlicher Anblick in einem Land, das die Sonne seit jeher unbarmherzig verbrannt hatte. Wäre das Wasser des nahen Flusses nicht, dann würde es auch hier karg und öde sein.

"Diese Ländereien scheinen, anders als die Gebiete der vergangenen Tage, unendlich fruchtbar zu sein", murmelte Hela, während sie an einer üppigen Feigenplantage vorbeigingen. Die Früchte hingen schwer an den Bäumen, ein Versprechen von Reichtum in einer ansonsten harschen Welt.

Olov nickte, doch seine Gedanken waren bei den Geschichten, die sie über die Perser gehört hatten. Das einst mächtige Ägypten war nun ein Vasallenstaat unter der Herrschaft des Achämenidenreichs. Die Tempel der Pharaonen waren entweiht, ihre Götter durch die Politik der neuen Herrscher degradiert. Wie viele dieser Reichtümer, fragte er sich, waren nicht mehr den Menschen Ägyptens, sondern den persischen Eroberern vorbehalten?

Die Sonne begann langsam zu sinken, und die Asen suchten eine Stelle am Rand eines kleinen Bewässerungskanals, um ihr Lager aufzuschlagen. Skald sammelte trockenes Holz, während Hela ein Feuer entfachte. Orm bewachte den Rand des Lagers, den Blick in die Dunkelheit gerichtet. Die Nacht brachte einen kühlen Wind, und die Gruppe sammelte sich um die Flammen, um sich auszuruhen. Am nächsten Morgen führte ihr Weg sie weiter ins Landesinnere. Das grüne Band der Küstenregion schwand hinter ihnen, und die Landschaft wandelte sich. Das Land wurde karger, die Hügel flacher, bis sie schließlich in eine endlose Ebene aus Sand und Felsen übergingen. Dies war das Ägypten, von dem die Asen in den Geschichten gehört hatten. Ein Land der Wüste, wo nur die Zähesten überleben konnten.

Die Luft schien vor Hitze zu flimmern und der Horizont verschmolz mit dem Himmel zu einem diffusen Dunst. Es gab kaum Schatten, außer den spärlichen, trockenen Sträuchern, die aus der Erde hervorsprießten. Die Asen wickelten Tücher um ihre Köpfe, um sich vor der brennenden Sonne zu schützen.

"Wie konnten Menschen hier überhaupt leben?" fragte Skald, während er einen Schluck Wasser aus seinem Lederbeutel nahm. Sein Gesicht war gerötet von der Sonne, doch seine Augen waren weit geöffnet, als ob er die Weite der Wüste begreifen wollte.

"Nicht nur leben, sondern herrschen", antwortete Baldur. "Die Pharaonen bauten ein Reich, das alle Völker dieser Region ehrfürchtig machte. Doch nun ..." Er machte eine bedeutungsvolle Geste in Richtung des leeren Horizonts. "Sie sind fort. Die Perser haben dieses Reich bezwungen und die Erinnerungen daran in den Staub getreten. Bald schon wird die Herrschaft der Pharaonen vergessen sein ... Zusammen mit allem, was dieses machtvolle Reich einst ausmachte."

Hela deutete auf die Ferne, wo die Silhouette eines verlassenen Tempels aus dem Dunst auftauchte. "Noch nicht ganz. Ihre Geister leben in ihren Bauwerken weiter. Diese Bauwerke werden noch lange von der Größe ihrer Erbauer künden."

Als sie näher kamen, konnten sie die erhabenen Säulen erkennen, die noch immer gegen die Zeit und die Elemente kämpften. Die Inschriften in den Wänden waren verwittert, doch man konnte noch Spuren von Hieroglyphen erkennen ... Worte, die einst den Ruhm und die Götter der Pharaonen besungen hatten.

"Das ist die Vergangenheit", murmelte Olov leise und fast andächtig, während sie daran vorbeimarschierten. "Doch sie ist nicht vergessen."

Am dritten Tag erreichten sie die Grenzen des fruchtbaren Nils. Es war, als ob die Erde plötzlich wieder zum Leben erwachte. Die trockene, sandige Landschaft wich einem grünen Streifen, der sich entlang des mächtigen Flusses zog. Felder von Weizen und Gerste erstreckten sich bis zum Horizont, durchzogen von Kanälen, die das Wasser des Nils verteilten. Bauern mit sonnengebräunten Gesichtern arbeiteten auf den Feldern, ihre Bewegungen mechanisch und gleichmäßig, als ob sie Teil des Landes selbst wären.

"Das ist der Nil", sagte Hela ehrfürchtig. "Er ist die Lebensader dieses Landes. Ohne das Wasser des Nil würde auch hier alles nur Wüste sein."

Olov nickte, konnte jedoch nicht verhindern, dass seine Gedanken wieder zu den Persern zurückkehrten. Der Nil war das Symbol für Ägyptens Größe, doch auch er war nun unter fremder Herrschaft. Es fühlte sich an, als ob der Fluss selbst das Leid seines Volkes widerspiegelte.

Sie erreichten Men-Nefer zur Abenddämmerung. Die Stadt erstreckte sich vor ihnen wie ein lebendes Monument. Ihre Mauern waren hoch und imposant und die Straßen dahinter wimmelten von Menschen. Olov konnte die Vielfalt der Gesichter erkennen. Ägypter, Perser, Griechen, vielleicht sogar andere Reisende aus ferneren Ländern. Es war ein Schmelztiegel der Kulturen, ein Ort, der Olov zugleich faszinierte und überwältigte.

Am Stadttor wurden sie von persischen Wachen aufgehalten, die sie misstrauisch musterten. Die Asen waren unübersehbar. Groß, kräftig, und mit einem Aussehen, das nicht von dieser Region stammte. Doch Hela, die sprachgewandte unter ihnen, sprach mit fester Stimme und erklärte ihr Anliegen. Schließlich ließen die Wachen sie passieren, wenn auch zögerlich.

Der Palast des Stadthalters war ein Beispiel für die Macht und den Einfluss der Perser. Große Hallen mit Säulen, die in den Himmel zu reichen schienen, zierten das Innere. Die Wände waren mit kunstvollen Mosaiken geschmückt, die Szenen von Eroberungen und Festen darstellten. Die Asen wurden von Dienern zu einem großen Saal geführt, wo der persische Stadthalter auf einem erhöhten Thron saß.

Der Mann, schlank und streng wirkend, hörte sich Baldurs Anliegen nur halbherzig an. Seine Gesichtszüge blieben regungslos und er wirkte, als sei die Delegation der Asen nicht mehr als eine weitere Belastung in seinem ohnehin vollen Tagesablauf.

"Ich habe keine Zeit für euer Begehren, auch wenn ihr von weit herkommt und eine Empfehlung eines anderen Stadthalters mitführt", sagte der Stadthalter schließlich, seine Stimme war kalt und abweisend. "Mein erster Schreiber wird sich eurer annehmen."

Er winkte achtlos einen dicken Mann herbei, dessen Tunika kaum seine große Leibesfülle verbergen konnte. Sein Gesicht war freundlich, doch es wirkte, als sei er von der Bedeutungslosigkeit seiner Position ebenso wie von der Herablassung seines Vorgesetzten geprägt. Er stellte sich als Mersah vor, ein gebürtiger Ägypter aus einer hohen Familie, der als Beamter der persischen Verwaltung diente.

"Kommt mit mir, geehrte Reisende aus der Ferne", sagte Mersah mit einem entschuldigenden Lächeln. "Ich werde tun, was in meiner Macht steht."

Die Asen folgten ihm aus dem Saal, ihre Gesichter ausdruckslos, doch in ihren Augen brannte der Funke eines stolzen Volkes, das sich nicht so leicht abweisen ließ. Baldur hatte die Zähne so fest zusammengebissen, dass seine Gesichtsmuskulatur wie versteinert wirkte. Während sie durch die Straßen von Men-Nefer geführt wurden, konnten die Asen nicht anders, als die Gegensätze dieses Landes zu bemerken. Die Paläste und Tempel sprachen von der einstigen Pracht Ägyptens, doch die Menschen wirkten gedrückt und müde. Es war, als ob die Eroberung durch die Perser die Seele dieses Volkes gebrochen hatte.

Olov blickte zu Hela, die still neben ihm ging. "Dies ist nicht das Ägypten, von dem ich gehört habe. Es ist das Land von Besiegten, die unter der Angst vor den Persern ihre Köpfe senken", sagte er leise.

"Nein", antwortete sie, ihre Stimme ebenso gedämpft. "Dieses Land, von dem wir hörten gibt es nicht mehr. Die Perser haben es in den Staub getreten. Sie haben den Menschen hier den Stolz genommen und herrschen durch Angst und Gewalt."

Die Luft im Büro von Mersah, dem ägyptischen Beamten, war schwer und stickig. Es war ein kleiner Raum, der nicht annähernd an den Prunk des großen Saales des Stadthalters heranreichte. Die Wände waren aus Kalkstein, mit einfachen Wandteppichen geschmückt, die mehr Zweck als Zierde hatten. Ein schlichter Schreibtisch aus dunklem Holz dominierte den Raum, beladen mit Papyrusrollen, Tintenfässern und Siegeln. Mersah selbst saß hinter dem Tisch, die Finger aneinandergelegt, während er die Asen vor ihm abwertend musterte.

"Nun, was genau wollt ihr?" fragte er mit einem schleppenden Ton, der die Geringschätzung in seiner Stimme nicht verbergen konnte. Seine Augen blinzelten träge, als würde er sich mit der Vorstellung plagen, seine Zeit mit dieser Angelegenheit zu verschwenden. "Mein Herr hat gesagt, ich soll euch anhören, doch bedenkt, dass ich ein vielbeschäftigter Mann bin. Meine Aufgaben sind zahlreich, und meine Zeit ist kostbar."

Baldur, der vor dem Tisch stand, ließ sich von der Haltung des Beamten nicht beirren. Der Clanführer hatte gelernt, dass Männer wie Mersah oft in ihrer Selbstzufriedenheit und Arroganz gefangen waren. Neben ihm standen Hela, Olov und Orm, ihre Blicke scharf wie die Klingen, die sie trugen. Skald hielt sich im Hintergrund, doch seine Augen wanderten aufmerksam durch den Raum, stets wachsam. Sie alle hatten das Gefühl, hier nicht wirklich willkommen zu sein. Aus diesem Grund wartete der Clan auch vor den Toren der Stadt und hatte dort das gut bewachte Lager aufgeschlagen.

"Wir sind keine Bettler, die euch um Almosen bitten", sagte Baldur ruhig, doch seine Stimme hatte eine Schärfe, die den Raum durchdrang. "Wir kommen im Auftrag des Großkönigs selbst. Es wäre klug, wenn Ihr uns Euer Gehör schenkt."

Mersah hob eine Augenbraue, als hätte er einen besonders langweiligen Vogel entdeckt, der versuchte, ihn zu unterhalten. "Der Großkönig? Ihr seid weit von Persepolis und Babylon entfernt, Freunde. Und selbst wenn, was sollte der König von Persien mit einer Gruppe von Söldnern oder Reisenden wie euch zu tun haben?"

Olov griff langsam in seinen Reisebeutel und zog ein zusammengerolltes Pergament hervor. Es war versiegelt mit dem königlichen Wappen. Das Abbild des großen Achämenidenreichs, geprägt in rotem Wachs. Der Anblick des Siegels ließ Mersahs halb geschlossene Augen für einen Moment weit aufreißen, doch er fing sich schnell und verzog die Lippen zu einem schiefen Lächeln. Der Schreiber Daraios hatte das Schreiben angefertigt und dabei boshaft gekichert. Das im Beamtenstil aufgesetzte Schreiben, das ausgesprochen echt wirkte, war quasi seine ganz persönliche Rache an dem fernen Großkönig, der ihn in die Sklaverei hatte verkaufen lassen.

"Was ist das?" fragte er mit einer Mischung aus Skepsis und Neugier.

"Ein Schreiben des Großkönigs Darius selbst", antwortete Baldur, seine Stimme von Nachdruck erfüllt. "Es ist für alle Stadthalter und Beamte im Reich bestimmt. Ihr werdet es lesen."

Mersah beugte sich vor und streckte die Hand nach dem Pergament aus. Baldur hielt inne, sein Blick bohrte sich in den des Beamten. "Behandelt es mit Respekt", warnte er. "Dies ist kein gewöhnliches Dokument."

Mit einem kaum unterdrückten Seufzen nahm Mersah das Schreiben entgegen und brach das Siegel vorsichtig. Seine Hände, dick und leicht zitternd, entrollten das Pergament langsam. Die Asen beobachteten ihn aufmerksam, während seine Augen jetzt die kunstvoll geschwungenen Schriftzeichen überflogen. Mersahs Gesichtsausdruck wandelte sich mit jedem Wort, das er las. Seine anfängliche Arroganz verschwand, ersetzt durch eine Mischung aus Überraschung und wachsender Nervosität. Schweißperlen bildeten sich auf seiner Stirn, und seine Hände zitterten merklich, als er den letzten Satz des Schreibens las.

"...allen, die dieses Schreiben vorweisen, ist mit äußerster Höflichkeit und größtmöglicher Unterstützung zu begegnen. Sollte ich Klagen vernehmen, so wird mein Zorn unaufhaltsam sein", murmelte er, seine Stimme kaum mehr als ein Flüstern. "Der Großkönig persönlich..."

Er ließ das Pergament sinken und sah Baldur mit geweiteten Augen an. "Das ist wirklich echt", stammelte er. "Ihr ... Ihr seid also im Namen des Großkönigs unterwegs?"

Baldur nickte, gelangweilt wirkend, sein Gesicht war unbewegt. "Ja. Und jetzt versteht Ihr vielleicht, warum wir mehr Respekt erwarten als den, den Ihr uns bisher entgegengebracht habt … Was soll ich dem Großkönig berichten, wenn ich wieder vor ihn trete und meinen Bericht abgebe?"

Mersah sprang hastig von seinem Stuhl auf, seine massige Gestalt wirkte plötzlich ungelenk und bemüht unterwürfig. "Verzeiht mir edler Herr! Verzeiht mir vielmals!" Er verbeugte sich tief, wobei der Schweiß auf seiner Stirn jetzt glänzte. "Ich wusste nicht ... Ich konnte doch nicht ahnen ... Natürlich werdet Ihr jede Unterstützung erhalten, die Ihr benötigt! Ich leite natürlich umgehend alles in die Wege, um eure Wünsche zu erfüllen."

Orm, der bisher schweigend geblieben war, ließ ein leises Schnauben hören. "Es ist erstaunlich, wie schnell sich Respekt erlernen lässt, wenn man die richtigen Worte liest … DAS also ist die Zivilisation im Reich der Perser", murmelte er mit einem Hauch von Spott, was Hela ein schwaches Lächeln entlockte.

Mersah ignorierte den Kommentar tunlichst und warf sich weiterhin in unterwürfige Gesten. "Bitte, sagt mir, wie ich euch dienen kann. Alles, was in meiner Macht steht, wird sofort in die Wege geleitet! Nahrung, Unterkunft, Pferde, Sklaven ... was auch immer ihr benötigt, ich werde es sofort veranlassen. Niemals würde ich den Wünschen eines derart hohen Gastes widersprechen wollen."

"Wir erwarten nicht weniger", erwiderte Baldur mit ruhiger Autorität. "Der Großkönig hat Euch befohlen, uns zu unterstützen, und wir nehmen ihn beim Wort. Wir haben von höchster Stelle eine geheime Mission erhalten ... und ich wünsche nicht, dass irgendwer davon erfährt, wer wir in Wirklichkeit sind. Der Großkönig würde das nicht gutheißen, wenn seine Pläne bekannt werden."

Mersah nickte eifrig und zog eine Rolle Papyrus aus einem Regal. "Ich werde sofort Anweisungen erteilen. Es gibt ein Gasthaus in der Nähe, das für angesehene Besucher reserviert ist. Ich werde dafür sorgen, dass Ihr dort untergebracht werdet. Selbstverständlich werde ich auch umgehend Nahrung und Wein zu den vor den Mauern lagernden Begleitern von Euch bringen lassen. Was Eure weitere Reise betrifft ... ich werde Boten schicken, um euch Führer und zusätzliche Vorräte zu besorgen."

"Gut", sagte Baldur knapp, doch er hielt inne, als Mersah einen weiteren Vorschlag machte.

"Vielleicht möchtet Ihr auch die Gärten des Pharao besuchen?" bot Mersah an, seine Stimme beinahe servil. "Es ist eine Ehre, die nur sehr wenigen zuteil wird, aber ich bin sicher, dass ich es arrangieren kann. Die Lustsklaven dort würden glücklich sein, Euch zu dienen."

Hela trat vor, ihre Stimme ruhig, aber scharf. "Das ist nicht nötig. Spart Eure Mühen und auch Eure Schmeicheleien, Mersah. Tut einfach, was verlangt wird ... und versucht niemals wieder, uns derart bestechen zu wollen."

Mersah zuckte leicht zusammen und nickte. „Natürlich, natürlich ... Ich werde dies nicht vergessen, edle Herrin", murmelte er, sein Gesicht von der Demütigung gerötet. Als sie den Raum verließen, ließ Mersah sie bis zur Tür begleiten, seine Haltung weiterhin kriecherisch. „Wenn Ihr noch irgendetwas benötigt, bitte zögert nicht, mich aufzusuchen! Es ist mir eine Ehre, Euch zu dienen."

Die Asen traten hinaus in den Hof, wo die abendliche Brise die stickige Luft des Tages vertrieb. Olov blieb stehen und warf einen Blick zurück zur Tür, die sich hinter ihnen schloss. Er sah Hela an, deren Gesicht im fahlen Licht des untergehenden Mondes kühl und unbewegt war.

"Das Schreiben des Großkönigs ist mächtig", sagte er. "Doch es zeigt uns auch, wie schwach manche Männer wirklich sind." Dabei schmunzelte er, als er daran dachte, was die gut gemachte Fälschung bewirkte.

"Mersah hat Angst vor der Macht, die wir vertreten", stimmte Hela zu. "Das war offensichtlich. Aber solche Männer sind gefährlich ... nicht durch Stärke, sondern durch ihre Bereitwilligkeit, ihre Loyalitäten zu wechseln, wenn es ihnen nützt."

"Er ist nicht unser Problem", sagte Orm mit einem breiten Grinsen und kicherte dabei leise. "Zumindest für den Moment. Solange der fette Kerl Angst hat, wird er sein möglichstes tun, um uns so schnell wie möglich wieder los zu werden."

Mersah, der oberste Verwalter und Beamte

Orm stupste Baldur an die Schulter. "Hast du sein Gesicht gesehen?" meinte er. "Er hat ausgesehen, als ob er jeden Moment in Ohnmacht fallen würde!" Baldur grinste erheitert und kicherte dann leise.

Hela schüttelte den Kopf, ein Lächeln auf ihren Lippen. "So mächtig die Perser auch sein mögen, sie wissen, wie sie ihre Untergebenen in Angst halten. Mersah hat wohl mehr Angst vor dem Großkönig als vor uns. Wir wollen hoffen, dass diese Angst anhält, bis wir weiterziehen."

Olov blieb still, seine Gedanken bereits bei den nächsten Schritten. "Mersah wird uns helfen, so lange er glaubt, dass er beobachtet wird. Aber wir dürfen nicht vergessen, dass Männer wie er immer auf ihre eigene Haut bedacht sind. Wir müssen vorsichtig sein."

Die anderen nickten, und gemeinsam setzten sie ihren Weg durch die Straßen von Men-Nefer fort, die Augen wachsam und die Gedanken voller Pläne. Die kommenden Tage waren entscheidend, denn sie benötigten eine Vielzahl von Dingen, für ihre weitere Reise. Wenn sie das Land der Pyramiden verlassen hatten, dann würden sie auch das Reich der Perser verlassen. So weit Olov gehört hatte, befand sich hinter diesen Grenzen nur wildes Land, mit teils streitlustigen Stämmen, die alle nicht zögern würden eine wehrlose Karawane zu überfallen ... Die Asen waren jedoch alles andere als wehrlos.

Der Clan verblieb einen halben Mond lang vor den nachts verschlossenen Toren von Men-Nefer. Baldur schickte Olov und einige andere häufig in die Stadt, um dort Besorgungen zu tätigen und zu schauen, ob sie auf dem Basar der Stadt etwas erspähten, was nützlich sein könnte. Da die Tore in der Nacht verschlossen waren übernachteten die Ausgesendeten Krieger des Clans dann in einfachen aber sauberen Quartieren, die ihnen von Mersah zur Verfügung gestellt worden waren. In der Stadt hatte es sich schnell herum gesprochen, dass diese riesenhaften Krieger in der Gunst des Großkönigs standen. Dies schreckte bereits einen guten Teil des hiesigen zwielichtigen Gesindels ab. Die fast noch etwas schneller verbreiteten Geschichten über die Kraft und das Waffengeschick dieser fremden Krieger sprach sich ebenfalls herum, wie ein Lauffeuer. Bereits am zweiten Tag machten sich gewisse Leute lieber schnell von hinnen, als es darauf anzulegen, den Zorn dieser hoch gewachsenen und kräftigen Krieger zu erzürnen. Dieser Ruf verhalf den in der Stadt weilenden

Kriegern des Clans jetzt einen Schutz, für den es sonst wohl eine Eskorte bewaffneter Krieger des Großkönigs bedurft hätte.

Die Sonne brannte erbarmungslos auf den Basar von Men-Nefer herab, doch die geschäftige Betriebsamkeit ließ sich davon nicht stören. Händler riefen ihre Waren aus, der Duft von Gewürzen, frisch gebackenem Brot und exotischen Ölen lag schwer in der Luft. Olov, der blonde Jüngling mit der unübersehbar muskulösen und jetzt bereits sechs Fuß hohen Statur, bewegte sich staunend und mit neugierigen Augen durch die engen Gassen. Alles hier war anders, lebendig, ja fast berauschend.

Da stieß er plötzlich mit einer Frau zusammen, die er übersehen hatte. Sie war von einer beeindruckenden Eleganz, in feine, reich bestickte Gewänder gehüllt, mit dunklen, katzenartigen Augen, die ihn sofort in ihren Bann zogen. Olov schätzte sie auf etwa vierzig Sommer, jedoch hatte die Frau sich augenscheinlich die Geschmeidigkeit der Jugend bewahrt. "Sei vorsichtig, junger Mann", sagte sie nun mit einer Stimme, die wie samtener Rauch klang.

"Verzeiht, Herrin … Ich war in Gedanken", stammelte Olov, unsicher, ob er richtig reagierte. Ihr Blick ruhte einen Moment zu lange auf ihm, ihre Lippen verzogen sich zu einem schmalen, wissenden Lächeln.

"Kein Grund zur Sorge", entgegnete sie und legte eine Hand leicht auf seinen Unterarm. Die Berührung war flüchtig, aber eindringlich genug, dass Olov eine unerwartete Wärme spürte. "Ihr seid nicht von hier, das sehe ich sofort. Ich habe Gerüchte über die Reisenden gehört, die in der Gunst des Großkönigs stehen sollen und vor den Toren unserer Stadt ein lager aufgeschlagen haben. Ich hätte jedoch nicht gedacht, dass ihr wirklich derart hoch gewachsen und kräftig seid, wie die Gerüchte es besagen … Woher kommt Ihr, schöner Fremder?"

"Weit aus dem Norden", antwortete er zögernd, während seine Augen an der Eleganz ihrer Bewegungen und an ihren unübersehbaren Rundungen hingen. Die Frau reichte ihm bis kapp an seine Schultern, war also etwas höher gewachsen, als die meisten der hier lebenden Menschen. Sie schien jeden Schritt, jede Geste mit Bedacht zu wählen, wie ein Raubtier, das sich seiner Beute nähert.

"Der Norden." Ihre Stimme zog die Worte in die Länge, als würde sie jeden Laut kosten. "Ein Land der Kälte und des Schnees, wie ich gehört habe. Und doch bringt es solche wie euch hervor." Erneut strichen ihre Finger über den muskulösen Unterarm von Olov und dieser war sich des bewundernden Blickes flüchtig bewusst, mit dem die Frau zu ihm aufblickte. In dem Blick der Frau lag etwas, was Olov nicht einordnen konnte, was ihn jedoch irgendwie berührte.

"Ich heiße Seramis," sagte sie schließlich und lächelte ihn mit funkelnden Augen an "und wie nennt man Euch?"

Olov spürte, wie seine Wangen warm wurden. Die fremde Stadt mit ihren überwältigenden Eindrücken hatte ihn ohnehin schon aus dem Gleichgewicht gebracht, und diese Frau ... diese Seramis, wie sie sich ihm vorstellte ... schien ihn mit einer Art von Aufmerksamkeit zu betrachten, die er noch nie erlebt hatte.

"Olov", sagte er schlicht, etwas unsicher, ob er noch mehr hinzufügen sollte.

"Olov." Ihr Lächeln vertiefte sich. "Ein starker Name. Passt gut zu Euch. Kommt, ich kenne einen Ort, an dem wir ungestört reden können. Ich war auf dem Wege in mein Haus und bin natürlich froh, wenn ein so starker Krieger mich begleitet und beschützt. Ich habe dort etwas zu trinken und meine Diener werden in Windeseile etwas schmackhaftes zu Essen bereiten, wenn dir danach sein sollte."

Er war überrascht von ihrer Einladung, aber die Neugier ... und etwas, das er nicht benennen konnte ... überwogen. Er folgte ihr nun wachsam durch die Gassen, die immer enger wurden, bis sie schließlich vor einem prächtigen Haus mit weißen Kalkwänden und schweren, kunstvoll geschnitzten Türen zum Stehen kam.

"Hier wohne ich", sagte sie und klopfte kräftig an die Tür, die nahezu augenblicklich von einem Diener geöffnet wurde, der sich tief verbeugte. Der Innenhof, der sich dahinter auftat, war ein Garten der Sinne. Jasmin und Myrrhe erfüllten die Luft, Wasser plätscherte in einem kleinen Brunnen, und weiche Teppiche bedeckten den Boden der angrenzenden, offenen Räume.

Seramis wechselte einige leise Worte mit dem schweigsamen Diener und wandte sich dann Olov zu. Sie lächelte und bedeutete ihm, ihr in das schattige Innere des Hauses zu folgen. Sie durchquerten einige Räume und schritten dann eine Treppe empor, die in einen weiten Raum mit einer Terrasse führte.

"Setzt Euch, Olov", forderte sie ihn auf, während sie anmutig in einen mit Kissen ausgelegten Bereich trat. Sie goss Wein in zwei fein verzierte Kelche und reichte ihm einen.

Er nahm einen Schluck, und der Geschmack war süßer und kräftiger, als er es gewohnt war. "Ihr habt ein schönes Zuhause", sagte er schließlich, unfähig, die plötzliche Stille auszuhalten.

"Das ist es. Aber es wäre leer ohne Gesellschaft", erwiderte sie und ließ sich neben ihm auf den Kissen nieder. Ihre Nähe ließ ihn den Duft ihrer Haut wahrnehmen, warm und würzig. "Ihr seid jung, Olov, und die Welt liegt vor Euch. Aber habt Ihr sie je wirklich gekostet?" Dabei musterte sie ihn mit glänzenden Augen. Der junge Mann war in eine einfache Hose aus Leder gekleidet, die mit einem breiten Ledergürtel gehalten wurde, an dem ein Dolch und ein Geldbeutel hingen. Auf dem Rücken trug er ein langes Schwert, dessen Griff ihm über die linke Schulter ragte. Gehalten wurde das Schwert von einem ebenfalls ledernen Gurt, der über die breite Schulter und quer über die muskulöse Brust verlief. An den Füßen trug der junge Mann einfache Lederstiefel. Seramis leckte sich innerlich die Lippen. Ein derart maskuliner Mann war ihr bislang noch nie begegnet. Er strahlte die kreatürliche Macht der Wildnis aus, die seine Heimat gewesen war. Seramis spürte, wie ihr Körper auf die Nähe des Jünglings reagierte, der wohl kaum halb so alt war wie sie selbst.

"Ich ... weiß nicht", gestand er, unsicher, was sie meinte und doch zog ihn ihre Stimme wie ein Magnet an.

Seramis lachte leise. "Ihr habt wohl nicht sonderlich viel Erfahrung mit Frauen gesammelt, mein fremder Krieger … Oder täusche ich mich da etwa?"

Olov schüttelte seinen Kopf. "Die Gesetze unseres Clans sind sehr streng. Wir dürfen uns den Frauen des Clans nicht nähern, bis beide Partner mindestens achtzehn Sommer gesehen haben … Also muss ich warten."

"Dann lasst mich Euch zeigen, was Ihr verpasst habt", flüsterte sie, und bevor er antworten konnte, neigte sie sich vor, ihre Lippen berührten die seinen. "Ich bin nicht an die Gesetze eures Clans gebunden ... und hier ist niemand, den es stören würde. Sehe mich als eine Lehrerin an, die dir etwas beibringen möchte."

Der Kuss war weich, aber voller Sicherheit, und Olov ließ es geschehen, unfähig, Widerstand zu leisten.

Der Kuss löste in Olov ein Chaos an Empfindungen aus. Er hatte schon von solchen Momenten gehört, in Geschichten am Lagerfeuer oder geflüsterten Gesprächen unter jungen Kriegern, aber jetzt, da er es selbst erlebte, war es überwältigend. Ihre Lippen waren weich und fordernd zugleich. Ihre Hände fanden seinen Nacken, zogen ihn näher.

Seramis löste sich von ihm, nur um ihn mit einem Blick zu durchbohren, der tief in seine Seele zu blicken schien. "Du bist wunderschön, Olov", sagte sie leise, und ihre Finger strichen über seine Wange, dann hinab zu seinem Schlüsselbein. "Du bist wie eines der aus Marmor geschlagenen Götterbilder der Griechen ... Aber DU bist ein Mann aus Fleisch und Blut ... und was für ein Bild von einem Mann!"

Er konnte nicht antworten. Sein Atem ging schneller, seine Hände lagen verlegen auf seinen Oberschenkeln, unsicher, ob er es wagen sollte, sie zu heben. Seramis schien das zu bemerken, denn sie nahm eine seiner Hände und legte sie behutsam an ihre Taille.

"Keine Angst", flüsterte sie, während ihre andere Hand die Schnalle seines Gürtels berührte. "Du bist hier, um zu genießen, nicht um zu zögern ... ich zeige dir, was man mit einer Frau tun kann ... und was eine Frau wie ich von einem Mann verlangt ... Sehe mich als deine Lehrerin an. Mache mich glücklich und erlaube mir, die das selbe Glück zu geben. Du wirst diesen ganz besonderen Tag ganz sicher nicht bereuen und ihn auch nie vergessen."

Olov nickte langsam, unfähig, sich ihrer Präsenz zu entziehen. Sie war wie ein Sturm, unaufhaltsam und doch faszinierend, und er hatte keinen Willen, ihr zu widerstehen.

Seramis führte ihn sanft auf die weichen Teppiche, ihr Griff war fest und zugleich beruhigend. Ihre Bewegungen waren sicher und fließend, und Olov fühlte sich wie ein Schüler in den Händen eines Meisters. Sie ließ die Schichten ihrer Gewänder fallen, eins nach dem anderen, bis ihre Haut im warmen Licht des Raumes schimmerte.

"Betrachte mich", sagte sie und ihre Stimme war eine Mischung aus Befehlen und Verführung. Olov gehorchte, seine Augen glitten über die Formen ihres Körpers und er spürte, wie sich etwas tief in ihm regte, eine Mischung aus Ehrfurcht und Verlangen, die ihm neu war. Zudem regte sich auch ein Körperteil von ihm, der bislang nie von einer Frau berührt worden war. Seramis strich sich mit den Händen über den Körper legte ihre Hände unter ihre vollen Brüste und hob diese ihm entgegen. Olov spürte, wie ihm der Schweiß auf die Stirn trat.

"Jetzt du", forderte sie. "Lege deine Kleidung ab und zeige mir deinen Körper." Sie half ihm, seine Kleidung abzulegen. Es war, als würde er all die Schichten seiner Unsicherheit mit jedem Stück Stoff ablegen. Als er endlich seine Hose abstreifte weiteten sich die Augen von Seramis. "Bei den Göttern … Du bist wirklich überall groß und stark. So etwas habe ich noch nie gesehen … und du darfst mir glauben, ich habe schon einiges gesehen."

Seramis trat einen Schritt näher und fasste langsam zwischen die Beine von Olov. Sie schnurrte fast, als sie anfing sein bereits halbsteifes Glied langsam zu massieren, das innerhalb von Augenblicken vollkommen hart wurde. Olov stöhnte leise, was Seramis mit einem wissenden Lächeln erwiderte. Sie näherte ihre Lippen seinem Ohr und ihre Stimme glich dem Flüstern des Nachtwindes. "Ich weis, dass es dein erstes mal ist. Also werde ich ein klein wenig von deinem Druck nehmen, damit du danach mehr Ausdauer zeigen kannst. Vertrau mir einfach und lasse mich machen. Ich weis, was ich tue."

Sie drückte ihn auf die Kissen, legte sich daneben und wieder küssten sie sich. Seramis Küsse wurden fordernder und die Bewegungen ihrer Hand wurden fester und schneller. Dann nahm sie mit der anderen Hand seine beiden Hoden und massierte diese sanft. Seramis zog die Vorhaut ganz zurück und verstärkte ihre Bewegungen jetzt noch etwas. Olov spürte, ein überschäumendes Gefühl, welches er selbst bislang nur ansatzweise gekannt hatte, wenn er sich in der Abgeschiedenheit selbst befriedigte.

Seramis jedoch verstand es, ihn weitaus gefühlvoller zu befriedigen und ihn langsam aber sicher auf einen Punkt zu bringen, wo er seinen Samen bald verspritzen würde.

Leise und sanft klang ihre Stimme in sein Ohr. "Lasse dich gehen. Gebe dich der Lust hin ... Verspritze deinen Saft. Wir haben viel Zeit und ich will von dir heute Nacht noch mehrfach geritten werden. "Diese Worte, zusammen mit ihren Händen, die ihn so unendlich gefühlvoll stimulierten waren zu viel für ihn. Mit einem dumpfen Stöhnen kam er zum Orgasmus, der so heftig war, wie nie zuvor. Seramis lächelte still, als sie die Fontänen von Olovs Sperma auf ihren Bauch, die Arme und Brüste spritzen spürte. Sie blickte kurz nach unten und lachte dann leise. "Unglaublich, was für eine Menge das ist ... Es muss wohl so sein, als wenn alles an dir größer ist, als bei allen anderen Männern, die ich bisher kannte. Hole jetzt erst einmal ein wenig Luft ... Wir beiden haben noch viel Zeit ... Aber nun bin ich an der Reihe, etwas zu bekommen."

Sie legte sich zurück, öffnete ihre Beine und zog ihn zu sich. "Küsse mich dort, zwischen meinen Beinen ... Ich zeige dir, was du tun sollst." Sanft und zaghaft Küsste Olov die feuchten Schamlippen der erfahrenen Frau, was diese zu einem Stöhnen bewegte. Die Stimme von Seramis war rau und lustvoll. "Schiebe meine Schamlippen jetzt ein klein wenig auseinander ... Siehst du meine Lustperle? Lecke daran ... Ja, genau so sollst du das tun ... Das machst du gut. Lecke jetzt zwischen meinen Schamlippen und streichel dabei meine Lustperle mit deinen Fingern. So ist es guuuuut ... Stecke mir jetzt einen Finger in meinen Lustkanal und ziehe ihn dann wieder heraus ... nochmal ... nochmal ... mach weiter und lecke dabei an meiner Lustperle ... Ihr Götter ist das gut! Mach weiter und bewege deinen Finger schneller ... nehme jetzt einen zweiten dazu ... JA ... JAAA ... ihr Götter, es kommt mir gleich! Weiter, mein starker Krieger! Mach es mir! Ich kooooomme!"

Der Körper von Sseramis bäumte sich auf und sie stieß einen leisen Schrei aus. Dann sackte sie zurück und blickte Olov liebevoll an. "Das war großartig ... du musst noch das eine oder andere lernen aber ich habe das Gefühl, du wirst sehr schnell lernen." Sie lachte leise und zwinkerte Olov verschwörerisch zu.

Die folgende Zeit verging für Olov wie im Flug. Seramis war eine geduldige Lehrerin, die genau wusste, was sie wollte und wie sie es ihm zeigen musste, damit er es lernte. Mehrfach krümmte Seramis ihren Körper unter ihm und schrie ihre Lust heraus, bevor sie ihn zitternd von sich schob. Sie atmete schwer und rang nach Luft aber sie lächelte glücklich. Dann schob sie ihre Hand zwischen die Beine von Olov und ertastete seinen harten Penis. Sie lächelte zufrieden. "Du sollst du mich heute Nacht noch reiten, mein starker Krieger … Und ich will dich auch reiten."

Seramis kuschelte sich an ihn heran und küsste ihn innig. Lange Zeit ließen sie ihre Zungen miteinander tanzen und streichelten einander. Dann setzte Seramis sich auf und blickte verlangend auf den aufragenden Penis von Olov. "Jetzt, mein junger Krieger werde ich dir zeigen, was eine Frau für einen Mann tun kann." Mit diesen Worten beugte sie sich herab und küsste ihn sanft auf seinen harten Penis. Sie nahm ihn in die Hand und rieb sanft an dem steifen Organ, bevor sie ihren Kopf noch weiter senkte und damit begann, seine Eichel mit ihrer Zunge zu umkreisen. Olov stöhnte wohlig. So etwas hätte er sich bisher nicht in seinen kühnsten Träumen auszumalen gedacht. Doch jedoh dann senkte Seramis ihren Kopf noch weiter und nahm nun, mit wippenden Kopfbewegungen, seinen Penis in ihrem Mund auf. Laut stöhnte Olov, während Seramis ihm Gefühle vermittelte, die er nie erahnt hätte. Schließlich ließ sie von ihm ab. Sie krabbelte ein Stück höher und platzierte ihre Scheide über seinem Glied. Dann senkte sie ihren Körper aufstöhnend herab und der Penis drang gänzlich in sie ein. Seramis stöhnte. "Bei den Göttern, ist der GROß … Du füllst mich vollkommen aus."

Für Olov war es ein bislang unbekanntes Gefühl, als sein Penis tief in dem warmen, feuchten, engen und pulsierenden Lustkanal steckte. Langsam begann sie sich auf ihm zu bewegen. Dann nahm sie seine Hände und legte diese auf ihre Brüste, mit den harten, großen Brustwarzen. Eine Zeit lang ritt sie ihn und wurde dann immer schneller. Olov folgte seinen Instinkten und stieß von unten zu. Seramis hatte den Kopf zurück gelegt und gab Laute von sich, wie ein Tier. Dann beugte sie sich nach vorne und Olov stieß kräftiger zu, während er an ihren Brustwarzen leckte, die über seinem Gesicht hingen. Er spürte, das er nicht mehr lange brauchte, bis er wieder den eigenen Höhepunkt erreicht haben würde und flüsterte ihr dies mit rauer Stimme zu. Seramis lächelte. "Mach weiter Olov ... Stoße stärker, mein Krieger, ich bin auch gleich soweit."

Mit einem kehligen Aufschrei kam Seramis zum Orgasmus und auch Olov erreichte nahezu Zeitgleich seinen Höhepunkt. Lange Zeit ruhte Seramis einfach nur auf seinem Körper. Langsam normalisierte sich der Atem der beiden wieder und Seramis ließ sich neben ihn gleiten.

Die Zeit verschwamm in Olovs Wahrnehmung, während Seramis ihn tiefer in ihre Welt zog. Ihr Körper war wie ein Buch, das sie ihm Seite für Seite aufschlug, jedes Kapitel eine neue Entdeckung. Sie sprach dabei leise, als wolle sie ihn nicht überfordern, sondern ihm jede Nuance dieses Moments bewusst machen.

"Vertrauen ist der Schlüssel", flüsterte sie und führte seine Hand erneut über die Linien ihrer Hüften und die weichen Kurven ihres Bauches. "Hör nicht nur auf deine Hände, sondern auf das, was ich dir gebe. Spürst du das?" Olov nickte, obwohl er nicht sicher war, ob er die Worte oder die Bedeutung dahinter wirklich verstand. Es war weniger die Sprache als die Melodie ihrer Stimme, die ihn leitete. Er hatte noch nie so viel intime Nähe erlebt, noch nie eine solche Verbindung zu einem anderen Menschen gespürt. Seramis war unersättlich und nutzte die Manneskraft des Jünglings aus. Draußen stand bereits der Mond am Himmel, als sie sich schwer atmend neben ihn kuschelte.

Seramis setzte sich auf und ließ ihre Finger leicht über seine Brust gleiten, als wolle sie ihn lesen wie eine Landkarte. "Dein Herz schlägt schnell", sagte sie mit einem sanften Lächeln, "aber das ist gut. Du bist lebendig, Olov. Das ist alles, was zählt." Sie drückte ihm einen schnellen Kuss auf die Lippen.

Ihr Gesicht war nah an seinem, ihre Augen schienen jeden seiner Gedanken zu ergründen. Sie küsste ihn erneut, tiefer und fordernder diesmal, als wolle sie ihm zeigen, dass Leidenschaft nicht nur in der Berührung lag, sondern auch in der Hingabe. Ihre Bewegungen waren kontrolliert, jede einstudiert und doch spontan, als wüsste sie genau, wann sie ihn führen und wann sie ihn entdecken lassen sollte.

Olovs Unsicherheiten wichen langsam einer Art natürlichem Instinkt. Er wagte es, ihre Anweisungen nicht nur zu befolgen, sondern auch selbst Initiative zu ergreifen, was bei Seramis Begeisterung auslöste. Jedes leise Geräusch, das Seramis von sich gab, ermutigte ihn weiter, und er begann zu verstehen, dass dieser Moment ein Zusammenspiel war, ein Geben und Nehmen, das über die reine Körperlichkeit hinausging. Seramis war unersättlich und nutzte die jugendliche Manneskraft in vollen Zügen aus, was Olov gerne mit sich geschehen ließ. Die Frau bereitete ihm eine Lust, die er nicht mehr missen wollte und die er gerne zurückgab.

Die Luft im Raum war warm und schwer, erfüllt von dem Duft der brennenden Öle und der salzigen Süße ihrer Haut. Der Brunnen plätscherte leise im Hintergrund, ein beruhigender Kontrast zu den wachsenden Emotionen, die zwischen ihnen aufwallten. Seramis schien jeden Augenblick zu genießen, als sei sie in ihrem Element. Olov war dankbar, dass sie ihn mitgenommen hatte in diese Welt, die ihm so fremd gewesen war. Am Morgen hätte er noch nicht vermutet, dass ihm derartiges widerfahren würde.

Als sie irgendwann in der Mitte der Nacht schweigend nebeneinander lagen, blieb Seramis' Hand auf seiner Brust, ihre Finger zeichneten langsame, beruhigende Kreise auf seiner Haut. "Du hast viel in dir, Olov. Mehr, als du dir selbst zutraust. Es war mir eine Freude, dir heute ein wenig davon zu zeigen … Und ich freue mich bereits auf weitere Abende, solange du hier in der Stadt bist."

Er drehte den Kopf zu ihr, seine blonden Haare zerzaust und seine blauen Augen erfüllt von einer Mischung aus Erstaunen und Ruhe. "Ich werde diesen Abend nie vergessen", sagte er ehrlich, seine Stimme immer noch leise von der Intensität dessen, was sie geteilt hatten.

Seramis lächelte, ein wissendes Lächeln, das etwas in sich barg, das Olov noch nicht ganz entschlüsseln konnte. "Du bist jung. Es gibt noch so vieles, was du lernen wirst. Aber denke daran, Olov: Die wahre Stärke eines Mannes liegt nicht in seinem Schwert, sondern in seinem Herzen." Sie lächelte wie ein hungriges Raubtier, prüfte ob er bereits wieder hart war und grinste dann zufrieden. Dann wälzte sie sich auf den Rücken und zog ihn über sich. "Komm und stoße mich, mein Krieger. Die Nacht will gut genutzt werden." Olov grinste und kam der Aufforderung nach.

Seramis war geduldig aber auch fordernd und nahezu unersättlich. Die erfahrene Frau führte ihn mit sanften Berührungen und leisen Worten. "Lass dich fallen", sagte sie und nahm seine Hände, führte sie über ihren Körper, lehrte ihn, wie sie berührt werden wollte. Es war eine Lektion, die er begierig aufnahm, sein Verlangen wurde durch ihre Anleitung nur verstärkt.

Die Nacht wurde zu einem Strudel aus Leidenschaft und Intimität. Seramis zeigte ihm, wie man gibt und nimmt, wie man die Nähe eines anderen Menschen nicht nur körperlich, sondern auch emotional erfahren konnte. Ihre Bewegungen waren wie ein Tanz, eine perfekte Symphonie, bei der Olov langsam lernte, mitzuspielen.

Am Ende lagen sie nebeneinander, ihre Atemzüge verschmolzen in der Stille des Raumes. Olov fühlte sich verändert, als hätte er einen Teil von sich entdeckt, den er nie gekannt hatte. Seramis betrachtete ihn mit einem zufriedenen Lächeln, ihre Finger spielten in seinem Haar.

"Du hast viel gelernt heute Abend", sagte sie schließlich.

"Das habe ich wohl … und doch habe ich dass Gefühl, erst wenig von der Welt und den Künsten der Frauen zu wissen", stimmte er zu, seine Stimme war heiser, aber voller Dankbarkeit. Es war nicht mehr lange bis zum Morgengrauen, als sie schließlich beide erschöpft einschliefen. Seramis hatte sich in seinen Arm gekuschelt und zeigte ein zufriedenes Lächeln.

Ihre Worte hallten in ihm nach, während er langsam die Augen schloss, erschöpft und zugleich erfüllt. Men-Nefer hatte ihm mehr gegeben, als er je erwartet hatte … und Seramis war der Schlüssel zu allem gewesen.

Olov kam jeden Abend zu Seramis, solange der Clan vor den Toren der Stadt lagerte. Seramis, die wusste, dass die Zeit der Trennung näher rückte nutzte die ihnen verbleibende Zeit weidlich aus und ließ sich von Olov in den Nächten stets mehrfach zum Orgasmus bringen. Dabei zeigte sie ihm Dinge, die Olov nie vermutet hätte und genoss es, wenn er in ihr stöhnend zum Orgasmus kam. Wenn er seinen Smen in ihr verspritzte, dann kam Seramis oftmals gleichzeitig mit ihm zum Orgasmus und tat es ihm mit lustvollen Schreien kund, während ihr ganzer Körper in derartigen Momenten von Zuckungen geschüttelt wurde.

Seramis

Mit der Zeit erfuhr Olov, dass Seramis zur herrschenden Schicht der Stadt gehörte und viel Einfluss besaß. Ihr war es zu verdanken, dass der Clan einige Tage später eine Wagenladung Kupferbarren erhielt, die ein schweigsamer Bediensteter eines Tages, mitsamt einem Pferdekarren, in das Lager des Clans brachte. Baldur nahm dies schweigend zur Kenntnis, blickte Olov jedoch nachdenklich an, was diesen dazu brachte zu erröten. Olov zeigte sich in der folgenden Nacht besonders dankbar, gegenüber Seramis, die dies grinsend akzeptierte. Doch der Zeitpunkt der Abreise näherte sich für den Clan und somit auch die Zeit des Abschieds zwischen Seramis und Olov. Am letzten gemeinsamen Abend lag Seramis lange in den Armen von Olov und streichelte einfach nur seine blonden Haare. Sie würde den jungen Krieger vermissen, zu dem sie sich von Tag zu Tag mehr hingezogen fühlte. Schon seit langem war sie nicht mehr so befriedigt worden, wie von diesem Jüngling, der den Körper und die Ausdauer eines Gottes besaß.

Doch nicht nur Olov machte in Men-Nefer seine ersten körperlichen Erfahrungen in der Liebe. Auch Hela sammelte Erfahrungen und wurde sich ihres Körpers deutlicher bewusst. Hela hatte sich mit Jasamin angefreundet, einer der von den Asen befreiten Sklavin.

Jasamin hatte einst in Persepolis ihren Unterhalt mit der Zubereitung von Duftstoffen und Duftwässerchen bestritten, bis sie unbeabsichtigt den Unwillen einer mächtigen Frau des Hofstaats erregt hatte, die eine Vertraute des Großkönigs war. Jasamin hatte bereits zweiunddreißig Sommer gesehen und war eine prachtvolle Erscheinung, die stets die Blicke der Männer auf sich zog.

Eines Tages unterhielten die beiden sich und Jasamin erwähnte dabei, dass die Männer des Clans teilweise riechen würden, wie Tiere. Hela war dies in letzter Zeit ebenfalls aufgefallen. Die Seife, die sie sonst alle benutzen war mehr als knapp geworden. Hela schlug ihrer Freundin daraufhin vor, die Stadt aufzusuchen und alle notwendigen Dinge dort zu kaufen, um neue Seife herzustellen. Jasamin, so argumentierte Hela könne diese dann mit verschiedenen Geruchsrichtungen versehen. Dies würde mit Sicherheit vor allem den Frauen des Clans gefallen, da Reinlichkeit schon immer ein wichtiger Punkt innerhalb des Clans gewesen war. Kurz entschlossen suchte Hela das Clanoberhaupt auf.

Baldur hörte sich das Anliegen an und nickte dann zustimmend. "Das ist eine wirklich gute Idee. Ich selbst rieche auch schon wie ein alter Bär." Er lachte gutmütig.

Hela und Jasamin machten sich umgehend auf den Weg, nachdem Hela sich von Baldur einen gut gefüllten Geldbeuten geben ließ. Beide Frauen trugen lange Dolche an ihrem Gürtel und Hela hatte zudem noch einen Speer mit scharfer Spitze dabei. Niemand würde es wagen die beiden

Frauen zu belästigen, zumal jeder bereits von weitem erkennen konnte, dass Hela zu dem Clan gehörte, der vor der Stadt lagerte. Die hoch gewachsene Hela überragte die Einheimischen deutlich und Jasamin reichte ihr nur bis zu den Schultern, obwohl die Frau aus Persepolis unter ihresgleichen als hoch gewachsen galt.

Es war nicht schwer, den gut besuchten Basar zu finden. Hela war schier überwältigt von der Vielzahl der Dinge, die hier angeboten wurden. Eine Unzahl von Gerüchen und ein unglaubliches Stimmengewirr herrschten hier. Jasamin fand schnell die Verkaufsstände, die sie suchte. Sie verhandelte mit dem alten Kaufmann zäh und schließlich wurde der Handel besiegelt. Hela und Jasamin verstauten die Kräuter und Öle sorgsam in zwei Tragesäcken, die sie sich dann auf den Rücken schwangen. Danach schlenderten sie entspannt über den Basar und stellten plötzlich fest, dass die Sonne bereits am Sinken war.

Das war jedoch nicht schlimm, da in der Stadt einige Gästeunterkünfte bereitgestellt worden waren, wo sie übernachten konnten. Deshalb ließen sie sich Zeit und schlenderten weiter, während sie die Auslagen betrachteten.

"Schau dir das mal an, Hela!", rief Jasamin begeistert und hielt einen elfenbeinernen Gegenstand hoch. "Ich glaube, ich habe etwas ganz Besonderes gefunden. Dieser kleine Kerl hier ist ein ganz besonderes Werkzeug, um Frauen glücklich zu machen", erklärt Jasamin mit einem geheimnisvollen Lächeln und lachte dabei leise. "So etwas habe ich seit meiner Verbannung aus Persepolis nicht mehr gesehen … Ihr Götter, wie ich so etwas vermisst habe."

Hela blickte auf den Gegenstand, der fast die Länge von einem Fuß haben mochte. Dann errötete sie. Die sorgsam polierte Schnitzarbeit hatte das Aussehen eines Penis. Sogar die Adern waren perfekt nachgeahmt und er wirkte wie echt, wenn man davon absah, dass er aus Elfenbein war. Jasamin verhandelte bereits eifrig mit dem Kaufmann, der seinen Stand bereits hatte schließen wollen. Die beiden wurden sich schnell handelseinig und Jasamin verstaute das Teil sorgsam in ihrem Tragesack. Hela blickte sie fragend an. "Was willst du denn mit dem Teil? Wozu soll das denn nützlich sein?"

Jasamin erstarrte und blickte Hela dann einen Moment sehr erstaunt und sprachlos an, bevor sie antwortete. "Willst du damit sagen, du weist nicht, was das ist oder was eine Frau damit macht?"

Hela schüttelte ihren Kopf. "Ich habe so etwas noch nie gesehen und weis auch nicht, wozu das nutzen soll. Es sieht zwar aus wie ein steifer penis, mit den Hoden aber wer würde sich ein derartiges Schmuckstück in seine Hütte stellen um es zu betrachten und sich daran zu erfreuen?"

Jasamin schulterte ihren Tragesack und schüttelte mitfühlend ihren Kopf. "Bei den Göttern, Mädchen ... du hast wirklich einiges verpasst ... Das Teil ist mit weitem Abstand der beste Freund einer einsamen Frau und hilft ihr dabei, sich zu entspannen. Irgendwann wirst du das auch noch feststellen. Dann wirst du so etwas auch immer in Griffweite haben wollen." Dann lachte Jasamin leise und zwinkerte mit den Augen.

Hela wurde neugierig. "Das kann ich mir nicht vorstellen. Erzähle also, was das sein soll."

Jasamin lachte leise. "Wenn eine Frau keinen echten Mann zur Verfügung hat, dann geht es auch mit solch einem Teil ... Manchmal sogar weitaus besser, wie ich dir aus Erfahrung sagen darf." Sie sah Helas Blick und verdrehte die Augen, während sie seufzte. "Herzilein, damit befriedigen sich Frauen ... So ein Ding hat den Vorteil, dass es immer hart ist und niemals ermüdet."

Hela wurde rot. "Davon habe ich noch nie gehört ... Wenn ich mal Erleichterung brauche, dann mache ich es mir mit den Fingern. Es gibt Tage, da mache ich es mir mehrfach, weil ich sonst unausstehlich bin."

Jasamin lachte herzhaft. "Glaube mir, so ein Teilchen ist weitaus besser als die Finger ... Wenn es mich überkommt, was recht oft der Fall ist, dann tun es aber auch die Finger, zur Not. Ich kenne das selbst sehr gut."

Schweigend legten sie den Weg zu den Unterkünften zurück, die an den Palast des Stadthalters grenzten, jedoch durch eine Mauer abgetrennt wurden. Sie suchten eines der hinteren Gebäude auf und stellten fest, dass sie die einzigen Bewohner in dieser Nacht waren. Der saubere Raum besaß zwei breite Betten und einen kleinen Tisch, vor dem zwei kleine Schemel standen. In der einen Ecke stand ein abgedeckter Eimer für die

Notdurft. Handtücher aus weichem Leinenstoff lagen auf den Betten, die dafür gedacht waren benutzt zu werden, wenn man das nahe Badehaus aufsuchen wollte. Das einige Fenster der Unterkunft lag hoch in der wand und der Abendwind strich kaum spürbar herein.

"Komm, Hela, bevor wir uns zur Ruhe begeben, sollten wir noch in das Badehaus gehen. Ich habe, von einem der Krieger die hier übernachtet haben gehört, das Wasser dort soll besonders wohltuend sein," schlug Jasamin vor, während sie ihren Blick über den umliegenden Garten schweifen ließ, der in der Abenddämmerung lag.

Hela nickte begeistert. Ein Bad klang nach der perfekten Erholung nach einem langen Tag. Hela legte ihren Speer und ihren Tragebeutel ab, während Jasamin schnell zwei dicht gewebte Tücher in ihren Tragebeutel stopfte. Gemeinsam schlenderten sie durch die verwinkelten Gassen der kleinen Anlage, bis sie schließlich vor einem unscheinbaren Eingang standen. Das Badehaus lag etwa hundert Schritte von ihrer Unterkunft entfernt, ganz am Rande dieses Areals. Über der Tür war ein kleines Schild angebracht, auf dem ein stilisiertes Wasserbecken abgebildet war.

Vorsichtig schoben sie die schwere Holztür auf und traten ein. Außer ihnen beiden war niemand hier. Die gesamte Gästeanlage mit den Unterkünften wirkte an diesem Abend wie vergessen. Anscheinend waren sie die einzigen Gäste. Ein warmer, feuchter Dampf schlug ihnen nun entgegen und verhüllte alles in eine milchige Wolke. Der Raum war in ein gedämpftes Licht getaucht, das von kleinen Öllampen an der Wand kam. Auf dem Boden lagen dicke Matten, auf denen man bequem sitzen konnte. In der Mitte des Raumes befand sich ein großes, rundes Becken, mit sorgsam gemauerten und glatt geschliffenen Steinplatten, das mit Wasser gefüllt war. Das brusttiefe Wasser im Becken war auf der einen Seite durch mehrere Stufen bequem zu erreichen,

"Das ist ja wunderschön hier!", flüsterte Hela beeindruckt und blickte sich staunend um.

Jasamin nickte zustimmend. "Sieh dir die Mosaikfliesen an den Wänden an! Die sind ja unglaublich detailreich. Die Motive die sie zeigen sind allerdings vermutlich von Männern entworfen worden." Die beiden blickten sich an und kicherten ausgelassen. Hela betrachtete die Mosaike und verspürte plötzlich ein kribbelndes Gefühl zwischen ihren Beinen, welches sie nur zu genau kannte. Hastig wendete sie ihren Kopf ab, während Jasamin die Mosaike sinnend betrachtete und sich dabei auf ihre Lippen biss.

Die beiden zogen sich ihre Kleider aus und stiegen vorsichtig in das warme Wasser. Das Wasser umhüllte ihre Körper wie eine warme Decke und entspannte ihre Muskeln. Während sie im Wasser lagen, ließen sie ihre Gedanken schweifen und genossen die Ruhe und Stille.

Nachdem sie das warme Wasser des Beckens erreicht hatten, ließen Hela und Jasamin ihre müden Körper sanft einsinken. Der Dampf hüllte sie in eine wohlige Wärme ein, und sie schlossen für einen Moment die Augen, um die wohltuende Wirkung auf ihre Muskeln zu genießen.

"Ah, das ist herrlich!", seufzte Hela und streckte ihre Arme aus. "Ich glaube, ich könnte hier ewig liegen bleiben."

Jasamin lächelte und nickte. "Ich auch. Das ist genau das, was wir beide gebraucht haben. Bei den Göttern, seit Persepolis habe ich nicht mehr gebadet. Das warme Wasser tut so gut."

Nach einer Weile wandte sich Hela schüchtern an Jasamin. "Weißt du, ich habe heute so viele verspannte Muskeln, die sich bei mir melden. Könntest du mich vielleicht ein ganz klein bisschen massieren? Nur wenn es dir nichts ausmacht, natürlich. Wenn du magst, dann massiere ich dich auch."

Jasamin nickte begeistert und begann, Hela sanft den Rücken zu kneten. Ihre Finger glitten sanft über die warmen Muskeln und Hela schloss die Augen vor Vergnügen und ließ ein leises, wohliges Stöhnen hören. "Das ist genau das Richtige", murmelte sie zufrieden, während sie sich an den Beckenrand lehnte und ihre Arme außerhalb des Beckens auf dem Steinboden lagen.

Jasamin wechselte zu den Schultern und arbeitete sich langsam nach unten. Sie drückte auf die verspannten Stellen, massierte und löste so die Knoten, die sich über den Tag gebildet hatten. Hela stöhnte leise auf und entspannte sich immer mehr. Dabei wurde ihr bewusst, wie nahe Jasamin hinter ihr stand. Sie konnte ihre Freundin spüren, die zwischen ihren

Beinen stand und sie sanft massierte. Ein kribbelndes wohliges Gefühl machte sich im ganzen Körper von Hela breit, was seinen Ausgangspunkt zwischen ihren Beinen hatte.

"Danke, Jasamin", sagte sie schließlich leise und fast hastig, weil sie spürte, wie ihr Körper jetzt sehr deutlich auf die liebkosenden Hände ihrer Freundin reagierte. "Das ist das Beste, was du mir heute tun könntest."

Jasamin lachte leise. "Gern geschehen ... Es ist zwar nicht das beste, was ich für dich tun könnte aber es freut mich zu sehen, wie sehr du dich entspannst." Plötzlich ließ Jasamin von ihr ab und trat einen weiten Schritt zurück, während sie tief und hastig atmete. Hela blickte ihre Freundin fragend an. "Was ist denn los? Hast du irgend etwas, Jasamin?"

Jasamin wurde rot. "Bitte verzeih mir, Hela … Es ist nur so schön und ich habe eben bemerkt, dass ich schon viel zu lange niemanden mehr hatte, der mir Lust bereitet hat. Bitte verzeih mir, ich habe das nicht bedacht und auch nicht erwartet."

Hela lächelte. Anscheinend hatte nicht nur sie dieses wunderbare sinnliche Gefühl, welches durch ihren Körper strömte. "Was soll ich denn erst sagen? Glaubst du etwa, mir geht es anders? Bitte mach weiter. Es ist so wunderschön … Natürlich nur, wenn du magst und es dir nicht unangenehm ist."

Erneut trat Jasamin hinter Hela, lächelte und massierte ihr dann sanft den Rücken und die Schultern weiter. Dabei glitten ihre Hände einige male tiefer und berührten den Po von Hela, was diese dazu brachte ein sanftes Schnurren von sich zu geben. Hela bemerkte, dass ihre Brustwarzen sich fast schon schmerzhaft verhärteten, während Jasamin schwer atmend hinter ihr stand und sie massierte. Langsam ging die Massage in ein sanftes Streicheln über. Jasamins Hände glitten über den Rücken und streichelten auch die Seiten von Hela. Aufseufzend reckte Hela ihren Po nach hinten, sodass er nun in direkten Kontakt mit Jasamin kam. Sie seufzte und senkte leise stöhnend ihren Kopf, als sie die sanften Hände von Jasamin an ihrem Po spürte. Unwillkührlich spreizte Hela ihre Beine ein Stück. Hinter sich hörte sie Jasamin hektisch atmen. Hela hatte sich ein wenig vom Beckenrand hinweg bewegt und spürte nun die sanften

Finger von Jasamin, die seitlich ihre Brüste streichelten. Hela rückte noch ein Stück vom Beckenrand weg, damit Jasamin ihre Brüste auch an der Vorderseite streicheln konnte. Dabei spreizte sie ihre Beine etwas mehr, damit sie den Größenunterschied besser ausgleichen konnte. Mit ihren Händen stützte sie sich am Beckenrand ab und hielt dabei ihren Kopf ein wenig gesenkt.

Unablässig streichelten und massierten die Finger von Jasamin ihren Rücken und verweilten dabei viel Zeit an ihrem Po. Hela schob ihren Po noch weiter nach hinten und öffnete ihre Beine noch weiter, während sie lustvoll stöhnte, wenn Jasamins geschickte Finger der Pospalte folgten und dann, sanft massierend, bis an ihre Schamlippen kamen. Endlich verspürte sie Jasamins Finger an ihren Brustwarzen. Jasamin streichelte diese zuerst und kniff sie dann sanft. Hela stöhnte nun etwas lauter und ungehemmt auf. Sie drückte ihren Po etwas fester an Jasamin. Nie zuvor hatte sie derartig intensives empfangen und genoss es nun in vollen Zügen. Jasamin hatte ihren Kopf an Helas Schulter gelegt und streichelte nun mit beiden Händen deren Brustwarzen. Dann hauchte Jasamin ihr einen Kuss auf die Schulter und Hela war es fast, als ob ihr die Knie wegsacken wollten. Sie drehte sich zu Jasamin um. Beide sahen sich schweigend an. Dann hob Hela ihre Hände und begann die Brüste von Jasamin ebenfalls zu streicheln. Jasamin hatte die Augen geschlossen, den Kopf zurück gelegt, stöhnte leise und wohlig, um sich dann dichter an Hela zu drängen.

Das sanfte Licht der Öllampen warf flackernde Schatten an die Wand und verlieh dem Raum eine intime Atmosphäre. Sie jetzt standen dicht beieinander. Ihre Körper berührten sich und beide genossen die Nähe und Wärme der anderen.

Hela beobachtete Jasamin aufmerksam. Ihr Blick wanderte von den sanft geschwungenen Wimpern zu den vollen Lippen und zurück zu den leuchtenden Augen. Ein Lächeln huschte über ihr Gesicht. Jasamin erwiderte den Blick und lächelte zurück. Für einen Moment schien die Zeit stillzustehen.

Jasamin hob ihre Arme und zog Hela zu sich. Unendlich sanft küsste sie ihre Freundin. Doch schon bald tanzten ihre Zungen einen wilden Tanz, während sie sich gegenseitig streichelten. Hela spürte die Hand von

Jasamin, die sich zwischen ihre Schenkel schob. Hela spreizte ihre Beine etwas und schloss genießend ihre Augen. Sanft umkreisten die Finger von Jasamin die Lusperle von Hela, die diese Bemühungen mit tiefem Stöhnen quittierte. Hela spreizte ihre Beine etwas weiter und spürte Jasamins Finger, die sanft über die Schamlippen glitten. Hela stöhnte nun etwas lauter, als sie sich Jasamins Fingern förmlich entgegen drängte.

Als sie die Augen wieder öffnete, sah sie, dass Jasamin sie aufmerksam und liebevoll lächelnd beobachtete. In Jasamins nachtdunklen Augen schimmerte eine tiefe Zuneigung. Jasamin neigte den Kopf leicht zur Seite und näherte sich Helas Gesicht. Ihre Nasen berührten sich fast. Hela spürte den warmen Atem von Jasamin auf ihrer Haut. In diesem Moment brauchten sie keine Worte, um sich zu verstehen. Ihre Gefühle waren in jedem Blick, jeder Berührung und jedem Atemzug spürbar.

Hela spürte, wie sich ihre Herzfrequenz erhöhte. Sie atmete tief ein und aus, um sich zu beruhigen. Ein Keuchen drang aus ihren Lippen, als sie ein bekanntes Gefühl verspürte und wusste, das sie sich einem Orgasmus näherte. Schneller, bestimmter und fester wurden die Fingerbewegungen von Jasamin. Dann senkte Jasamin ihren Kopf und saugte sanft an Helas harten Brustwarzen. Das war der Auslöser, der Hela einen unglaublichen Orgasmus verschaffte. Hela hatte den Kopf zurück gelegt und gab einen gurgelnden Ton von sich, während sie sich verkrampfte und ein Beben durch ihren Körper lief. Sie öffnete ihre Augen und klammerte sich, nach Halt suchend, an Jasamin. Ein Lächeln huschte über ihr Gesicht. Jasamin lächelte zurück und ließ ihre Hand sanft über Helas Unterarm gleiten.

"Setz dich auf den Beckenrand," flüsterte Jasamin. Hela stemmte sich hoch setzte sich auf den Beckenrand und ließ ihre langen Beine ins Wasser gleiten. Jasamin trat näher und griff dann an Helas Po, um sie dichter an das Becken zu ziehen. Dann stellte sich sich zwischen Helas weit gespreizte Beine und lächelte. Hela lächelte zurück. Jasamin beugte ihren Kopf vor und küsste Hela direkt auf deren Schamlippen. Ein Stöhnen entkam Helas Lippen und sie legte ihre Hände auf den Kopf der Frau, die nun immer mehr Küsse auf die Schamlippen drückte. Dann spürte Hela, wie Jasamin sich mit ihrer Zunge an den Schamlippen zu schaffen machte. Fast wie eine Katze, die Milch schleckt. Hela rückte noch ein Stück näher an den Beckenrand und spreizte ihre Beine noch weiter. Jasamin verwöhnte nicht nur die Schamlippen, mit ihrer Zunge, sondern leckte auch über Helas Lustperle und saugte sanft daran. Immer wilder wurde das Zungenspiel von Jasamin, die ihre Zunge einige male in den warmen, nassen Lustkanal von Hela bohrte. Stöhnend drückte Hela den Kopf der Frau zwischen ihre Beine und verspürte bereits nach kurzer Zeit erneut das verräterische Kribbeln, welches durch ihren Körper lief und einen weiteren Orgasmus ankündigte. Als Jasamin nun noch ihre Finger zur Hilfe nahm und diese langsam in Helas Scheide schob war es um Hela geschehen. Der Orgasmus schüttelte Hela und sie stieß ein keuchendes Stöhnen aus, als es ihr erneut heftig kam.

Jasamin trat einen Schritt zurück und betrachtete die schwer atmende Hela lächelnd. Mit einem Seufzer ließ Hela sich wieder in das Wasser gleiten und küsste Jasamin zärtlich. Lange Zeit standen die beiden eng umklammert vor einander. Helas Hände strichen sanft über den Rücken von Jasamin, während diese das Streicheln genoss und sich nur an den Schultern von Hela festhielt. Dann drängte Jasamin ihren Körper dichter an Hela. Die beiden blickten sich in die Augen und erkannten das gegenseitige Verlangen. Hela beugte sich vorwärts und küsste die Brüste von Jasamin. Diese stöhnte leise. Mutiger geworden leckte Hela sanft an den Brustwarzen ihrer Freundin. Als sich Jasamins Stöhnen verstärkte lutschte und knabberte Hela an den harten Brustwarzen ihrer Freundin, was mit einem wohligen Keuchen belohnt wurde. Hela spürte die suchende Hand von Jasamin, die sich zu ihren Schamlippen tastete und sanft den Kitzler von Hela massierte. Nun griff auch sie zwischen die Beine von Jasamin. Diese spreizte ihre Beine etwas, um Hela besseren Zugang zu gewähren. Stöhnend klammerte sich Jasamin, mit einem Arm, an Hela und schob ihren Unterleib ruckhaft den Fingern von Hela entgegen, als diese endlich zwischen ihre Schamlippen glitten und dann tief in den warmen Kanal eintauchten. Das Stöhnen von Jasamin wurde lauter und unkontrollierter. Dann keuchte sich mehrfach krampfhaft. Bereits wenige Augenblicke später lief ein Zittern durch sie und sie legte, tief und wohlig stöhnend, ihren Kopf an die Schulter von Hela, die jetzt zufrieden lächelte. Jasamin klammerte sich an ihre Freundin, während ihr Körper immer wieder von Zuckungen geschüttelt wurde. Hela streichelte ihr Haar und küsste sie sanft auf die Stirn.

Lange Zeit standen sie im Wasser und hielten sich nur fest. Dann lachte

Hela leise, während sie die Mosaike betrachtete. "Ihr Götter ... Was würde ich dafür geben, wenn jetzt ein kräftiger Mann hier wäre. Das würde wohl die absolute Erfüllung sein. Ich bin rossig, wie nie zuvor in meinem Leben."

Jasamin fiel kichern in das Lachen ein, verstummte dann jedoch und blickte ihre Freundin nachdenklich an. Dann schmunzelte sie jedoch gleich darauf lüstern. "Ich denke, ich habe da etwas, was diese Abwesenheit ausgleichen könnte ... Vertraust du mir?"

Hela lächelte, als sie flüsternd antwortete. "Natürlich tue ich das. Das solltest du doch wissen."

Jasamin stemmte sich aus dem Wasser und schritt zu ihrem Tragesack hinüber. Dort holte sie die beiden Tücher heraus, ließ sie auf den Boden fallen und kramte dann im Innern des ledernen Tragesacks herum. Ein zufriedenes Juchzen signalisierte, dass sie gefunden hatte, wonach sie suchte. Sie wandte sich zu Hela um und hielt triumphierend das geschnitzte Teil aus Elfenbein empor, welches sie am Tag auf dem Basar gekauft hatte. Dann ging sie zu dem Bassin zurück und ließ sich in das Wasser gleiten.

Mit großen Augen blickte Hela auf das polierte Schnitzwerk, welches einem Penis überaus überzeugend nachempfunden worden war. Jasamin lächelte. Ihre Stimme war nur ein Flüstern. "Dann werde ich dir gleich zeigen, wozu solch ein Ding nützlich ist, Hela."

Hela nickte. "Tu das, ich bin schon den ganzen Tag neugierig, seitdem du das gekauft hast ... ich hätte mich aber vor dem heutigen Abend nicht getraut, dich zu fragen."

Jasamin lächelte liebevoll und streichelte Helas Wange. Dann nahm sie Hela an der Hand und ging, durch das Wasser mit ihr zu den breiten Treppenstufen. Jasamin setzte sich auf eine der oberen Stufen. Das Wasser reichte ihr jetzt noch bis zu den Unterschenkeln. Hela kniete sich vor ihre Freundin und streichelte bewundernd deren volle Brüste. Nahezu sofort wurden die Brustwarzen von Jasamin wieder hart und ein wohliger Seufzer entkam ihrem Mund. Jasamin spreizte nun weit ihre Beine und blickte Hela in die Augen. "Schau mir zu, Hela."

Jasamin hielt den Elfenbeinpenis kurz in das Wasser, spreizte ihre Beine dann etwas weiter und schob sich den Elfenbeinpenis langsam in ihren Lustkanal. Dabei legte sie ihren Kopf zurück und stöhnte leise. Jasamin zog das polierte Elfenbeinstück fast gänzlich heraus und seufzte lustvoll. Langsam schob sie den Kunstpenis wieder hinein und zog ihn danach wieder ein Stück zurück, bevor sie die Bewegungen wiederholte. Jasamin atmete schneller und hatte ihre Augen geschlossen. Leise Stöhnlaute drangen aus ihrem Mund. Sie öffnete ihre Augen und sah Hela lüstern an, die sich selbst zwischen ihre Beine griff und ihre eigene Lustperle streichelte. "Siehst du, was ich mache?"

Hela nickte und streichelte sich dann selbst dabei ihre Brustwarzen, die sich aufgerichtet und nahezu schmerzhaft verhärtet hatten.

Jasamin lächelte sanft und nahm Helas Hand, führte diese an den Penis aus Elfenbein heran. "Jetzt mach du das … Schiebe ihn mir hinein. Ich sage dir, wie du ihn führen sollst."

Mit leicht zitternden Händen umfasste Hela den Elfenbeinpenis und schob ihn langsam und tief in den Lustkanal ihrer Freundin, wartete einen Wimpernschlag und zog ihn wieder heraus. Dies wiederholte sie nun ununterbrochen. Jasamin hob ihre Beine und legte diese auf die Schultern von Hela. Dabei massierte sie ihre eigenen Brüste und stöhnte ungehemmt ihre Lust heraus. Ihre Stimme war ein lustvolles Stöhnen in der Stille, die sie beide umgab. "Etwas schneller, Hela … und etwas kräftiger … das machst du so gut … ja, so ist es gut … Ja … Jaaa … Oh ihr Götter ich komme gleich … JAAAAA." Die letzte Silbe schrie sie fast schon heraus, ehe ihre Stimme brach. Ein wildes Zucken lief durch den Körper von Jasamin. Sie verkrampfte sich und warf ihren Kopf zurück. Dabei stöhnte sie und wurde immer wieder von Zuckungen geschüttelt, die durch ihren Körper liefen.

Hela hatte den Elfenbeinpenis heraus gezogen, nachdem die Zuckungen im Körper ihrer Freundin nachließen. Nun betrachtete sie abwechselnd ihre ermattete aber selig lächelnde Freundin und den Elfenbeinpenis.

Jasamin seufzte erleichtert und lächelte Hela dann liebevoll an. "Danke, danke, danke … das war unglaublich. So befriedigt worden bin ich seit Ewigkeiten nicht mehr. Ich bin dir so dankbar."

Jasamin deutete auf den Elfenbeinpenis. "Möchtest du es auch probieren? Ich werde sehr vorsichtig sein ... Nur wenn du willst."

Hela blickte auf den Elfenbeinpenis. Dann nickte sie schüchtern. "Ich würde es gerne probieren und auch die Lust erfahren, die du soeben verspürt hast ... Hilfst du mir dabei? ... Bitte sag ja."

Jasamin trat vor Hela und küsste deren steife Brustwarzen, mit einem liebevollen Lächeln. "Natürlich helfe ich dir. Ich bin neugierig, ob du es auch so genießen wirst, wie ich ... Vertrau mir, ich werde sehr vorsichtig sein. Du musst mir nur sagen, wie du es haben willst, wenn er in dir steckt."

Jasamin küsste erneut die Brustwarzen von Hela, der ein leichtes Stöhnen entwich. Dann schob Jasamin ihre Freundin zu den Stufen. Lange Zeit küssten sie sich und streichelten den Körper der anderen. Hela spreizte ihre Beine und Jasamin verstand sofort. Sanft streichelte sie die Schamlippen ihrer Freundin und drang dabei immer wieder ein kleines Stück, mit ihren Fingern, in deren Lustkanal ein. Hela hatte sich zurück gelehnt und stöhnte lustvoll.

Jasamin blickte ihrer Freundin tief in die Augen. "Dreh dich um und stütze dich am Beckenrand ab ... Jetzt werden wir es bei dir versuchen."

Hela wandte sich um, hockte sich auf die Knie und legte ihre Arme auf den Beckenrand. Ihr Po ragte weit aus dem Wasser heraus und sie spreizte sofort ihre Beine, um ein Stück tiefer zu kommen und somit besser für Jasamin erreichbar zu sein. Jasamin kniete sich hinter ihre Freundin und vergrub ihr Gesicht am Lustzentrum von Hela, die sofort laut stöhnte, als sie die geschickte Zunge ihrer Freundin spürte. Sie spreizte ihre Beine noch weiter und beugte sich dabei weit nach vorne. Hinter sich spürte sie Jasamin, die nun mit ihrer Zunge und ihren Fingern geschickt die Schamlippen teilte und die Lustperle bearbeitete, was mit einem lautem Stöhnen von Hela belohnt wurde

Jasamin setzte sich kurz auf und griff den Elfenbeinpenis, der auf einer der Stufen im Wasser lag. Sie setzte ihn an Helas Lustkanal an und schob vorsichtig. Fast ohne spürbaren Widerstand glitt der Penis in Helas Lustkanal, die jetzt laut und ungehemmt aufstöhnte. Sachte bewegte Jasamin den harten Elfenbeinpenis und schob ihn dabei bis zu den geschnitzten Hoden in Hela hinein, um ihn sodann wieder hervor zu ziehen und dies dann stetig zu wiederholen.

Hela stöhnte ihre Lust laut heraus und bewegte ihr Becken, um den sanften Stößen entgegen zu kommen. Ihr Atem wurde heftiger und sie warf ihren Kopf nun von einer Seite zur anderen. Dabei stöhnte sie jetzt unentwegt.

Jasamin kniete sich seitlich neben ihre Freundin. Mit der einen Hand führte und bewegte sie den Elfenbeinpenis, mit der anderen streichelte sie den Rücken ihrer Freundin, die sich nun immer hektischer bewegte und dabei unablässig leise Lustschreie von sich gab.

Jasamin im Badehaus

Hela spürte den herauf ziehenden Orgasmus und feuerte ihre Freundin jetzt an, den Penis schneller zu bewegen, um noch mehr Lust zu erhalten. "Tiefer … und fester … gib ihn mir schneller … noch schneller … So ist gut … ich bin gleich soweit … ich … ich … ich komme … JAAAAA!"

Ein Zucken durchzog den Körper von Hela. Ihr ganzer Körper bebte vor ungezügelter Lust. Immer neue Wellen des Orgasmus flossen durch sie. Lustvoll aufstöhnend schüttelte sie ihren Kopf von links nach rechts und sank dann am Beckenrand zusammen, während ihr Körper noch immer zitterte.

Jasamin zog den Elfenbeinpenis heraus und ein kleiner Schwall klarer Flüssigkeit tröpfelte aus der Scheide von Hela, die jetzt ein keuchendes aber lustvolles Stöhnen von sich gab.

Nach einer gefühlten Ewigkeit wandte Hela sich um und sah dann ihre Freundin dankbar an. "Danke Jasamin … was du mir gegeben hast war unglaublich. Ich hätte nie vermutet, dass es derartige Lustgefühle geben könnte."

Sie küssten sich erneut. Sanft und liebevoll, während sie sich gegenseitig umarmten und lange streichelten.

Später, als sie in ihre Unterkunft zurück kehrten legten sie sich, befriedigt aber auch erschöpft, zusammen auf einer der beiden breiten Betten. Sie kuschelten sich eng aneinander und schliefen schnell ein. Jasamin und Hela besuchten die Stadt noch mehrfach, um Einkäufe auf dem Basar zu tätigen und dann am Abend das Badehaus aufzusuchen und in der gestellten Unterkunft zu übernachten. Der Elfenbeinpenis war nun stets im Gepäck von Jasamin und Hela kaufte an einem der Tage ebenfalls ein derartiges Kunstwerk, welches die Frauen glücklich machen konnte.

An den Abenden, die sie gemeinsam in der Stadt verbrachten sprachen sie viel miteinander. Die Lust, die sie an diesen Abenden miteinander teilten war ungehemmt und voller Zuneigung. Die erfahrene Jasamin zeigte der wissbegierigen Hela auch, anhand des Elfenbeinpenis, wie man einen Mann befriedigen konnte, ohne dass dieser in einen eindrang. Als sie Hela demonstrierte, wie man einen Mann mit der Zunge und dem Mund verwöhnen konnte war Hela erstaunt. "Sage, Jasamin … DAS mögen Männer wirklich?"

Jasamin kicherte ungehemmt. "Wenn du einen Mann erst einmal auf diese Art befriedigt hast, dann ist er dir verfallen, wenn du es richtig tust. Ganz davon abgesehen ist es für mich persönlich ein unbeschreibliches Gefühl, wenn er mir seinen Samensaft in den Mund spritzt. Ich würde wetten, dass du es auch magst ... Irgendwann wirst du es tun. Ich sehe doch, wie du Olov immer ansiehst."

Hela wurde rot, kicherte dann jedoch und wurde wieder rot, als sie sich vorstellte, sie würde Olov auf eine derartige Art Befriedigung schenken.

Hela lernte auch, dass es nicht nur den mund und den Lustkanal zwischen ihren Beinen gab. Als Jasamin ihr das erste mal demonstrierte, dass man sich den Elfenbeinpenis auch in den Po schieben konnte und dabei dann sichtlich Lust empfand war Hela skeptisch. Im Verlauf dieses Abend probierte sie es jedoch selbst aus und erreichte einen Orgasmus, wie selten zuvor, während Jasamin sie vorsichtig mit dem Penis aus poliertem Elfenbein penetrierte.

Die zwei Frauen hatten etwas gefunden, was sie tief verband und beide waren sich darüber klar, dass sie dieses Geheimnis welches sie miteinander teilen niemals kund tun durften. Niemand vom Clan durfte davon erfahren.

Die Sonne stand hoch am Himmel über Men-Nefer, als die Asen ihren Zug vorbereiteten. Der kühle Morgen war einer brütenden Mittagshitze gewichen, die den Sandstein der alten Stadt in goldenes Licht tauchte. Auf dem Platz vor den Toren sammelte sich die Karawane. Eine lange und beeindruckende Reihe von zweirädrigen Pferdekarren, Dromedaren mit hohen Satteltaschen, kräftigen persischen Pferden und einer Herde Kühe, die mit langen Stricken zusammengebunden waren. Ganz am Anfang dieser Tragtiere und des Viehs waren die Fuhrwerke, auf denen die Kinder und Alten mitfuhren. Es war eine großzügige Ausstattung und selbst Hela konnte nicht umhin, beeindruckt zu sein von der Geschwindigkeit, mit der Mersah ihre Forderungen erfüllt hatte. Mersah hatte nicht nur die Forderungen des Clans erfüllt, sondern war von der hoch gestellten und einflussreichen Seramis genötigt worden noch zwei weitere Pferdekarren beizusteuern, auf denen sich Bronzebarren, Ballen aus fein gewebtem Leinenstoff und Saatgut türmten. Baldur war besonders von dem Saatgut angetan, welches der Clan sicherlich gut gebrauchen könnte, wenn sie erst ihre neue Heimat gefunden hatten.

"Er hat sich beeilt, um sicherzugehen, dass wir so schnell wie möglich verschwinden", murmelte Baldur grinsend und strich einem der Pferde über den Hals. "Es ist wirklich beeindruckend, was Druck und ein klein wenig Angst auslösen können. Früher oder später werden die Perser daran zerbrechen. Die Angst vor der Obrigkeit ist allgegenwärtig spürbar in dieser Stadt."

"Besser für ihn und auch für uns", entgegnete Olov mit einem knappen Nicken. "Wir haben wirklich keine Zeit für Verzögerungen. Sollte durch einen dummen Zufall herauskommen, dass wir Schwindler sind, dann wird es unangenehm. Ich glaube kaum, dass der hiesige Stadthalter das lustig finden wird."

Die Asen hatten auch Karten erhalten. Uralte, auf Papyrus gezeichnete Darstellungen der Wüste und der Nilregion, mit Notizen in griechischer und persischer Schrift. Der Clanführer hatte Stunden damit verbracht, sie zu studieren, bevor er den Befehl zum Aufbruch gab.

Die ersten Tage des Marsches führten die Asen entlang des Nils, dessen Ufer ein lebhaftes Band aus Leben und Fruchtbarkeit bot. Hohe Palmen warfen lange Schatten, und Felder mit Weizen und Gerste erstreckten sich bis an den Horizont. Überall waren Menschen zu sehen: Bauern, die Ochsen vor den Pflug spannten, Frauen, die Wasser aus dem Fluss schöpften, und Kinder, die in der Nähe von Kanälen spielten.

Hela, die neben Olov ritt, ließ ihren Blick langsam über das grüne Band schweifen. "Es ist erstaunlich", sagte sie leise. "Wie ein Garten, der sich durch die Wüste zieht. Alles wirkt so kraftvoll und dabei doch so friedlich. Überall um uns herum blüht die Natur und überall wächst etwas."

"Ein Garten, der vom Nil lebt", antwortete Olov gelangweilt. "Ohne den Fluss wäre hier nichts als Sand und öde Wildnis … Aber ich gestehe, dass ich beeindruckt bin."

Doch das grüne Paradies hatte auch seine Gefahren. Einmal, am dritten Tag ihres Marsches, kreuzte eine Gruppe von Reitern ihren Weg. Es waren keine Perser, sondern ägyptische Söldner, die neugierig wurden, als sie die Asen erblickten. Doch der Passierschein des Stadthalters, erstellt und ausgestellt von Mersah als auch die bloße Größe und deutlich sichtbare Wehrhaftigkeit der Gruppe ließen sie bald weiterziehen.

Nach einer Woche verließen die Asen die fruchtbaren Ufer des Nils und wandten sich nach Südwesten, in Richtung der endlosen Weite der Wüste. Der Übergang war dramatisch. Innerhalb weniger Stunden verwandelte sich die üppige Landschaft in eine karge, von Sand und Felsen dominierte Einöde.

Die Hitze nahm zu, und die Schatten der Palmen, an die sie sich gewöhnt hatten, waren verschwunden. Stattdessen brannte die Sonne gnadenlos herab und der Boden unter ihren Füßen wurde heiß genug, um Leder zu versengen. Die Asen bedeckten ihre Gesichter mit Tüchern, die sie vor dem Sand und der sengenden Sonne schützten.

Die Dromedare erwiesen sich als unersetzlich. Sie schritten mit stoischer Ruhe durch die unbarmherzige Landschaft, ihre breiten Hufe glitten über den Sand, während sie die schweren Lasten trugen. Die Pferde hingegen kämpften mehr mit der Hitze und mussten oft geschont werden.

Die Nächte in der Wüste waren ebenso eindrucksvoll wie die Tage. Sobald die Sonne hinter dem Horizont verschwand, sank die Temperatur rapide, und der Himmel verwandelte sich in ein Meer aus Sternen. Die Asen lagerten unter freiem Himmel, umgeben von einem endlosen Meer aus Sanddünen.

Hela saß oft neben dem Feuer, während Skald, Olovs jüngerer Bruder, ihr Geschichten erzählte. "Die Sterne hier sind anders als zu Hause", sagte er einmal und deutete nach oben. "Ich frage mich, ob die Götter uns auch hier noch immer sehen können. Wir sind so furchtbar weit von unserer alten Heimat entfernt."

"Sie sehen uns jederzeit, wenn sie Interesse daran haben", antwortete Hela. "Aber wir sind weit von ihrem Reich entfernt."

Die Reise war nicht ohne ihre Gefahren. Sandstürme tauchten plötzlich auf und zwangen die Karawane, Schutz in den Mulden zwischen den Dünen zu suchen. Einmal verloren sie eine Kuh, die sich losriss und in der Wildnis verschwand. Die spätere Suche nach dem Tier verlief zum Leidwesen von Baldur und den anderen erfolglos. Besonders Baldur war sich darüber klar, wie wichtig das Vieh war. Sie würden die Tiere später dringend benötigen.

Die Hitze forderte ihren Tribut, besonders an den Wasservorräten. An einem Punkt, etwa zwanzig Tage nach ihrem Aufbruch, mussten die Asen entscheiden, ob sie eine gefährliche Schlucht durchqueren sollten, wo ein seltener Brunnen lag. Olov führte eine kleine Gruppe voraus, um sicherzustellen, dass die Quelle nicht versiegt war. Als sie Wasser fanden, war die Erleichterung in der Gruppe greifbar. Wasser war das einzige, was hier wirklich zählte, wenn sie überleben wollten. Die Karten, die Baldur besaß, besagten jedoch, dass weit vor ihnen auch Land liegen sollte, wo es mehr Wasser gab … Allerdings auch Landstriche, über die kaum etwas bekannt war. Die Suche nach Wasser würde dort viel Zeit in Anspruch nehmen, war jedoch überlebenswichtig für Mensch und Tier.

Nicht alle Teile der Wüste waren karg. An manchen Stellen fanden die Asen kleine Oasen. Grüne Flecken inmitten des goldenen Sandes, wo Wasser aus unterirdischen Quellen sprudelte. Hier konnten sie ihre Vorräte auffüllen und die Tiere ausruhen lassen.

An einer dieser Oasen begegneten sie einer Gruppe von Beduinen, die sie anfangs äußerst misstrauisch beäugten. Doch Baldurs gebieterisches Erscheinungsbild, sein Respekt und seine Fähigkeit, mit den Anführern zu verhandeln, führten dazu, dass die Beduinen ihnen frische Früchte und weitere Informationen über die Umgebung anboten. Die Wüstensöhne hatten natürlich sehr schnell erkannt, dass sie hier einen unkomplizierten und lohnenden Handel treiben konnten.

Etwa vierzig Tage nach ihrem Aufbruch aus Men-Nefer veränderte sich die Landschaft erneut. Die weiten Ebenen der Wüste wichen einem felsigen, zerklüfteten Gelände. Hohe Berge erhoben sich am Horizont, und die Luft wurde kühler, während die Nächte noch kälter wurden. Bald würden sie nun an die Grenzen dessen gelangen, was die Perser als ihr Reich beanspruchten. Dies war nun der Zeitpunkt, an dem die Führer sie verließen, die Mersah ihnen mitgegeben hatte. Der Dienst dieser erfahrenen Soldaten und Karawanenwachen war mit dem Erreichen der Reichsgrenze beendet.

Olov und Hela blickten den davonziehenden Führern noch lange nach. Es war nun für den Clan wieder an der Zeit Land zu betreten, von dem sie nicht wussten, was nach dem nächsten Hügel kommen mochte. Baldur trat zu den beiden und blickte ebenfalls hinter den sich entfernenden Männern hinterher, die sie zuverlässig bis zu diesem Punkt geführt hatten. Baldur seufzte leise. "Eine weite Reise haben wir bisher zurück gelegt. Ich selbst hätte mir in meiner Jugend nie vorstellen können, was wir alles gesehen und erlebt haben … Bald wird für euch beiden der Tag kommen, an dem ihr alt genug seid, um zusammen zu leben."

Er lächelte die zwei kurz an. "Ich bin stolz auf euch. Aus euch sind Asen geworden, die dem Clan Ruhm und Ehre gebracht haben. Olov, du wirst einst ein angesehener Führer des Clans werden, wenn du nicht vorher sterben solltest … und du, Hela, … wenn ich dich ansehe, dann denke ich oft, so wie du müssen die Walküren aussehen, die bei den Göttern leben. Olov kann sich glücklich schätzen, wenn er dereinst mit dir eine Familie gründen darf. Du wirst in ihm einen Krieger an deiner Seite haben, auf den du stolz sein kannst."

Hela betrachtete Olov nachdenklich, ehe sie antwortete. "Wir werden sehen. Vorerst liegt noch eine gute Wegstrecke vor uns. Wenn wir dann irgendwann an unserem Ziel angekommen sind, dann wird mir Olov beweisen müssen, dass er mich auch verdient. Dazu gehört mehr, als nur einige schöne Worte und einige kleine Scharmützel, in denen er dabei war. Ich will einen mächtigen Krieger, der es auch versteht, seinen Kopf zu gebrauchen. Nicht nur Mut und Kraft wünsche ich mir von einem Gefährten sondern ganz besonders auch die Fähigkeit nachzudenken und die richtigen Entscheidungen zu treffen."

Damit drehte sie sich um und ging. Olov blickte ihr mit unsicherem Blick nach und Baldur kicherte leise. "Viel Spaß, mein Junge. Behandele sie gut, sonst sucht sie sich noch irgendwann jemand anderen."

Olov eilte Hela hastig hinterher und Baldur kicherte fröhlich. Er wusste, dass Hela und Olov sich sehr zueinander hingezogen fühlten. Bisweilen war es jedoch nun einmal so, dass Frauen umworben werden wollten. Baldur kannte das selbst mehr als gut, aus seiner Jugend. Es würde nicht schaden, wenn Olov nun Hela mehr zeigte, wie sehr er sie mochte und was er für sie empfand. In den vergangenen Tagen hatte Olov seine

Aufmerksamkeit deutlich schweifen lassen. Das gefiel Hela nicht und sie hatte sich Baldur gegenüber dahingehend anvertraut.

Zudem hatte Hela durchaus bemerkt, dass die anderen jungen Männer des Clans ihr hinterher sahen, wenn sie vorüber ging. Das gefiel ihr und bisweilen kokettierte sie mit dem einen oder anderen der Krieger, um deren Reaktionen festzustellen … und auch um zu prüfen, wie Olov darauf reagierte.

Das alte Jugendverhältnis und die offene Liebe zwischen Olov und Hela war oft ein Gesprächsgrund zwischen Hela und Jasamin. Hela begehrte und liebte Olov im Grunde ihres Herzens, scheute sich jedoch zu schnell eine feste Bindung einzugehen. Oft schon hatte sie erlebt, dass aus Liebespaaren zwei Menschen wurden, die sich nichts mehr zu sagen hatten und ganz einfach nicht mehr miteinander harmonierten. Dieses Risiko wollte sie selbst vermeiden und beschloss daher, die endgültige Verbindung so lange wie möglich aufzuschieben. Die Tatsache, dass ihre Gefühle von Olov erwidert wurden tat ihr dabei nichts zur Sache. Hier ging es in erster Hinsicht um ihre eigene Zukunft und Hela war nicht bereit, dabei Kompromisse einzugehen, die sie später möglicherweise bitter bereuen würde.

Die bereits älteren Clanmitglieder die bislang ungebunden waren aber nun das Alter erreicht hatten, wo sie laut der Clangesetze zusammen sein durften, fanden zueinander und besiegelten ihre Gemeinschaft vor den Göttern. Hela war an diesen Abenden still und nachdenklich. Einerseits fühlte sie sich körperlich und seelisch unglaublich stark zu Olov hingezogen, andererseits hatte sie das Bedürfnis sich auszuleben, was jedoch innerhalb des Clans Probleme aufwerfen würde.

Olov musste an diesen Abenden und den Tagen danach ihre schlechte Laune ertragen. Eine Erklärung gab sie ihm nicht, sondern blickte ihn dann nur finster an, wenn er sie darauf ansprach. Furchtsam dachte Olov mehrfach daran, Hela würde möglicherweise von seiner Zeit mit Seramis erfahren haben. Andererseits hätte Hela ihm dies wohl bereits auf den Kopf zugesagt und würde noch sehr viel unwilliger reagieren. Olov war ratlos und beschloss, sich in Geduld zu fassen.

6.

Unbekanntes Land

....

Die Reise des Clans führte sie aus den Wüstenregionen Ägyptens hinaus in die endlosen Savannen des alten Nubien, einer Region, die heute zum Sudan gehört. Achtzehn eitere Monde sollten sie noch unterwegs sein, was sie jetzt jedoch nicht ahnten. Die Asen konnten sich zu Beginn, ihres Marsches aus dem Land der Pharaonen heraus, nicht vorstellen, welche Gefahren, Herausforderungen und Wunder und Entdeckungen diese Etappe ihrer Wanderung mit sich bringen würde.

Sie hatten die Grenzen dessen überschritten, was ihnen die alten Karten zu zeigen vermochten. Alles, was nun kam war unbekanntes Land. Ein Land, das sich mittlerweile stark verändert hatte. Sowohl von der Fauna als auch von der Flora. Trotzdem war die Landschaft relativ eintönig. Eine nahezu unendliche Savanne, mit kleinen Baumgrüppchen oder einzelnen Bäumen, vereinzelten Wasserlöchern aber deutlich mehr Tieren, was ihnen jetzt Nahrung verschaffte, die sie durch die Jagd erhalten konnten. Die Jagd war jedoch nicht immer ohne Gefahren. Hier gab es Tiere, die es in der alten Heimat nicht gegeben hatte und von denen sie bislang nur Geschichten vernommen hatten.

Die Raubtiere in diesen Regionen waren unbarmherzige und geduldige Jäger. Sie waren gewohnt, ihre Beute zu machen. Menschen die vorüber zogen wurden, von den Raubtieren, nur als Erweiterung des Speiseplans angesehen. Das musste der Clan jetzt mehrmals schmerzhaft spüren.

Der erste Angriff durch einen Löwen ereignete sich bereits kurz nachdem sie die Savanne erreicht hatten. Eines der Fuhrwerke war ein Stück zurück gefallen und bewegte sich nun einige hundert Schritte hinter der Marschkolonne. Der einzelne anwesende Krieger, der bei der Reparatur des Zugjochs geholfen hatte, ein Lederriemen war gerissen und ein zweiter musste ebenfalls ausgetauscht werden, wurde völlig von dem Angriff des Löwen überrascht. Niemand hatte das Tier kommen gesehen.

Der Löwe tötete eine alte Frau, die auf dem Fuhrwerk gesessen hatte und zog sie von dem Karren herab. Gerade als der Löwe mit seiner Beute das

117

Weite suchen wollte griff der Krieger das Tier, mit seinem Speer, an und tötete die Großkatze. Für die angegriffene Frau kam jede Hilfe zu spät. Sie war bereits tot. Die Leute des Clan lernten aus diesem Vorfall. Niemand entfernte sich alleine von der Marschkolonne und die Jäger gingen immer mit Gruppen von mindestens sechs Leuten auf die Jagd.

Löwe in der Savanne

In den folgenden Wochen verlor der Clan durch nächtliche Angriffe von Löwen weitere sechs Menschen, die ihre Notdurft am Rande des Lagers verrichten wollten. Auch ein gutes dutzend Rinder, vier Zugpferde und drei Dromedare wurden Opfer der Raubkatzen. Dann endlich wurde es wieder ruhiger, als sie diesen Teil der Savanne passiert hatten, in dem die Löwen furchtlos alles angriffen, was sich als Beute eignen mochte.

Nur langsam kamen sie voran und die Vegetation schien sich nicht ändern zu wollen. Erste murrende Stimmen wurden laut. Die Leute waren unzufrieden. Wasser war immer knapp und bei den Wasserstellen musste man jederzeit mit Raubtieren rechnen. Vorsicht war nicht nur am Tage geboten, sondern vor allem bei Nacht, wenn die Raubtiere auf Jagd gingen. Allerdings waren die Raubtiere sehr viel seltener geworden und schließlich sahen sie tagelang überhaupt keine Tiere mehr. Das karge Wüstenland bot den Tieren keine Nahrung und deshalb trieben sich hier auch keine Raubtiere herum, da deren Beute diese Gegend mied. Viele Tage zogen sie durch völlig leeres Gelände und das Wasser wurde knapp. Die rundum ausschwärmenden Spähtrupps, die Wasserstellen suchen sollten, waren weit unterwegs und fanden nur selten Wasserstellen.

Orm, der stets an der Spitze ging, rief eines Morgens aus: "Seht! Da vorn ist etwas anderes! Ich sehe viele Bäume!"

Die Asen versammelten sich auf einem Hügel und sahen hinunter in ein weites Tal, durchzogen von einem Fluss, der sich wie ein silbernes Band durch das Land schlängelte. Rund im den Flusslauf wuchsen unzählige Pflanzen. Eine riesenhafte Oase innerhalb der Savanne. Baldur nickte zufrieden. "Wir werden dem Flusslauf folgen ... und sehen, wo er uns hinführt."

Am neunzigsten Tag, nach ihrer Abreise aus Men-Nefer, erreichten die Asen ein kleines Dorf am Rande des Flusses. Die Bewohner, einfache Bauern und Fischer, starrten sie mit einer Mischung aus Furcht und Neugier an. Baldur sprach, unterstützt von Hela, mit dem Ältesten des Dorfes, der ihnen Unterkunft und Nahrung anbot, was nichts anderes bedeutete, als das sie am Rande des ärmlichen Dorfes lagern durften.

Am Abend versammelte Baldur die Ältesten des Clans, um sich mit ihnen zu beraten. Die Flammen des Lagerfeuers warfen flackernde Schatten. Baldur erhob sich, nachdem sie sich lange beraten hatten und er nun zu einer Entscheidung gekommen war. "Bevor wir uns heute hier zusammengetroffen haben unterhielt ich mich lange mit dem hiesigen Dorfältesten. Nach seiner Aussage gibt es im Umkreis von mehr als zehn Tagesreisen keine anderen Ansiedlungen. Wir werden also morgen weiterziehen, dem Flusslauf fünf Tagesreisen folgen und uns dann einen geeigneten Lagerplatz suchen. Dort werden wir zwei Monde rasten, uns erholen und unsere Vorräte durch die Jagd auffüllen. Der Clan benötigt eine Rast. Wir sind geschwächt, mehrere Frauen stehen vor der Geburt von Kindern und ich will den Frauen ermöglichen ihre Kinder in einem festen Lager auf die Welt zu bringen. Wenn wir uns erholt haben werden wir weiterziehen. Ich habe in Tbilissi mit einem Karawanenführer gesprochen, der bereits einmal weit auf diesen höllischen Landen gereist ist. Nach den Aussagen des Mannes soll es weit hinter dieser ewigen Savanne dichte Wälder geben, die kaum oder gar nicht besiedelt sind. Dorthin will ich den Clan führen. Die dort lebenden Menschen sind zumeist Jäger und Sammler. Große Reiche wie das der Perser existieren dort nicht. Dort können wir den Clan zu seiner alten Größe erwachsen lassen … Ich bin der Führer des Clans, ich habe gesprochen."

Früh am nächsten Morgen zogen sie weiter, entlang des Flusslaufes. Die Tage zogen sich träge dahin. Als der Clan endlich den neuen Lagerplatz ausgewählt hatte, machten sie sich sofort daran, das Lager mit einer schützenden Palisade zu versehen. Hier wollten sie sich erholen und neue Kräfte sammeln.

Eines Abends saß Olov neben Baldur am Lagerfeuer. Hela saß dicht neben ihm. Baldur blickte die beiden an und seufzte dann tief. "Ihr seid jetzt fast so alt, das ihr nach unseren Clansitten eine Familie gründen dürft. Ich danke den Göttern auf Knien, wenn wir endlich unser letztes Ziel erreicht haben werden. Die Zeit läuft uns davon … und kaum jemand bemerkt das."

Olov sah ihn verständnislos an. "Wie meinst du das, Großvater?"

Baldur beugte sich ein wenig zu den beiden und senkte seine Stimme ein wenig. "Wir werden immer weniger … Als der Clan aufgebrochen ist, waren wir knapp tausendzweihundert Menschen. Auf dem Marsch sind bislang zweiunddreißig Kinder geboren worden … aber hundertfünfzig Menschen sind gestorben. Wenn sich das nicht ändert, dann wird der Clan bald nicht mehr existieren. Versteht ihr das jetzt? Wir benötigen ein Land, welches wir für uns beanspruchen können. Ein Land wo der Clan neue Kraft bekommen kann … und wachsen kann. Bislang sind zumeist die älteren gestorben. Nur wenige der jüngeren zählen zu den Toten. Das wird sich aber bald ändern, wenn wir unser Ziel nicht bald erreichen. Die Leute verlieren den Mut und die Zuversicht, die herrschte, als wir unsere alte Heimat verließen. Wir brauchen wieder ein Heim, in dem wir uns nicht nur sicher fühlen, sondern es auch sind. Ich will, dass meine Enkel an einem Ort aufwachsen, der ihnen Sicherheit und Geborgenheit geben kann … Bald ist es soweit, dass ihr beiden eine Familie gründen werdet. Verlangt es nicht auch euch danach, euren Kindern Sicherheit bieten zu können? Schutz vor allem, was da kommen mag? Eine Zukunft für eure Kinder, wo diese ohne Angst aufwachsen können und wo auch ihr beiden euer Glück finden könnt?"

Olov nickte zustimmend. Hela jedoch blickte nachdenklich auf den staubigen Boden. Olov hatte sich in den zurück liegenden Monden immer wieder als umsichtiger Krieger erwiesen, auf den eine Frau stolz sein konnte. War ihr das jedoch genug? Einerseits fühlte sie sich auf schon fast schmerzhafte Art von ihm angezogen, andererseits hatte sie das Gefühl, es wäre vielleicht noch viel zu früh, um eine endgültige Bindung miteinander einzugehen. Wortlos wandte Hela sich um und ging. Sie musste nachdenken.

In der Zeit, in der die Asen in ihrem Lager neue Kräfte sammelten, besuchten Gruppen von ihnen oft das Dorf der Eingeborenen. Man trieb miteinander handel, tauschte Geschichten aus und viele der Clanleute bemühten sich, die Sprache der Eingeborenen zu erlernen. Hela war mit weitem Abstand die talentierteste dieser Sprachschüler. Schon bald konnte sie sich fast fließend mit den Eingeborenen unterhalten, was sie schon bald zu einer geschätzten Beraterin bei den kleinen aber häufigen Handelsgeschäften machte.

Auch die Eingeborenen, die eine fast nachtschwarze Hautfarbe besaßen besuchten oft das Lager der Asen. Man tauschte nicht nur Nahrung und Saatgut sowie Werkzeuge und Waffen aus, sondern auch Geschichten und Informationen.

Baldur und Ephimos hatten den bisherigen Weg des Clans mühsam, mit glühendem Eisen in gegerbte Lederhäute eingebrannt, die ihnen als Karten dienten. Die beiden taten dies bereits, seitdem sie die Stadt Men-Nefer verlassen hatten. Lange Stunden hatten sie zusammen damit zugebracht. Eine Zeit, in der die jetzt tiefe Freundschaft der beiden Männer beständig gewachsen war.

Dabei wurde deutlich, dass der Clan oft weite Wege, von mehreren Marschtagen, zurück gelegt hatte, wo man eine bessere Route hätte nutzen können. Die beiden kamen zu der Schlussfolgerung, es wäre im

Nachhinein betrachtet deutlich sinnvoller gewesen, wenn man einen anderen Weg eingeschlagen hätte. Wäre man dem Verlauf des Nils weiter gefolgt und hätte sich erst nach der weithin bekannten Handelsstadt Swenu in das Herz des unendlich erscheinenden Kontinents begeben, dann wäre das weitaus vorteilhafter gewesen. Man hätte nicht nur viel Proviant gespart sondern wäre wohl auch schneller an dem Punkt angelangt, wo man sich jetzt befand.

Baldur hatte es jedoch vorgezogen, das Land der Pharaonen so schnell wie möglich zu verlassen. Eine Entscheidung, die er jetzt ehrlich und zutiefst bedauerte. Baldur hatte dies gegenüber Ephimos auch als eine Fehlentscheidung eingestand, als sie sich darüber unterhielten. Ephimos hatte als Antwort darauf nur gelächelt und gemeint, Fehler würde man oft erst sehr viel später erkennen und geschehenes ließe sich nicht mehr rückgängig machen. Baldur sei nicht der erste, der einen Fehler gemacht habe. Jedoch sei Baldur in der Lage, seinen Fehler nicht nur zu erkennen, sondern ihn auch einzugestehen. Nicht nur sich selbst gegenüber, sondern auch gegenüber anderen, was nur wenige Menschen taten. Nach diesem Gespräch hatte Baldur lange über die Worte von Ephimos gegrübelt.

Der Clan nutzte die Zeit der Erholung. Man sammelte Kräfte und nicht wenige Leute des Clans machten sich daran, neues zu erlernen. Jasamin beispielsweise war bereits nach kurzer Zeit emsig damit beschäftigt mit den Heilern, Kräuterkundigen und Medizinmännern der Eingeborenen zu sprechen und von ihnen zu lernen. Schon bald war sie in der Lage, ihr neues Wissen an einige Clanangehörige weiterzugeben und auch von den Heilkundigen des Clans Dinge zu lernen, die ihr unbekannt waren. Dieses Wissen gab sie nun an die eingeborenen weiter, was dort auf große Zustimmung traf. Gute Heilkundige lernten oft ihr ganzes Leben und widmeten sich dabei auch beständig der Erweiterung ihres bereits erlangten Wissensschatzes. Dies war eine Grundvoraussetzung dafür, neues Wissen nicht nur zu erlangen, sondern auch das bereits gewonnene Wissen durch viele Versuche richtig einzusetzen.

7.

....

Die lange Suche nach der neuen Heimat

....

Sechs Monde rastete der Clan an dem Fluss. Man erholte sich, einige Kinder wurden geboren und alles schien gut zu verlaufen. Lediglich Baldur machte sich Sorgen. Das Wild, welches sie bei der Jagd erlegten wurde weniger. Der Tag kam, wo die Jägertrupps tagelang unterwegs waren. Das hatte Baldur befürchtet. Die Tiere waren abgewandert, weil sie die Gefahr verspürten. Zugleich wurden die Löwen der Umgebung immer aggressiver und furchtloser. Getrieben von ihrem Hunger kamen sie nun in der Nacht bis direkt an die Palisade heran. Dann kam die Nacht, als einer der Löwen die Palisade überwand und in eine der Hütten eindrang. Vier Menschen fanden den Tod. Die Krieger erlegten den Löwen, direkt nach diesem Blutbad, aber es war klar, dass derartiges wieder geschehen konnte.

Olov war oft viele Tage hintereinander auf Jagdzügen und verweilte nur selten im Lager des Clans. Schnell wurde er zum, von allen Kriegern anerkannten und respektierten, Anführer der Krieger und Jäger.

Nun standen mehr Krieger an der Palisade und hielten Tag und Nacht Wache. Baldur beschloss, das es nun an der Zeit war weiterzuziehen. In seinen Augen war es unsinnig und auch gefährlich, noch länger hier auszuharren. Erneut bereitete der Clan sich darauf vor, in das Ungewisse zu marschieren. Auf der Suche, nach einem Ort, den sie als neue Heimat annehmen konnten. Zudem war ihm zwischenzeitlich auch zu Ohren gekommen, dass die Kräuterkundigen und auch Jasamin nun sehr häufig eine Mixtur zubereiteten, deren Hauptbestandteil die Samen von wilden Karotten war. Dies wurde nicht nur von den Frauen des Clans bereits seit vielen Generationen dazu genutzt, eine Schwangerschaft zu verhindern, sondern fand nun auch bei den Frauen der Eingeborenen nahezu begeisterte Anwendung. Baldur wollte Komplikationen und Zerwürfnisse zwischen den schwarzhäutigen Eingeborenen des Dorfes und dem Clan tunlichst vermeiden, da er daran glaubte, dies könne sich für die Zukunft als Nachteil erweisen. Als der Entschluss des Fortsetzens ihres Marsches, auf der Suche nach einer neuen Heimat nun erst einmal getroffen war, setzte Baldur alles daran, nun so schnell wie nur möglich aufzubrechen.

Die schier endlose Savannenlandschaft erstreckte sich, soweit das Auge blicken konnte. Die Tiere wurden wieder zahlreicher und die Tägliche Jagd war erfolgreicher. Jeder Tag hielt neue Entdeckungen bereit. Schon bald begegneten die Asen den mächtigen Geschöpfen, die diese Landschaft beherrschten. Elefanten zogen in großen Herden über die Ebenen, ihre massigen Körper waren fast wie bewegliche Hügel. Ihre Trompetenrufe hallten über die Savanne und ließen die Erde leicht erzittern. Hela beobachtete sie mit Ehrfurcht und Flüstern: "So groß wie ein Berg, aber sie bewegen sich mit der Eleganz eines Vogels. Ich hörte bereits von diesen Tieren. Die Perser sollen sie für ihr Militär einsetzen. Sie allerdings frei in der Natur zu sehen ist etwas völlig anderes."

Elefanten greifen die Jäger an

Die Asen mussten feststellen, dass die Elefanten eine Jagdbeute waren, die sich durchaus zu wehren wussten. Wenn die Tiere sich bedroht fühlten, dann griffen sie die Jäger an. Mehrere der Jagdtrupps kamen mit Verletzten zurück und einer der Jäger starb, weil der wütende Elefant ihm die Knochen zertrümmert hatte. Die Asen lernten daraus und wurden vorsichtiger auf der Jagd nach den Elefanten. Gänzlich verzichten wollte man auf die Jagd nach den riesigen Tieren jedoch nicht. Nicht nur das Elfenbein der Tiere war von den Handwerkern des Clans hoch geschätzt, sondern auch die reine Masse an Nahrung, die ein erlegter Elefant bieten konnte, waren Gründe dafür.

Jeden Abend bauten sie ein Lager auf, das von den Kriegern beschützt wurde. Man hatte aus den gemachten Erfahrungen gelernt. Nicht weit entfernt durchbrach das donnernde Brüllen von Löwen die Stille der Nacht. Die Raubtiere waren jetzt stets eine Bedrohung, besonders für die Herde der Asen. Mehr als einmal mussten sie wachsam Wache halten, um ihre Kühe, Pferde und Dromedare vor Angriffen zu schützen. Olov, Orm und andere erfahrene Krieger bauten regelmäßig Schutzumzäunungen aus Dornenbüschen, um die Raubtiere fernzuhalten, wenn der Clan ein lager aufschlug.

Doch nicht alle Begegnungen waren von Gefahr geprägt. Skald, der jüngere Bruder Olovs, war von den grazilen Gazellen fasziniert, die in großen Herden über die Ebene jagten. "Sie laufen, als würden sie den Wind selbst reiten", bemerkte er eines Abends, als die Sonne tief am Horizont stand und die Tiere in goldenes Licht tauchte. Liv, die in den vergangenen Monden immer häufiger in der Nähe von Skald anzutreffen war, nickte zustimmend, als sie die grazilen Tiere ebenfalls betrachtete. Liv war rund drei Sommer älter als Skald. Sie war eine kräftig gebaute, junge Frau, die etwas dicker erschien, als die meisten anderen Frauen. Sie hatte jedoch einen messerscharfen Verstand und war sich dessen auch bewusst. Meist gab sie sich schweigsam. Skald, der meistens unruhig erschien und kaum still stehen konnte, wurde in ihrer Gegenwart ruhig und lauschte oft andächtig der Stimme von Liv, der die Aufmerksamkeit von Skald durchaus gefiel. Wenn sie sich unbeobachtet fühlte, dann folgten ihre Augen dem jungen Skald oft mit einem Ausdruck, in dem weitaus mehr lag, als nur Zuneigung und Freundschaft. Hela und Jasamin, denen das auffiel fragten sich bisweilen, wie lange es wohl noch andauern würde, bis Liv den jungen Skald verführte. Liv war nicht dafür bekannt, sonderlich zurückhaltend zu sein, wenn sie etwas wollte. Zudem wusste Jasamin, dass Liv sich bereits häufig die Arznei besorgt hatte, die gegen ungewollte Schwangerschaften verwendet wurde.

Jasamin vermutete, dass Liv sich nicht nur mit einigen jüngeren Männern des Clans getroffen hatte, sondern auch mit einigen Eingeborenen Jägern des nun schon weit entfernt liegenden Savannendorfes ihre Erfahrungen gesammelt hatte. Bislang jedoch hatte es keinerlei Zwist innerhalb des Clans gegeben und Liv war sorgsam darauf bedacht, ihre sexuellen Aktivitäten derart zu verheimlichen, dass außer Hela und Jasamin dies wohl nahezu niemandem bekannt geworden sein dürfte. Wenn der Tag kam, an dem Liv beschloss, Skald wäre bereit dazu, nun körperlich aktiv im Liebesleben zu werden, dann würde der unbedarfte Jüngling wie Wachs in den Händen von Liv sein.

Während der langen Reise entwickelte sich eine Routine. Der Clan zog bei Sonnenaufgang los, um die kühleren Stunden zu nutzen und pausierte in der Mittagshitze. Abends errichteten sie Lager und entzündeten Feuer, deren Rauch Mücken und andere Insekten fernhielt.

Nach über einem Jahr in der Savanne begann sich die Landschaft erneut zu verändern. Die goldenen Gräser wichen dichterem Bewuchs, und die Hügel wurden steiler. Kleine Wälder tauchten am Horizont auf, zunächst nur vereinzelt, doch bald schon häufiger. Die Luft wurde feuchter, und der Geruch von Blüten und feuchtem Holz lag schwer darin.

"Wir nähern uns einer neuen Landschaft", sagte Baldur, als er von einem Hügel aus in die Ferne blickte. "Es ist, als ob die Götter selbst uns auf eine neue Prüfung vorbereiten. Dort liegt das Land des Waldes, welches uns eine neue Heimat geben soll."

Die Asen spürten die Veränderungen nicht nur an der Landschaft, die sie umgab, sondern auch an der Tierwelt. Vögel mit buntem Gefieder und lauten Rufen bevölkerten die Bäume. Affen huschten zwischen den Ästen hindurch, beobachteten die Reisenden mit neugierigen Augen.

Diese letzte Etappe ihrer Reise begann mit einer Ankunft in einer völlig fremden Welt. Die Landschaft hatte sich endgültig verwandelt. Dort, wo einst die weiten Ebenen der Savanne lagen, erhob sich nun ein dichter, lebendiger Dschungel, dessen grüne Wipfel sich wie eine schützende Decke über das Land spannten. Die Asen standen am Rand eines Waldes, wie sie ihn noch nie gesehen hatten. Ein Reich aus endlosen Bäumen, durchdrungen von der Symphonie unbekannter Tiere.

Der Übergang war abrupt. Die offene Weite, an die sie sich gewöhnt hatten, wich einer überwältigenden Enge. Die Bäume waren so hoch, dass ihr Laub das Sonnenlicht fast vollständig abschirmte, und der Boden war bedeckt mit feuchtem, dunklem Laub. Es roch nach Erde, Blüten und einer fremden, intensiven Süße, die niemand so recht einordnen konnte.

Hela fuhr mit der Hand über die Rinde eines riesigen Baums, dessen Stamm so dick war, dass drei Männer ihn nicht hätten umfassen können. "Es ist, als wären wir jetzt in eine andere Welt eingetreten", sagte sie ehrfürchtig. "Diese Bäume scheinen uralt zu sein."

Die Geräusche des Waldes waren allgegenwärtig. Das Kreischen von Affen, das Surren zahlloser Insekten, das Zwitschern von Vögeln mit schillerndem Gefieder. Doch es waren nicht nur die Klänge, die die Asen auf der Hut hielten. Die dichten Schatten verbargen Gefahren, die sie nicht kannten, und ihre Schritte waren langsam und vorsichtig.

Der Regenwald stellte den Clan vor völlig neue Herausforderungen. Der Boden war oft so feucht, dass sie Schwierigkeiten hatten, die schwer beladenen Dromedare vorwärts zu bringen. Nach einigen Tagen mussten sie die Karawane umorganisieren. Die Pferde trugen nur das Nötigste, während die Kühe, die besser mit dem unebenen Gelände zurechtkamen, den Großteil der Lasten übernahmen. Die beladenen Fuhrwerke kamen teils nur mühsam voran und die Dromedare litten unter dem Klima sichtlich.

Die Hitze war drückend, die Luft feucht und schwer. Die Krieger schwitzten unter ihren Rüstungen und suchten nach jedem Bach und jeder Quelle, um sich zu erfrischen und Trinkwasser für den Clan zu finden. Doch auch das Wasser barg Gefahren. Orm entdeckte einmal ein Rudel Krokodile, das in einem stillen Flusslauf lauerte. "Hier trinken wir nicht", entschied er knapp, als er erlebte, wie die Krokodile sich eine kleine Gazelle fingen, die von dem Wasser trinken wollte. Obwohl die Gazelle vorsichtig gewesen war, erfolgte der Angriff der Krokodile derart schnell und unerwartet, dass die Gazelle nicht den Hauch einer Chance hatte. Innerhalb weniger Wimpernschläge war das Schicksal der Gazelle endgültig und unabwendbar besiegelt.

Die Tierwelt des Regenwaldes war anders als alles, was die Asen zuvor gesehen hatten. Es gab Affen, die in großen Gruppen durch die Bäume schwebten, dabei laute Rufe ausstießen und die Reisenden neugierig beobachteten.

Einmal blieb Skald stehen und starrte nach oben. "Schaut! Da oben ... ein Geschöpf mit Flügeln wie ein wildes Flammenmeer! Die Götter haben wunderliche Geschöpfe hierher gepflanzt." Es war ein roter Ara, dessen Gefieder im Sonnenlicht leuchtete. Ungläubige Augen folgten dem Flug des Vogels.

Doch nicht alle Tiere waren harmlos. In einer Nacht wurde das Lager von einem großen Raubtier heimgesucht. Einem Leoparden, dessen Augen im Feuerschein glühten. Orm und Olov vertrieben das wütend fauchende Tier mit brennenden Zweigen und ihren Speeren, doch die Spannung blieb. "Dieses Land gehört den Tieren", murmelte Hela. "Wir sind nur Gäste hier." Baldur legte ihr beruhigend die Hand auf ihre Schulter. "Das war unsere alte Heimat einst auch. Doch wir haben die Natur gezähmt und uns untertan gemacht. So werden wir es hier auch tun."

Der Regenwald hatte keine Winter, wie die Asen sie kannten. Stattdessen wechselten sich Regen- und Trockenzeiten ab. In der Regenzeit fiel der Regen so dicht, dass es schien, als ob die Luft selbst zu Wasser wurde. Flüsse schwollen an und verwandelten das Land in ein riesiges Labyrinth aus Wasserstraßen.

"Wie sollen wir hier vorankommen?" fragte Orm einmal frustriert, als sie tagelang kaum mehr als wenige Meilen zurücklegten.

Baldur ließ eine Karte ausbreiten, doch die alten Papyri halfen ihnen hier wenig. "Wir müssen dem Wasser folgen", entschied er. "Es wird uns zu einem Ort führen, wo wir uns ansiedeln können. Das Wasser ist überall die Ader des Lebens."

Im Laufe der Reise passten sich die Asen an. Sie lernten, welche Früchte genießbar waren und welche Pflanzen Gift enthielten. Sie bauten kleine

Flöße, um Flüsse zu überqueren und errichteten ihre Lager in höher gelegenen Gebieten, um Überschwemmungen zu entgehen.

Einmal stieß Hela, bei der Jagd, in einem Seitental auf eine riesige Lichtung, auf der wilde Tiere grasten. Darunter große Antilopen und ein Tier, das aussah wie ein Horn auf vier Beinen. "Es ist ein seltsames Land", sagte sie leise zu Olov. "Aber ich beginne, seine Schönheit zu sehen … Ich kann es kaum noch erwarten, mit die zusammen eine Hütte zu erbauen und dann endlich das zu tun, was Paare machen, wenn sie sich lieben." Dabei lächelte sie Olov an, der ihr mit begeistertem Blick zunickte. Olov verzehrte sich förmlich nach Hela, die jedoch alles, was über das gegenseitige halten der Hände oder einen flüchtigen Kuss hinaus ging, stets konsequent abwehrte. Hela tat dies nicht, weil sie Olov ablehnte, sondern weil sie sich bewusst war, dass es für sie kein Halten geben würde, wenn sie zuließ, dass Olov sie intimer berührte.

Der Wald war nicht leer. An mehreren Stellen stieß der Clan auf Spuren von Menschen. Einfache Hütten aus Zweigen und Blättern, Feuerstellen und geschnitzte Figuren, die Götter oder Ahnen darstellten. Eines Tages begegneten sie einem kleinen Volk, dessen Mitglieder fast lautlos zwischen den Bäumen umhergingen. Die Männer und Frauen waren von zierlicher Gestalt, aber ihre Augen waren wachsam und scharf. Zunächst hielten sie sich verborgen, doch als Olov seine Waffen niederlegte und ein Tauschgeschäft anbot ... Perlen gegen Nahrung ... traten sie näher.

Die Begegnung verlief friedlich. Hela verbrachte Stunden damit, ihre Sprache zu erlernen, während die Jäger des Clans von den Einheimischen lernten, wie man Fallen für Wildtiere stellte und essbare Pflanzen erkannte.

Aus den einfachen Worten, die Hela gelernt hatte konnte sie am drei tage später, vor ihrem erneuten Aufbruch Baldur grob erklären, was für ein Gelände vor ihnen lag … und auch, dass es noch andere Menschen hier geben musste, vor denen sich die kleinwüchsigen fürchteten. Baldur hörte ihr aufmerksam zu und nickte dann nachdenklich. Der Aufbruch des Clans verlief ruhig. Die kleinwüchsigen Waldbewohner winkten ihnen hinterher. Bald schon war ihre primitive Siedlung nicht mehr zu sehen und der Clan bewegte sich weiter in das Unbekannte hinein. Tiefer hinein, in den dichten Urwald, der sie umgab.

Es war eine der seltenen Momente des Friedens auf ihrer Reise. Der Clan hatte ein weites, grüne Tal erreicht. Berge umgaben das Tal, wie ein natürlicher Schutzwall. Eine Landschaft, die ihnen in seiner stillen, unberührten Schönheit fast magisch erschien. Das Tal lag eingebettet zwischen den sanften Hügeln kleinerer Berge, deren Spitzen nur hin und wieder durch den dichten Nebel, der sich bei Tagesanbruch bildete, zu sehen waren. Es war ein ruhiger Ort, der von den Asen als Heimstatt auserkoren wurde, da die Umgebung vielversprechend war. Fruchtbarer Boden, ein klarer, plätschernder Fluss, der sich durch das Tal zog, und ein Klima, das nicht so drückend war wie der tropische Regenwald, den sie hinter sich gelassen hatten.

Olov blickte sich nachdenklich um. Der Clan war dem Fluss gefolgt, der hier seinen Weg durch das Tal suchte. Ringsum wurde das Tal vom Urwald umringt, so weit das Auge blicken konnte. Dieses weite tal war fast wie abgeschieden von der Welt, die es umgab. Dies konnte sich durchaus als Vorteil erweisen, dachte Olov grüblerisch. Ein Blick auf Baldur sagte ihm, dass dieser ähnliche Gedanken haben mochte.

Es war zu einer Zeit, als der Morgentau noch von den Blättern tropfte und das erste Licht des Tages über das Tal strömte, dass Baldur den Entschluss fasste, dieses Tal näher als Ort ihrer neuen Heimat in Betracht zu ziehen. Lange stand Baldur auf einer der Anhöhen, die das tal umringten und blickte auf die Landschaft, die sich vor ihm ausbreitete. Er wog die Vorteile und erkennbaren Nachteile sorgsam gegeneinander ab und kam dann zu einem Entschluß, der das Leben des Clans nun für die Zukunft bestimmen sollte. Er wandte sich an Ephimos, Orm und Olov, die dicht bei ihm standen. "Hier werden wir bleiben. Der Ort ist ideal für uns. Die Berge schirmen uns vor Unwetter ein wenig ab und bieten eine natürliche Barriere. Das Land selbst bietet uns guten Boden, frisches Wasser und Baumaterial. Tiere für die Jagd scheint es ebenfalls zu geben, so dass wir in der ersten Zeit nicht hungern müssen. Vorerst sollten wir jedoch darauf bedacht sein zu überprüfen, ob dem Clan hier Gefahren lauern können."

8.

Die Asen beschlossen, das Tal zu erkunden, um sich mit der Umgebung vertraut zu machen. Sie traten als Gruppen aus dem Lager und wanderten einige Stunden lang in Richtung der Hügel und Berge, die das Tal begrenzten. Der Boden war fruchtbar und von frischem Grün bedeckt. Überall wuchsen Farne und dicke Sträucher, deren Blätter in allen erdenklichen Grüntönen leuchteten. An den Rändern des Flusses, der ruhig und klar durch das Tal floss, wuchsen hohe Schilfrohre und dichtes, kniehohes Gras. "Ein Ort wie aus einem Traum", flüsterte Hela und betrachtete die Aussicht mit einem Gefühl der Erleichterung. Sie sah Olov lächeln an. "Hier werden wir leben … Zusammen … Ich kann es kaum erwarten. Wenn wir erst feste Unterkünfte erbaut haben, in denen wir sicher sind, dann will ich mit dir zusammen sein … Vorausgesetzt, du willst mich dann noch, Olov."

Kleine Gruppen der Jäger und Krieger schwärmten zur Erkundung aus. Sie gingen in Zweierreihen und hielten Ausschau nach Spuren von Tieren oder möglichen Gefahren. Die Stille, die das Tal umhüllte, ließ ihnen Zeit, sich an die neue Umgebung zu gewöhnen. Der Fluss glitzerte im Sonnenlicht und wirkte fast wie ein glänzendes Band, das sich durch das grüne Land zog.

Die Pflanzenwelt in diesem Tal war überwältigend. Überall, wo der Blick hinfiel, war das Land von üppigem, gesundem Grün bedeckt, und die Vielfalt der Pflanzen ließ sie staunen. Am Ufer des Flusses wuchsen riesige Bäume, deren Wurzeln sich tief in den feuchten Boden gruben und dessen dicke Äste fast wie natürliche Dächer über das Wasser hingen. Diese Bäume, deren Namen den Asen unbekannt waren, hatten riesige, glänzende Blätter, die im Wind wie gewaltige Schalen klangen.

"Hier könnte es gute Früchte geben", bemerkte Hela, als sie eine Gruppe von Bäumen entdeckte, deren Früchte glänzend und saftig aussahen. Die junge Frau hatte vehement darauf bestanden, mit zu einer der

Erkundungsgruppen zu gehören. Da Hela sich in der Vergangenheit bereits oft als umsichtige Jägerin erwiesen hatte, blieb Baldur nichts übrig, als dem nun zuzustimmen. Die Frucht erinnerte an eine Mischung aus einer großen Nuss und einer Pflaume. Sie sammelte einige und reichte sie Orm. "Probier es", sagte sie. Orm nahm eine, biss hinein, und sein Gesicht verzog sich in ein breites Lächeln. "Süß", sagte er, "wir sollten sie später pflanzen."

Aber nicht nur Bäume fanden sich hier in Hülle und Fülle. Am Rand des Flusses wuchsen auch eine Vielzahl von Sträuchern und Pflanzen, deren Beeren und Wurzeln essbar waren. Skald, der stets hungrig war, sammelte mit den anderen einige Beeren, die nach süßen, reifen Trauben schmeckten. "Dieses Tal gibt uns alles", sagte er und füllte seine Taschen. "Es wird ein guter Ort zum Leben."

Doch es gab auch Pflanzen, die den Asen noch unbekannt waren. Einige Sträucher, deren Blätter in leuchtendem Rot und Orange leuchteten, wirkten auf den ersten Blick einladend, doch Olov war vorsichtig. "Nicht alles hier ist freundlich", sagte er, als er einen Blick auf die Pflanze warf. "Wir müssen sicher sein, dass diese Pflanzen nicht giftig sind."

Während die Asen weiterzogen, begegneten sie vielen Tieren, die sich in dieser abgelegenen Gegend frei bewegten. Der Fluss, der sich durch das Tal zog, war ein Magnet für Wildtiere, die zum Trinken und Baden kamen. Schon bald erblickten sie die ersten Tiere in der Ferne. Eine kleine Herde von Antilopen, die mit schnellen, eleganten Sprüngen über das Gras sprangen. Ihre Bewegungen waren so fließend und harmonisch, dass es fast wie ein Tanz wirkte. Skald beobachtete sie mit Staunen und flüsterte: "Sie bewegen sich, als wären sie vom Wind getragen."

Weiter entfernte sich die Herde, doch die Asen kamen einer weiteren Entdeckung näher. Am Rande des Waldes, wo der Fluss sich schlängelte, entdeckten sie eine Gruppe von Krokodilen, die sich auf den sonnigen Ufern räkelt hatten. Die massiven Reptilien, mit ihren schuppigen, grünlichen Körpern, sonnten sich in der Morgensonne. Olov hob den Speer und wies auf sie. "Seht ihr das?", sagte er leise, zu den anderen. "Diese Tiere kennen keine Angst. Hier scheint nichts zu existieren, was ihnen gefährlich sein könnte. Auch uns fürchten sie nicht, denn sonst würden sie sich anders verhalten."

Hela, die das Verhalten der Tiere gut kannte, nickte zustimmend. "Wir sollten sehr vorsichtig sein. Der Fluss kann ein gefährlicher Ort sein, wenn man nicht aufpasst. Das haben wir in der Vergangenheit bereits gesehen. Wenn wir hier bleiben wollen, dann werden wir diese Tiere jagen müssen. Eine andere Lösung sehe ich nicht. Entweder diese grässlichen Tiere oder aber wir. Eine andere Möglichkeit kann ich nicht erkennen." Orm, Skald und Olov nickten stumm. Sie waren zu der selben Überlegung gekommen.

Es gab auch kleinere Tiere, die die Asen in Staunen versetzten. Bunte Vögel mit schillernden Federn flogen durch die Bäume, ihre Stimmen wie eine fließende Melodie. Ihr Gesang begleitete die Reise der Asen, und sie fanden sogar einige Vögel, deren Federn für Schmuck verwendet werden konnten. Die Asen waren erstaunt über die Vielfalt der Tiere. Sie entdeckten auch verschiedene Insektenarten, darunter auch riesige Schmetterlinge, die in leuchtenden Farben durch das Dickicht flatterten.

Doch das Tal war nicht nur von friedlichen Tieren bewohnt. In der Nähe eines kleinen Baches entdeckte Orm eine Spur von wilden Schweinen, die mit ihren scharfen Hufen tief in den Boden gruben. "Die Tiere hier sind kräftig", sagte er nachdenklich. "Wir müssen sicherstellen, dass sie uns nicht zu nahe kommen. Ganz davon abgesehen, wo derart viele Tiere leben, da sind auch Raubtiere … Darum werden wir uns kümmern müssen."

Trotz der reichen Tierwelt und der überaus fruchtbaren Erde war es bemerkenswert still in diesem Tal. Auf ihrer ersten Erkundung entdeckten die Asen keine Hinweise auf menschliche Anwesenheit. Keine Dörfer, keine Hütten, keine Anzeichen von Feldern oder Kulturen. Das Tal schien unberührt von der Hand des Menschen, ein Ort, an dem das Leben in seiner wildesten Form weiterging.

"Es ist seltsam", murmelte Hela. "An jedem anderen Orten wären diese Ressourcen schon lange von Menschen beansprucht worden."

"Vielleicht ist dies ein Ort, den nur die Götter kennen", sagte Olov. "Oder er war schon immer ein Geheimnis … Oder aber irgend etwas hält die Menschen von hier fern, was wir bisher noch nicht entdeckt haben."

Es war ein geheimnisvoller Ort, der die Asen gleichermaßen faszinierte und beunruhigte. Sie hatten eine Goldmine an Ressourcen gefunden, aber die Abwesenheit anderer Menschen bedeutete auch, dass sie in dieser Gegend vollkommen auf sich allein gestellt waren. Für den Clan bedeutete dies derzeit, dass sie hier keine Feinde haben würden. Der Aspekt, der ihnen momentan am wichtigsten war.

Am Ende des Tages kehrten die Spähtrupps der Asen zu ihrem Lager zurück, ohne auf andere Spuren von Menschen gestoßen zu sein. Sie waren zufrieden, aber auch nachdenklich. "Wir werden in diesem Tal bleiben", sagte Baldur entschieden aber auch sichtlich zufrieden, während die Sonne hinter den Bergen verschwand und die Dunkelheit langsam die Landschaft verschluckte. "Aber wir müssen immer sehr wachsam bleiben. Wer weiß, was noch kommt."

Der Clan errichtete schließlich sein Lager am Rand des Waldes, den Blick auf den klaren Fluss gerichtet, der ruhig weiterfloss, als wüsste er nichts von der Reise der Menschen, die nun in seinem Schatten Rast hielten. Baldur verkündete dem Clan, sie hätten die neue Heimat erreicht. In den kommenden Tagen würden sie den Ort für ihre neue Ansiedlung auswählen … Dann verkündete er, dass diejenigen, die alt genug waren, um entsprechend der Clangesetze zusammenleben zu dürfen, dies ab jetzt tun durften. Diese Ankündigung löste Jubel bei den jüngeren Clanleuten aus, die bereits seit vielen Monden auf diesen Moment gewartet hatten. Viele Pärchen nahmen sich jetzt an den Händen und umarmten sich erleichtert … Endlich war nun der Zeitpunkt gekommen, um mit dem erwählten Partner zusammen zu sein und eigene Familien zu gründen.

Es war ein ruhiger Abend, als Olov und Hela, zusammen mit einigen anderen Kriegern und Frauen ihre primitive Hütte am Rande des Lagers errichteten. Die Sonne senkte sich langsam hinter die Hügel des Tals, und der Himmel färbte sich in zarte Rottöne, die sich wie flüssiges Feuer über das Land legten. In der Luft lag der süße Duft der Erde und des Waldes, der nach den Regenschauern der vergangenen Nacht frisch und rein war.

Die Hütte war einfach, gebaut aus Zweigen und dichtem Gras, das sie sorgfältig zu einem schützenden Dach verflochten hatten. Doch es war ihr Heim, der Ort, den sie nun ihr Eigen nennen konnten ... ein Raum, in dem ihre Zukunft beginnen würde. Die anderen eilig errichteten Hütten lagen dich an derjenigen, in der sie heute und wohl auch in der kommenden Zeit leben und schlafen würden. Niemand spielte mit dem Schicksal und wollte sich unnötigen Gefahren aussetzten. Wachsame Krieger standen während der Nacht auf Wache und gingen durch die schmalen Gänge, zwischen den Hütten. Die Paare, die nun frisch zueinander gefunden hatten, schliefen in deutlich kleineren Hütten, die sich in der Mitte des Lagers befanden. In dieser Nacht wurde die Stille der Dunkelheit oftmals von lustvollen Geräuschen durchbrochen, was die älteren Mitglieder des Clans dazu brachte, wissend zu lächeln.

"Hela", begann Olov, seine Stimme so fest wie immer, doch ein Hauch von Unsicherheit schwang mit. "Wir haben nun unser Zuhause, unser eigenes Leben. Ich ..." Er trat einen Schritt auf sie zu, der Boden unter seinen Füßen schien beinahe den Atem anzuhalten. "Ich möchte, dass du meine Gefährtin wirst. Willst du bei mir bleiben? Willst du mit mir zusammen sein?"

Hela hatte immer gewusst, dass dieser Moment irgendwann kommen würde, aber als Olov die Worte aussprach, war es, als würde die ganze Welt einen Schritt zurücktreten, um ihnen den Raum zu lassen. Ihre Augen weiteten sich und ein zartes Lächeln umspielte ihre Lippen. Sie hatte ihn immer geliebt, wusste es, seitdem sie Kinder gewesen waren, seitdem sie Seite an Seite durch die harten Prüfungen des Lebens gegangen waren. Doch nun, mit diesen Worten, mit diesem Moment der Offenheit und des Versprechens, war alles anders.

"Ja, Olov", flüsterte sie, als ob sie Angst hatte, dass die Worte den Zauber des Augenblicks zerstören würden. "Ich will es. Ich will mit dir sein, weil ich weiß, dass es bei dir genauso ist. Wir gehören zusammen. Ich habe nie etwas anderes gewollt ... Das solltest du doch schon lange wissen."

Die Worte klangen wie Musik in seinen Ohren, die Schwere, die er lange getragen hatte, fiel von ihm ab. Für einen Moment stand er einfach da, als würde er sich vergewissern, dass es wirklich so war. Die Welt schien sich langsamer zu drehen, der mit Sternen übersäte Himmel, der sich über ihnen erstreckte, schien noch näher zu kommen. Hela trat einen Schritt auf ihn zu und legte ihre Hand auf seine Brust, fühlte das vertraute, beruhigende Schlagen seines Herzens, das sich mit dem ihren verband. "Ich habe immer auf diesen Moment gewartet", sagte sie und blickte ihm tief in die Augen. "Du bist alles für mich, Olov ... aber ich will damit warten, bis wir eine neue Siedlung errichtet haben. Bis zu dem Zeitpunkt, wo wir wirklich sicher sind und nicht mehr damit rechnen müssen, jederzeit von Raubtieren aus dem Wald angefallen zu werden, wenn wir einmal nicht aufmerksam unsere Umgebung beobachten. Dann und erst dann will ich endlich all das genießen, was die Clangesetze uns bisher verboten haben … So lange werden wir warten. Das ist meine Entscheidung und die ist nicht veränderlich."

Olov nickte enttäuscht, akzeptierte jedoch die Entscheidung von Hela. Es war ihr gutes Recht und er gestand es ihr zu, zumal er selbst verstand, dass sie eine gewisse Sicherheit verlangte. So wie ihr mochte es vielen Leuten aus dem Clan gehen. Er seufzte und nickte noch einmal. Dann trat er in das Innere der Hütte, um seinen Schlafplatz aufzusuchen. Die kommende Zeit würde ihm zeigen, wie lange er warten musste. Er war bereit dazu, denn der Preis seiner Geduld, Hela, war für ihn ein kostbares Ding, welches er nicht riskieren wollte.

Ephimos hatte in seinem bisherigen Leben viel Erfahrung als Baumeister gesammelt. Deshalb hatte Baldur ihn früh am Tage aufgesucht und mit dem ehemaligen Sklaven lange gesprochen. Einige Tage prüfte Ephimos alle Gegenden des Talkessels. Stets wurde er dabei von einer kleinen Gruppe wachsamer Krieger begleitet, die für seine Sicherheit sorgten. Dann endlich hatte er gefunden, wonach er suchte. In einem der kleinen Seitentäler befand sich ein niedriges Plateau. Ein breiter Bach entsprang unweit aus den Bergen, die dieses Seitental umrahmten und floss unweit des Plateaus entlang, in Richtung des Flusses. Die Bachufer waren reich an Lehm und Ton. Perfekt geeignet für das Vorhaben von Ephimos. Zudem lagen hinter dem Plateau noch weite Geländestücke, die sich gut für spätere Felder und Weiden anboten, zumal die Siedlung, die auf diesem Plateau entstehen sollte, sie schützen würden. Zusätzliche Felsen, für die Fundamente, konnten ohne große Probleme aus den Berghängen gebrochen werden.

Ephimos stand mit verschränkten Armen am Rand des Plateaus und ließ den Blick langsam über das umliegende Gelände gleiten. Die Position des Plateaus war ideal. Leicht erhöht und trotzdem gut erreichbar. Er schätzte, dass die Fläche spielend ausreichend war, um eine Ansiedlung von mindestens fünfhundert Gebäuden zu errichten ... mit Platz für Erweiterungen. Hier würde der Clan eine Siedlung errichten können, die groß genug war, um ihnen allen ein Zuhause zu bieten und auch noch für kommende Generationen ausreichen Platz ließ. Der Bach am Fuß des Plateaus war breit und tief genug, um das ganze Jahr über Wasser zu führen, selbst in trockenen Sommern.

Baldur stand sinnend neben Ephimos und betrachtete das Seitental, welches sich vor ihnen auftat. Baldur, Ephimos und eine kleine Gruppe von Kriegern hatten sich an einem Hang des Seitentals versammelt und blickten auf die Landschaft. Baldur war zufrieden. Der Platz schien ihm, wie von den Göttern selbst, für den Clan geschaffen worden zu sein.

"Der erste Schritt," begann Ephimos, "wird sein, den Grundriss der Siedlung festzulegen. Wir müssen den Platz optimal nutzen. Ein zentraler Platz hier oben", er deutete mit der Hand auf die Mitte des Plateaus, "sollte groß genug sein, um Versammlungen abzuhalten. Um diesen Platz herum bauen wir die wichtigsten Häuser. Die Häuser für die Familien, das Vorratslager und eine Schmiede … und nicht zu vergessen, eine Festung, in der Mitte der Siedlung, wohin man sich zurück ziehen kann, falls Feinde in die Siedlung selbst eindringen sollten. Sieh es als letzte Linie des Widerstandes an, Baldur."

Baldur nickte und beugte sich über den lockeren Boden. "Und die Mauer?" fragte er, während er eine Handvoll Erde aufhob und prüfend zerbröselte.

"Die Mauer wird unser Schutz sein", erklärte Ephimos. "Sie wird das Plateau umgeben, außer an den Stellen, wo die Hänge steil genug sind, um natürliche Barrieren zu bilden. Für die Mauer werde ich Steine aus den Berghängen verwenden. Dort oben", er zeigte auf eine steile Felswand in der Nähe, "findet man Gestein, das sich leicht bearbeiten lässt ... Kalkstein, vielleicht auch Basalt. Wir brauchen keine perfekten Blöcke, aber sie sollten groß genug sein, um stabil übereinander zu liegen. Die Zwischenräume dichten wir mit Lehm und Ton ab, den wir mit einigen anderen Dingen vermengen."

Ephimos nahm einen Stock und zeichnete grobe Linien in den Boden. "Der zentrale Platz", sagte er, indem er einen Kreis markierte, "liegt hier. Um ihn herum die Häuser, so angeordnet, dass die Eingänge nach innen zeigen. Die Mauer wird an der Kante des Plateaus verlaufen, hier entlang. Das Tor ..." Er hielt inne und überlegte. "Das Tor sollte am sanftesten Hang sein, an dem Punkt, wo der Zugang von unten am einfachsten ist."

"Was, wenn Angreifer das Tor durchbrechen?" fragte Baldur mit einem Stirnrunzeln. Der Clanführer konnte das Denken eines Kriegers nicht ablegen, zumal es hier um ihre neue Heimat ging. Er fühlte sich verantwortlich für jeden einzelnen des Clans und auch die Kinder, die dereinst hier geboren werden würden.

"Dann werden wir sie überraschen", antwortete Ephimos mit einem kleinen Lächeln. "Ein zweites, inneres Tor, das den Zugang zum inneren Teil und auch dem zentralen Platz blockiert, könnte die Verteidigung verstärken. Wir werden zu beiden Seiten des Tors Türme errichten. Das gibt Verteidigern viele Vorteile. Ohne Belagerungswaffen wird sich jeder die Zähne an der Mauer ausbeißen ... verlasse dich darauf, Baldur."

Baldur grunzte zustimmend. "Das klingt gut. Und die Häuser ... aus Stein oder aus Holz?"

"Die Fundamente und unteren Wände sollten aus Ziegeln bestehen", sagte Ephimos, "gebrannt aus dem Lehm, den wir dort unten finden." Er zeigte auf die feuchte Mulde in der Nähe des Bachs. "Die Dächer und oberen Wände können aus Holz gefertigt werden. Das spart Arbeit und Material und es macht die Gebäude stabil, aber nicht schwerfällig. Lieber würde ich jedoch nur Stein und Ziegel verwenden ... Das ist haltbarer, und wir verkleinern damit auch die Feuergefahr."

"Und wie brennst du die Ziegel?" fragte Baldur. Sein Ton war nicht skeptisch, sondern nur neugierig.

Ephimos trat näher an die Lehmschicht, die offen einige Schritte von ihnen zutage trat und nahm eine Handvoll des dicken, klebrigen Tons. "Der Lehm wird mit Wasser gemischt, geformt und dann in der Sonne getrocknet. Dann bauen wir einen Brennofen. Ein einfacher Kuppelofen reicht aus. Dort werden die Ziegel dann auf hohe Temperaturen erhitzt, bis sie hart und wetterbeständig sind."

Baldur beobachtete ihn mit wachsendem Respekt. Ephimos hatte nicht nur eine klare Vorstellung davon, was zu tun war, sondern auch ein

Wissen, das weit über das hinausging, was die meisten Mitglieder des Clans verstanden.

"Und der Bach?" fragte Baldur schließlich. "Du hast gesagt, wir könnten das Wasser nutzen."

"Richtig", antwortete Ephimos. "Mit einfachen Werkzeugen können wir Kanäle graben, die das Wasser vom Bach zu den Feldern führen. Der Großteil ... für die Felder oder für Vieh ... wird durch kleinere Gräben verteilt. Zudem werden wir die Kanäle benötigen, um das Regenwasser in der Regenzeit abzuleiten. Es wird Zeit und Mühe kosten, aber es lohnt sich."

Baldur war beeindruckt. Er konnte spüren, dass Ephimos nicht nur ein Sklave gewesen war, sondern ein Mann, der in seiner Gefangenschaft Wissen und Fertigkeiten erworben hatte, die den Clan weit voranbringen könnten.

"Das klingt nach harter Arbeit", sagte Baldur schließlich, "aber ich sehe, dass du recht hast. Wir werden Männer brauchen, die Steine brechen, Ton formen und die Mauer errichten. Frauen und Kinder können vielleicht beim Formen der Ziegel helfen."

"Genau so ist es", antwortete Ephimos. "Jeder wird seinen Teil beitragen müssen. Trotzdem wird es uns viele Monde dauern, bis die Siedlung fertig ist. Dann jedoch sollte der Clan sicher sein, vor Angriffen und wilden Tieren. Kein Tier könnte die Mauern überwinden, wenn sie erst fertig sind. Ich habe da sehr genaue Vorstellungen, wie es werden soll. Nie wieder sollen die Leute Angst davor haben müssen, dass in der Nacht ein Raubtier in das Heim kommt. Wenn alles fertig ist, dann kann die Siedlung zur Not auch einer Armee der Perser trotzen. Ich habe, in der Vergangenheit für den Großkönig Festungen entworfen und auch erbaut. Ich weis genau, was wir tun müssen … Vertrau mir, Baldur."

Am Nachmittag kehrten Ephimos und Baldur zum Lager des Clans zurück, wo die anderen bereits ungeduldig warteten. Die meisten von ihnen hatten die kleine Ebene am Flussufer nicht als dauerhaftes Zuhause akzeptiert. Sie sehnten sich nach einem Ort, der ihnen Schutz und bessere Möglichkeiten bot. Einen Ort, den sie wirklich ihr Eigen nennen konnten. Nahezu jeder aus dem Clan war es leid, beständig auf Gefahren zu achten. Nicht wenige machten sich auch Sorgen, was spielenden Kindern geschehen könnte, wenn man nicht die Voraussetzungen dafür schuf, um wirklich alle Gefahren auf Abstand und Entfernung zu halten.

Baldur trat als Erster vor die versammelte Menge und hob seine mächtige Hand, um Ruhe zu gebieten. "Ephimos und ich haben einen Platz gefunden", verkündete er. "Ein Plateau in einem Seitental. Es hat alles, was wir brauchen: Wasser, Schutz und gutes Land für Felder. Aber es wird harte Arbeit sein, dort etwas aufzubauen. Wir müssen ganz am Anfang beginnen. Dort ist völlig unberührtes Land und wir werden uns beeilen müssen, wenn wir innerhalb der kommenden drei Monde damit beginnen wollen Feldwirtschaft zu betreiben."

Ein Murmeln ging durch die Menge. Hela trat näher. Ihre blonden Haare schimmerten im Licht der sinkenden Sonne, und ihre Augen suchten Baldurs Gesicht, dann Ephimos'. "Wie sollen wir das schaffen? Auf den Bau einer festen Stadt, wie wir sie hier benötigen würden verstehen wir uns nicht. Die Dromedare, die wir mitgenommen haben, sind alle schon tot, weil sie mit dem Wald nicht zurecht kamen und nur die Götter mögen wissen, was uns hier erwarten mag. Wer soll uns bei dem Bau anleiten? Wie sollen wir beginnen und was müssen wir als ersten tun? Verzeih mir meine Sorge, die dir unerwartet erscheinen mag, aber ich möchte nur Antworten, die ich und auch die anderen des Clans verstehen können, oh Baldur ... " sagte sie leise, doch ihre Stimme trug eine Mischung aus Neugier und Zweifel.

"Mit guter Planung und Zusammenarbeit", antwortete Ephimos ruhig. Er trat vor und begann, den Plan zu erklären, den er und Baldur erarbeitet hatten. "Wir werden mit der Mauer beginnen", sagte er. "Sie ist unsere erste Verteidigungslinie und bietet uns auch in den Nächten Schutz vor jedem Gegner und wilden Tieren. Dafür brauchen wir starke Männer und Frauen, die bereit sind, Steine aus den Bergen zu brechen und sie zum Plateau zu tragen. Wir werden auch Ton und Lehm zu Ziegeln formen, um die Häuser zu bauen. Es ist eine gewaltige Aufgabe, aber sie ist machbar."

Orm, der junge Krieger, der zuletzt noch in Tbilissi eine entscheidende und unerwartete Rolle gespielt hatte, verschränkte die Arme vor der Brust und sah skeptisch aus. Während des langen Marsches hatte er sich jedoch immer und immer wieder als fähiger Krieger erwiesen, dessen Loyalität unerschütterlich bei Baldur lag. "Wir sind keine Maurer oder Baumeister. Wie sollen wir wissen, wie man eine solche Mauer errichtet, die nicht beim ersten Sturm zusammenfällt?"

Ephimos ließ sich von dem Zweifel nicht beirren. "Ich werde es euch zeigen", antwortete er fest. "Ich habe im Reich der Perser viele Jahre sehr erfolgreich als Baumeister gearbeitet. Wir brauchen hier keine hübschen Meisterwerke, sondern vorerst nur robuste, einfache Konstruktionen. Die Grundlagen sind nicht schwer zu lernen. Verzierungen und Verschönerungen sind momentan unnötig. Damit können wir uns beschäftigen, wenn wir die Grundlagen erbaut haben und die Siedlung ausreichend geschützt ist."

Baldur trat unterstützend neben Ephimos. "Dieser Mann hat uns in die Lage versetzt, nicht nur zu überleben, sondern zu wachsen. Seine Ideen werden uns stark machen ... stark genug, um Angreifer abzuwehren und unsere Familien zu schützen. Ihr solltet seinem Urteil und Können vertrauen. Ich zumindest tue das, denn er will auch für seine eigene Zukunft ein sicheres Heim erbauen."

Die Worte des Clanführers hatten Gewicht, und die Menge begann zu nicken, wenn auch zögerlich. Doch es war Hela, die den entscheidenden Moment einleitete. Sie trat vor und legte ihre Hand auf Ephimos' Arm. "Ich werde bei den Ziegeln helfen", sagte sie. "Und ich werde auch die anderen Frauen und Mädchen überzeugen, dasselbe zu tun ..." dabei zwinkerte sie Baldur verstohlen zu, der unmerklich nickte. Hela war hoch angesehen, im Clan und ihr Wort hatte trotz ihres jungen Alters Gewicht. Ihr Beispiel würde die anderen dazu bewegen, dem Vorhaben alle ihre Kraft zu geben.

Dieser Akt des Vertrauens löste eine Welle von Zustimmung aus. Einer nach dem anderen meldeten sich weitere Clanmitglieder, bereit, einen Beitrag zu leisten. Einige boten an, Holz aus den umliegenden Wäldern zu holen, andere erklärten sich bereit, die Werkzeuge herzustellen, die für das Steinebrechen und das Bearbeiten des Tons notwendig waren.

In den kommenden Tagen teilten Baldur und Ephimos die Aufgaben auf. Orm und einige der stärksten Männer wurden nun zu den Berghängen geschickt, um dort die ersten Felsbrocken zu brechen. Mit einfachen Werkzeugen ... Hämmern, Meißeln und Hebeln ... begannen sie, die Steine in handlichere Blöcke zu zerteilen und mit Karren zum Plateau zu transportieren. Ephimos selbst überwachte die Arbeiten, zeigte ihnen, wie man die Blöcke stapelte, um eine stabile Grundlinie für die Mauer zu bilden, die in einem mühsam ausgehobenem Graben für das Fundament anfangen sollte.

Hela organisierte derweil die Frauen und älteren Kinder, die sich an der Tonmulde und der Lehmgrube niederließen. Mit bloßen Händen und einfachen Formen begannen sie, die ersten Ziegel zu modellieren. Es war eine mühsame Arbeit, aber Hela hatte eine natürliche Gabe, die Gruppe zu motivieren. "Denkt daran", sagte sie, während sie selbst einen klumpigen Ziegel formte und dabei fröhlich lachte, "jedes Stück, das wir heute schaffen, wird Teil unseres neuen Zuhauses. Jeder Ziegel ist ein Schritt in unsere Zukunft. Der Clan wird hier eine neue Heimat finden und wir werden zu alter Größe und Stärke zurückfinden. Hier erbauen wir unsere Zukunft. Wir dürfen nicht scheitern, denn wir erbauen diese Siedlung auch für unsere Kinder und Kindeskinder. Wenn wir verzagen und nichts tun, dann stirbt der Clan ... und wir alle ebenfalls."

Baldur übernahm es, den Fortschritt zu koordinieren und sicherzustellen, dass die Moral hoch blieb. In den Abenden, wenn das Lagerfeuer brannte und die Menschen erschöpft, aber zufrieden zusammensaßen, sprach er über die Bedeutung dieser Arbeit. "Wir bauen nicht nur eine Siedlung", sagte er in einer seiner Ansprachen, "wir bauen etwas, das unsere Kinder und Enkelkinder überdauern wird. Das hier ist unser Vermächtnis."

Ephimos arbeitete fast unermüdlich. Er zeichnete Skizzen in den Boden, erklärte den Männern den Winkel, in dem Steine am besten gelegt werden sollten, und half den Frauen, die richtige Konsistenz für den Ton zu finden. Doch auch er fand Momente, innezuhalten und die Bedeutung dessen, was sie taten, zu begreifen. Einmal blieb er am Rand des Plateaus stehen, die Hände in die Hüften gestemmt, und betrachtete sinnend den aufziehenden Morgennebel, der das Tal in ein silbernes Leuchten tauchte.

"Das wird ein guter Ort", sagte er leise, mehr zu sich selbst als zu irgendjemand anderem. Doch Baldur, der sich ihm unbemerkt genähert hatte, antwortete ihm leise, "Ja, das wird er. Und es ist dein Verdienst."

Ephimos wandte sich um und schüttelte müde den Kopf. "Nein. Es ist der Verdienst aller, die daran arbeiten. Ich bin nur ein Mann mit Ideen. Ganz davon abgesehen werde ich auch hier leben und irgendwann einmal zu den Göttern gehen, wenn meine Zeit kommt. Es ist also nur natürlich, wenn ich eine sichere Heimat haben möchte. Letztendlich arbeite ich also auch für mich selbst und hoffe, dass ich noch lange Jahre leben kann."

Mit dem Beginn der Bauarbeiten erwachte das Plateau zu einem geschäftigen Ort voller Energie und Entschlossenheit. Der Clan hatte das Ziel jetzt vor Augen. Eine Siedlung zu errichten, die nicht nur Heimat, sondern auch Schutz bieten würde. Im Mittelpunkt dieser Vision stand die Festung. Ein massiver, steinerner Bau, der in der Nähe der Mauer errichtet werden sollte. Sie war Ephimos' Antwort auf Baldurs Sorge um die Sicherheit des Clans.

"Die Festung wird unser letzter Zufluchtsort sein", erklärte Ephimos zu Beginn des Projekts, als er neben Baldur stand und sie auf das Plateau blickten. "Falls wir jemals von Feinden bedrängt werden, die unsere Mauern überwinden, können wir uns dorthin zurückziehen. Sie wird Vorräte, Waffen und Platz für alle bieten. Aber bis sie fertig ist, haben wir viel Arbeit vor uns … Ich will dir gegenüber ehrlich sein, Baldur. Sollte es irgendwann einmal so weit kommen, dass wir uns bis in die Festung zurückziehen müssen, dann stehen die Überlebenschancen für den Clan sehr schlecht. Ich habe derartige Kämpfe gesehen, wenn belagerte Städte von den Eroberern überrannt und später dann ausgelöscht wurden. Die Bevölkerung dieser Städte wurde dabei zumeist völlig ausgelöscht."

Ephimos deutete zum Plateau hinüber. "Die Festung wird zudem ein Teil der Verteidigungsanlagen werden. Sie wird sich dort befinden, wo wir mit dem größten Ansturm zu rechnen haben werden. Der Teil der Stadt, wo die Menschen leben und wohnen werden liegt dahinter. Es ist eher unwahrscheinlich, dass Angreifer es schaffen sich an den Mauern vorbei zu bewegen und einen entscheidenden Angriff von der Rückseite starten. Die Seiten der Stadt sind ebenfalls nur schwer anzugreifen, da das Gelände dies kaum zulässt. Lediglich der Frontteil der Stadt ist wirklich gefährdet. Deshalb werden wir dort die massivsten Bollwerke besitzen. Das ist auch der Grund dafür, warum wir dort mit dem Bau beginnen. Die Rückseite dieser Stadt wird erst später von der Mauer geschützt werden. Jeder mögliche Angreifer wird jedoch annehmen, auch dort würde eine solche Mauer existieren … Wir täuschen also vorerst jeden möglichen Gegner lediglich. Bis die Mauer auch auf der Rückseite fertig ist, nutzen wir deshalb den tiefen Graben des Mauerfundamentes als Verteidigungswerk. Anders geht es nicht. Wir müssen bald mit dem Bewirtschaften der Felder beginnen, sonst können wir keine Ernte einfahren und du weist, wir knapp unsere Lebensmittel bereits sind. Ohne die Jagd würden wir bereits hungern."

Baldur nickte langsam und schaute nachdenklich zu dem Plateau hinüber, wo bereits erkennbar war, was Ephimos plante. Auch wenn Baldur sich bemühte es nie zu zeigen, so war er doch zutiefst verängstigt, von dem Gedanken, der Clan könne untergehen. Er war sich der vielfältigen Gefahren durchaus bewusst und fand teilweise am Abend nur schwer den Schlaf, weil er sich so viele Sorgen machte. Olov und ein Teil der Krieger waren nahezu ununterbrochen auf der Jagd. Derzeit waren sie auf der Jagd nach Krokodilen. Deren Fleisch war erstaunlich schmackhaft und die Kreaturen mussten aus der Umgebung der Siedlung verschwinden. Die Jagd auf die Krokodile glich einem Ausrottungskampf und wurde von den Jägern auch so betrachtet.

Baldur seufzte leise. Die Felder, die sich auf dem sanft ansteigenden Plateau, hinter der Stadt, befinden würden mussten dringend noch durch Entwässerungsgräben abgesichert werden. Die Regenmassen, die hier während der Regenzeit vorkamen mussten abgeleitet werden. Die dichter und etwas tiefer gelegenen Weiden für das Vieh hingegen benötigten Bewässerung, da der Boden dort in den Zeiten außerhalb der Regenzeit zu trocken werden würde … Es war viel zu tun, um das Gelände, welches sich nahezu sechs Wegstunden hinter der zukünftigen Stadt bis hin zu den steilen Berghängen hinzog, für die Feldwirtschaft nutzbar zu machen. Zumindest würden sie kaum Bäume fällen müssen. Dort wuchsen nur relativ wenige der riesigen Bäume, mit denen der hiesige Urwald sonst geradezu übersät war.

Ephimos begann damit, den Grundriss der Festung zu entwerfen. Sie sollte eine rechteckige Form haben, mit hohen, massiven Mauern, starken Ecktürmen und einem einzigen Zugangstor, das durch einen Turm geschützt wurde. Das Fundament musste tief genug sein, um das Gewicht

144

der Mauern zu tragen und auch dazu wurden wieder Gräben von Hand ausgehoben. Eine harte Arbeit, die durch die Bodenbeschaffenheit nicht immer begünstigt wurde. Die Arbeit am Fundament war mühselig. Männer und Frauen wechselten sich ab, um die Erde mit einfachen Werkzeugen zu graben. Der lehmige Boden war fest, was gut für die Stabilität war, aber das Graben umso anstrengender machte. Während die tiefen Gräben ausgehoben wurden, sammelten andere derweil Steine von den umliegenden Berghängen und transportierten sie auf Karren oder Schlitten zum Bauplatz. Ein weiteres Projekt war der Bau von Brunnen, für die Stadt und die Felder. Laut der Planung von Ephimos sollten sich innerhalb der Stadt mindestens sechs Brunnen befinden. Zusätzlich einer im Innern der Festung, wo er als Notreserve dienen sollte. Für die Felder waren sogar zehn Brunnen geplant. Der Aushub der tiefen Brunnen würde mühsam werden und die Brunnenwände mussten zudem alle mit Steinen oder gebrannten Ziegeln befestigt werden, damit die Schächte nicht einstürzten.

Orm, der junge Krieger, der anfangs skeptisch gewesen war, entwickelte sich zu einem der verbissensten Arbeiter. Er schien fest entschlossen, gerade jetzt, seinen Wert für den Clan … und vor allem gegenüber Baldur … zu beweisen und übernahm daher oft die schwersten Aufgaben beim Transport der schweren Steine. "Wenn diese Mauern erst einmal stehen", sagte er einmal, als er mit Schweiß auf der Stirn eine schwere Last ablegte, "dann werden wir wohl für immer sicher sein. Bei den allmächtigen Göttern. Dies werden eine Stadt und eine Festung werden, die selbst unsere mächtigen, fernen Götter mit tiefem Wohlgefallen betrachten werden."

Nach einigen Monden harter Arbeit waren die vorderen und seitlichen Mauern, bis zu einer Höhe von dreißig Fuß, sowie das Erdgeschoss der Festung fertig. Nun machten sie sich daran, Wohngebäude für die zukünftige Bevölkerung zu errichten, da die Regenzeit in zwei Monden beginnen würde. Niemand wollte in dieser Zeit in einem Zelt leben müssen und so packten alle mit Hingabe an. Ephimos zeigte den Clanmitgliedern, wie die Steine so übereinandergelegt werden mussten, dass sie sich gegenseitig stützten. Waren die Fundamente aus Fels erst einmal fertig, so wurden die Mauern und Wände nun aus Ziegeln errichtet, weil dies schneller ging und auch effektiver war. Kalkmörtel, hergestellt aus gebranntem Kalk und Sand, wurde zwischen die Steine geschmiert, um sie zu verbinden und zudem zusätzliche Stabilität zu gewährleisten. Auch für die Verblendung der Mauern und Wände wurde dieses Material genutzt, da es sich dafür anbot.

Die unteren Schichten der Mauer bestanden aus besonders großen und schweren Steinen, um eine stabile Basis zu schaffen. Die höheren Schichten wurden aus leichteren Steinen gebaut, die einfacher zu handhaben waren. Es war eine langsame, präzise Arbeit, bei der jeder Stein mit Bedacht gesetzt wurde. Ephimos und Baldur hatten lange überlegt, ob sie beim Bau der Außenmauer auch Ziegel einsetzen sollte. Letztlich entschied man, die Außenseite aus Fels zu fertigen und Ziegel nur für die Innenseite zu verwenden, während der Zwischenraum mit Schutt und Geröll aufgefüllt wurde, welches man noch mit Stampfen verdichtete.

Hela, die sich weiterhin um die Ziegelproduktion kümmerte, sorgte dafür, dass genügend gebrannte Ziegel für die inneren Strukturen der Festung bereitstanden. Sie überwachte, mit scharfem Blick, die Brennöfen, die am Rand des Plateaus aufgebaut worden waren und wies die dort arbeitenden Frauen und Kinder an, die geformten Ziegel regelmäßig zu drehen, um ein gleichmäßiges Trocknen zu gewährleisten. Abends war Hela oft derart erschöpft, dass sie im sitzen einschlief, nachdem sie gegessen hatte. Sie übernachtete zumeist in einer kleinen Hütte, die nur wenige Schritte von den Brennöfen entfernt errichtet worden war. So wie sie handhaben es nahezu ein dutzend Frauen.

Während der Bau voranschritt, wurde das Land hinter der zukünftigen Stadt ebenfalls urbar gemacht. Baldur hatte darauf bestanden, dass die Felder so bald wie möglich bestellt wurden, um den Clan unabhängig von Handelskarawanen zu machen. Die Männer pflügten die fruchtbare Erde mit einfachen Holzpflügen, die von Pferden gezogen wurden und die Frauen säten Getreide, Gemüse und Hülsenfrüchte. Die Regenzeit würde die Felder mehr als genug bewässern. Bewässerungskanäle und Entwässerungsgräben wurden angelegt und das Werk nahm von Tag zu Tag mehr Form an. Kleine Felder mit Melonen und Gemüse entstanden daneben.

Einige Teile des Tals wurden als Weiden für die Rinder reserviert. Die

Tiere waren eine wertvolle Ressource. Sie lieferten Milch, Käse, Fleisch und Leder. Ihre Stärke wurde beim Pflügen und Transportieren schwerer Lasten genutzt. Kleinere Kinder, zusammen mit einigen älteren und körperlich nicht mehr so einsatzfähigen Clanmitgliedern, hüteten die kleine Herde, während die anderen arbeiteten. Von den Pferden hatten nur eine Hand voll die bisherige Reise überlebt. Sie wurden jetzt ausnahmslos für Transporte auf dem Bau eingesetzt. Der Clan war noch nie ein Reitervolk gewesen und die Größe der Clanmitglieder machte den Versuch schon unsinnig, auf den Pferden zu reiten, wie es die Perser taten.

Der Clan lebte in einfachen Unterkünften aus Holz und Lehm, die am Rand des Plateaus errichtet worden waren, bis die Siedlung fertiggestellt war. Trotz der harten Arbeit herrschte eine Atmosphäre von Zuversicht. Jedermann sah, wie die Arbeiten von Tag zu Tag weiter fortschritten. Die Abende wurden oft gemeinsam am Feuer verbracht, wo Geschichten erzählt und Pläne für die Zukunft geschmiedet wurden.

Die Natur selbst schien manchmal gegen den Bau zu arbeiten. Im späten Frühling setzten starke Regenfälle ein, die den Bach anschwellen ließen und Teile der unbefestigten Wege in schlammige Gräben verwandelten. Die Karren, die Steine und Holz transportierten, blieben oft stecken, und es war eine mühsame Aufgabe, sie wieder herauszuziehen.

Skald übernahm die Organisation der Arbeit am Bach. Er wies Gruppen von Frauen und Jugendlichen an, provisorische Dämme zu errichten, um den Wasserfluss zu kontrollieren. Mit einer Mischung aus Steinen, Ästen und Erde schufen sie Barrieren, die den schlimmsten Schaden abwenden konnten. Baldur registrierte, dass Liv dabei fast ständig an seiner Seite war. Die beiden ergänzten sich augenscheinlich sehr gut.

Da Baldur mehrfach aufgefallen war, dass Skald der bereits erfahrenen Frau deutlich sichtbar Gefühle entgegen brachte, die von dieser durchaus erwidert wurden suchte er das Gespräch mit ihr. Eines Abends sprach er sie an, während niemand anderes in der Nähe war. "Liv, ich habe bemerkt, dass dir Skald sehr zugetan ist und du dies anscheinend erwiderst. Ist das soweit richtig?"

Liv zögerte nicht, sondern nickte zustimmend. "Ja, Skald und ich mögen uns sehr gerne, Baldur. Wir verbringen viel Zeit zusammen auf dem Bau und reden oft miteinander. Er ist ein Jüngling, der später gut zu seiner Gefährtin sein wird, denke ich."

Baldur nickte nachdenklich und musterte das Gesicht von Liv. "Einen derartigen Eindruck habe ich ebenfalls von meinem Enkel ... Bedenke jedoch, dass er noch zu jung ist, um einer Frau des Clans beizuliegen. Du selbst bist einige Sommer älter und kannst deine eigenen Entscheidungen treffen. Siehst du hierin irgendwelche Probleme, die entstehen könnten?"

Liv wurde nun rot und senkte ihren Kopf. "Ich kenne die Gesetze und Bräuche unseres Clans, Baldur ... und ich achte sie. Ich gebe dir mein Wort darauf, dass zwischen mir und Skald keine Dinge geschehen, die ihm oder mir Schande bringen würden. Wir haben in der Vergangenheit lediglich unsere Hände gehalten und ein einziges mal habe ich ihm einen Kuss gegeben ... Er hat diesen Kuss sehr genossen. So sehr, wie auch ich. Mehr ist nicht geschehen. Ich gebe dir mein Wort, dass ich mich weder von ihm bespringen lassen werde, noch ihn selbst bespringe, bis er das Alter dafür hat, Baldur."

Sie seufzte leise. "Es verlangt mich danach, einmal seine Gefährtin zu werden und ich weis genau, dass Skald ebenso empfindet. Wir werden jedoch warten, bis er alt genug ist ... eine andere Möglichkeit gibt es für ihn und mich nicht ... Es ist ja nicht mehr so furchtbar lange hin bis es soweit ist."

Baldur nickte zufrieden und legte Liv ermunternd seine Hand auf die Schulter. "Ich danke dir, für deine Offenheit und für deine Einsicht, Liv. Skald wird in dir eine gute Gefährtin finden, da bin ich mir sicher."

Nachdem Baldur gegangen war blickte Liv ihm noch lange nach. Dann zog ein zufriedenes Grinsen über ihr Gesicht. Sie hatte keineswegs vor, noch so lange zu warten, bis Skald das von den Bräuchen verlangte Alter endlich erreicht hatte. Sie würde bereits vorher ihre Lust mit dem Jüngling teilen. Das hatte sie längst beschlossen.

Die Schwierigkeiten des Baus hatten eine unerwartete Nebenwirkung: Sie schweißten den Clan noch fester zusammen. Orm und Skald, die zu Beginn eher Einzelgänger gewesen waren, begannen, nun als Vorbild für die jüngeren Männer zu dienen. Olov hingegen wurde von allen als ein

Führer angesehen, da er sich bereits mehrfach im Kampf bewiesen hatte und auch gezeigt hatte, dass er nachdachte, bevor er etwas tat. Hela, deren Führungsqualitäten immer deutlicher wurden, wurde von allen als die zukünftige Frau von Olov angesehen. Die Tatsache, dass die beiden noch nicht ihren Bund vor den Göttern bezeugt hatten war nebensächlich geworden.

Baldur und Ephimos, die inzwischen eine tiefe Freundschaft verband, beobachteten diese Entwicklungen mit Zufriedenheit. "Dieser Clan ist stärker, als ich dachte", sagte Baldur eines Abends zu Ephimos, während sie die Fortschritte betrachteten. "Die Mitglieder des Clan scheinen an den Herausforderungen zu wachsen. In einer Generation ist der Clan wieder Stark und mächtig ... Vorausgesetzt, wir überleben bis dahin. Ich habe irgendwie ein ungutes Gefühl, das mich bisweilen Nachts nicht schlafen lässt."

Ephimos nickte nachdenklich. Er hatte das selbe Gefühl. Eine Vorahnung die er nicht fassen konnte und die ihm ebenfalls schlaflose Nächte beschert hatte. "Die Mauern und die Festung sind nur der Anfang", sagte er leise. "Der wahre Test wird erst noch kommen, wenn wir diese Siedlung verteidigen müssen ... Baldur, ich habe schlechte Träume. Ist es möglich, dass die Götter mich warnen wollen? Das wir eine Gefahr übersehen haben?"

Baldur nahm die Warnung ernst. Auch er selbst empfand so und war beunruhigt. Er ließ Wachen am Rand des Plateaus stationieren und befahl, die Arbeiten an Mauer und Festung zu beschleunigen. "Wir dürfen uns nicht von der Ruhe täuschen lassen", erklärte er Olov eines Abends. "Unsere Mauern müssen stehen, bevor die Gefahr kommt, die ich noch nicht erkennen kann. Ich weis nicht, was es sein wird aber irgendetwas wird kommen um uns zu prüfen."

Die Krieger des Clans nahmen ihre Wachen ernster denn je. Lanzen und Pfeile wurden hergestellt. Die Männer trainierten nun wieder jeden Tag den Nahkampf, bevor sie sich der schweren Arbeit zuwendeten. Der Clan besann sich auf seine alte Kriegerkultur und wappnete sich für Kämpfe, wobei man nicht wusste, gegen wen man kämpfen würde.

Das Jahr zog vorüber, ohne dass etwas geschah, was den Clan gefährden konnte. Die Arbeiten an der Ansiedlung näherten sich nun langsam dem Ende. Die Häuser waren fertig und auch die Festung war fertiggestellt. Lediglich der hintere Bereich der Mauer musste noch erbaut werden.

Asengard, die Stadt des Clans

Ephimos und Baldur standen auf einem kleinen Hügel und blickten zu der Stadt hinüber, die nun ihre Heimat war. Schmunzelnd stupste Baldur den Baumeister an dessen Schulter. "Ich habe das untrügliche Gefühl, bei der Architektur hat deine Geburtsheimat hier Einzug gehalten. Das sieht nicht nach der Bauart der Perser oder Ägypter aus. So viel kann auch ich erkennen. Ich gestehe jedoch, dass du ein Meisterwerk erbaut hast. Selbst der Großkönig im fernen Persepolis würde beeindruckt sein."

Ephimos grinste den Clanführer an. "Es bot sich irgendwie an, diesen Baustiel hier zu verwenden. Er ist stabil, relativ einfach zu kopieren und ich gestehe, dass es mich befriedigt einen derartigen Baustiel hier zu sehen, wenn ich durch die Stadt gehe."

Baldur nickte langsam und nachdenklich. "Es ist wirklich ein wahres Fest für die Augen. Ich gestehe, du hast hier ein Meisterwerk erschaffen, das uns allen eine neue und sichere Heimat bietet. Ich kann mir kaum vorstellen, dass irgendwer es vermag die Mauern zu überwinden, wenn diese verteidigt werden."

Baldur blickte den Baumeister an und lächelte. "Die Leute des Clans haben bereits einen Namen für diese Stadt. Sie nennen sie Asengard. Wer diesen Namen zuerst gebraucht hat entzieht sich meiner Kenntnis. Jedoch wird er von immer mehr Leuten verwendet."

Ephimos nickte nachdenklich. "Ein wirklich guter Name, für die Stadt des Clans … für die Stadt der Asen … Mir gefällt er ebenfalls, gestehe ich." Ephimos grinste, fröhlich.

Weit entfernt von der Stadt, am letzten Ende der Felder und Weiden, dort wo nur noch wenige Sträucher und Bäume das Tal bedeckten, bevor der Berghang sich langsam empor türmte und bis in die niedrigen Wolken ragte, befand sich eine kleine Hütte, mit offener Front. Dort wurden Werkzeuge und auch Baumaterial gelagert, welches man auf den Feldern benötigte. An diesem Tag war Skald dort, um einen Zaun zu reparieren. Es war nicht ungewöhnlich, dass Liv ebenfalls mit dabei war. Man sah ohnehin nur selten einen von ihnen ohne den anderen.

Der Zaun war schnell repariert. Skold befestigte einen langen geraden Ast an zwei hölzernen Pfeilern. Er umwickelte Ast und Pfeiler mit einem geflochtenen, dünnen Lederband und prüfte dann das Ergebnis. Zufrieden nickte er. Skold packte die übrigen Materialien zusammen und trug sie in die Hütte. Liv folgte ihm und trug das Werkzeug. Die beiden legten Werkzeug und Material ab. Liv blickte zu der Stadt hinüber, die in der Ferne lag. Weit und breit war kein Mensch zu sehen.

Sie schmunzelte kaum merklich und reckte sich dann ausgiebig. Aus ihren Augenwinkeln heraus sah sie, wie Skald ihre Brüste betrachtete, die sich deutlich unter dem durchgeschwitzten Leinenhemd abzeichneten. Als sie zu ihm hinübersah, wandte er eilig den Kopf ab und drehte sich um. "Ich muss mich erleichtern, brummte er leise und stapfte aus der Hütte, in Richtung des Talendes, wo die Bäume und Sträucher wuchsen. Liv blickte ihm einen kleinen Moment hinterher. Fast flüsternd murmelte sie vor sich hin. "Das du Erleichterung brauchst, kann ich mir vorstellen. Du starrst mir schon den ganzen Tag auf meine Brüste und den Hintern." Bereits den ganzen Tag über verspürte sie das ihr wohlbekannte Kribbeln zwischen ihren Beinen. Mit einem letzten Blick in Richtung der Stadt folgte sie Skald die wenigen Schritte, bis zum Waldrand. Skald pinkelte in hohem Bogen an einen Baumstamm und seufzte dabei wohlig. Liv trat neben ihn und blickte lächelnd und ungeniert auf seinen Penis, aus dem soeben die letzten Tropfen heraus tröpfelten. Skald blickte erschrocken in ihr Gesicht und wurde rot vor Scham. Liv lächelte. "Stört es dich, wenn ich sehen möchte, was ich noch nicht haben durfte? Irgendwann bist du alt genug, um mir das Teil jeden Tag anbieten zu können … und ich freue mich auf den Tag."

Sie streckte ihren Oberkörper vor und Skald blickte verlangend auf ihre Brüste, deren Brustwarzen nun mehr als deutlich unter dem dünnen Stoff sichtbar waren. Sein Penis schwoll unwillkürlich ein Stück an, was Liv mit wissendem Blick registrierte. Beinahe wie unbeabsichtigt strich sie über ihr Leinenhemd, welches dadurch noch fester an die Brüste gedrückt wurde. Skald starrte wie gebannt auf ihre Brüste. Sie trat dichter an ihn heran. Ihre Schultern berührten sich und sie bemerkte, dass Skald schneller atmete. Die Stimme von Liv hatte einen kehligen Unterton, war aber nicht lauter, als ein Flüstern. "Ich sehne mich danach, endlich deinen Körper auf meine Haut zu spüren. Es verlangt mich danach, dich zu küssen und von dir geküsst zu werden. Ich verzehre mich danach, deinen Schwanz zu spüren und zu sehen, wie du kommst und deinen Samensaft verspritzt … Kannst du das nicht verstehen? Bin ich dir etwa egal? Oder hast du auch das Bedürfnis, meinen Körper mit Hand. Finger und Zunge zu erkunden?"

Schwer atmend flüsterte der wie erstarrt dastehende Skald seine Antwort. "Doch, ich spüre dieses Verlangen auch … Sogar viel stärker, als du es

152

dir vorstellen kannst. Ich denke Tag und Nacht an dich und sehne mich danach, lediglich in deiner Nähe zu sein und deine Stimme zu hören. Der Gedanke an dich und deinen begehrenswerten Körper raubt mir den Schlaf und macht mich fast wahnsinnig ... Ich möchte dich als meine Gefährtin haben ... wenn du mich denn überhaupt willst. Du kannst dir nicht vorstellen, was du mir bedeutest. Ich sehne mich nach dir so sehr, dass es fast schon schmerzt."

Liv lächelte sanft. Dann zog sie ihr Leinenhemd über den Kopf und ließ es dann auf den Boden fallen. Aufreizend strich sie sich über ihre harten, aufgerichteten Brustwarzen. Ihre Stimme war wie das Flüstern des Windes. Leise und sanft. "Meine Brüste gehören dir ... Sie sehnen sich danach von dir berührt zu werden. Ich will deine Hände, deine Lippen und deine Küsse darauf spüren ... ich bin fast wahnsinnig nach dir. Es verlangt mich so unendlich danach, dir Lust zu bereiten und Lust zu empfangen."

Sie kniete sich vor Skald hin und betrachtete dessen Penis, der nun steif nach vorne ragte. Lächelnd hob sie ihren Kopf und sah ihn an. Dann griff sie nach Skalds harten Penis und massierte diesen sanft. Ihre Hand zog die Vorhaut so weit zurück, wie es möglich war und fuhr dann mit festem Griff auf und ab. Skald stöhnte lusterfüllt und blickte dann verlangend auf Livs Brüste, die so dicht vor ihm waren. Diese großen Brüste, die ihn in seinen Träumen ständig begleiteten. Liv sah seinen Blick und lächelte triumphierend, während sie den Penis schneller massierte. Skald seufzte lustvoll auf und legte seinen Kopf zurück. Dann griff er nach vorne und hielt sich keuchend an den Schultern von Liv fest, während sie ihn auf den Knien hockend befriedigte. Fasziniert blickte Liv auf den Penis, aus dem sie nun den Samen melken wollte. Schon vor einiger Zeit hatte sie festgestellt, dass es sie ungemein erregte, zuzusehen, wenn ein Mann sich ergoss und seine Samenflüssigkeit verspritzte ... Vorzugsweise auf sie. Liv blickte ihn mit strahlendem Lächeln und weit offenen Augen an. Mit der anderen Hand begann sie nun sanft seine Hoden zu massieren, was Skald ein Keuchen entlockte. "Zeige mir deinen Saft, Skald ... Spritze ihn über meine Brüste. Ich warte schon so lange darauf. Komm! Spritz mich voll. Spritz mir deinen Samen auf meine Brustwarzen. Ich will deinen Männersaft auf meinem Körper spüren ... will sehen, wie du ihn auf mir verspritzt."

Sie spürte, wie sich die Hoden von Skald zusammenzogen und rückte eilig noch ein Stück näher an ihn heran. Nun rieb sie die Eichel seines harten Schwanzes direkt auf ihren Brustwarzen. "Spritze Skald ... Spritz für mich und zeige mir deinen Samen!" Skald warf seinen Kopf in den Nacken und röchelte lusterfüllt, als sein Penis anfing zu zucken und dicke Strahlen von Samenflüssigkeit über die Brüste von Liv spritzte. Liv stieß einen leisen Jubelschrei aus und wischte mit der Eichel immer wieder über ihre Brustwarzen. Sie wischte mit einem Finger eine Portion des langsam herab laufenden Spermas ab und steckte sich den Finger dann genießerisch in den Mund. Mit geschlossenen Augen genoss sie den Geschmack. Dann blickte sie Skald strahlend an und stand jetzt auf. Sie nahm seinen Kopf zwischen ihre Hände und küsste ihn sanft auf seine Lippen. Schnell wurde aus diesem Kuss ein wilder Tanz der Zungen. Dann wich Liv zurück und sah Skald einen Moment schweigend an. "Wir müssen zurück in die Stadt, es wird bald dunkel und der Weg bis in die Stadt ist noch weit ... Vorher muss ich aber deinen Samen von mir waschen, sonst bemerkt jemand das möglicherweise noch."

Sie küsste ihn nochmals, sanft aber fordernd. "Nun haben wir beiden unser kleines Geheimnis. Damit lässt sich die Zeit überbrücken, bis wir gemäß der Clangesetze zusammen sein dürfen."

Sie zwinkerte ihm lüstern zu. "Ich kann es kaum erwarten, dich das nächste mal zu melken und zu sehen, wie du deinen Samen auf mich verspritzt ... Aber nur dann, wenn du bei der Gelegenheit vorher lange Zeit an meinen Brüsten lutscht und mir zwischen meine Beine greifst. Ich bin es leid, es mir nur immer selbst machen zu müssen."

Skald grinste sie lüstern an. "Na, dann freue dich auf das nächste mal. Dann wirst du aber zuerst von mir bedient, bevor ich dran komme."

Liv kicherte erheitert. "Was immer du möchtest und dir wünscht, Skald. Ich werde alles tun, was dir in den Sinn kommt ... und noch viel mehr." Liv lächelte und leckte sich dabei lüstern über ihre Lippen. Alles lief so, wie sie es bereits lange geplant hatte.

Liv wischte sich die langsam trocknende Samenflüssigkeit ab und leckte dann an ihren Fingern. Mit einem berechnenden Lächeln sah sie Skald an. "Du schmeckst gut. Ich werde noch oft von dir kosten, Skald. Dein

Geschmack ist wunderbar. Ich möchte dich noch so oft kosten … Darf ich das? Bitte sage ja, denn du machst mich damit glücklich."

Skald nickte nur stumm. Er fand in diesem Moment keine Worte. Noch immer fühlte er die Lust durch seinen Körper pulsieren. Liv schenkte ihm einen dankbaren Blick, hob ihr Leinenhemd vom Boden auf und wandte sich in Richtung der Stadt.

Skald schluckte krampfhaft und blickte Liv hinterher, die sich schnell ihr Leinenhemd überstreifte und bereits in Richtung der Stadt ging. "Bei den Göttern," murmelte er leise. "Ich verspreche dir, Liv, ich werde dich so oft vollspritzen, wie du es verlangst und alles tun, was du von mir verlangst."

Eilig zog er seine Hose hoch, schloss den Gürtel und hastete dann hinter Liv her, die bereits einige dutzend Schritte voraus war. Bis zur Stadt war es noch ein gutes Stück Weg.

Schweigend und in Gedanken vertieft legten die beiden den Weg in die Stadt zurück. Sie hielten sich an den Händen, die sie erst voneinander lösten, als sie andere Leute des Clans erspähten. Liv blickte Skald liebevoll an und lächelte verheißungsvoll. "Ich hoffe, wir werden das noch sehr oft wiederholen," meinte sie Leise. "Ich kann es kaum erwarten, bis wir das nächste mal ungestört sind."

Skald grinste, als er antwortete. "Ich denke, die Zäune am Ende der Weiden müssen wohl morgen noch sorgsam überprüft werden. Mir ist heute aufgefallen, dass einige davon dringend ausgebessert werden sollten, bevor dort größerer Schaden entsteht."

Liv nickte begeistert, zu seinen Worten und sah ihn schmachtend an. Innerlich jubilierte sie. Es sollte ihr nicht schwerfallen, den Jüngling gänzlich an sich zu binden.

Bereits von weitem war das Hämmern in der Schmiede zu vernehmen. Weitere Menschen schlossen sich ihnen an, die auf den Feldern gearbeitet hatten. Einige von ihnen trugen geflochtene Körbe mit Gemüse oder Melonen. Die Felderzeugnisse, die täglich, dringend für die Bevölkerung benötigt wurden.

9.

Die Geburt eines Königreichs

Die Asen hatten die Gewohnheit entwickelt, sich am Abend um ein Lagerfeuer zu versammeln und den Tag gemeinsam ausklingen zu lassen, wenn die Tagesarbeit getan war. Jeden Abend kamen einige dutzend von ihnen zusammen, wenn sie nicht zu erschöpft von der harten Arbeit des Tages waren. Es hatte sich schon fast zu einer Tradition entwickelt. Die Abende am Lagerfeuer waren erfüllt von Geschichten und Träumen. Seit ihrer Ankunft in der neuen Heimat hatten die Asen und die befreiten Sklaven viel Zeit miteinander verbracht. Während sie Hütten errichteten und Felder urbar machten, sprachen sie oft über die Reiche, die sie auf ihrer langen Reise durchquert hatten. Vom stolzen Tbilissi bis zu den anderen Städten der Perser. Überall hatten sie Strukturen gesehen, die Ordnung und Sicherheit brachten, selbst wenn diese Reiche nicht immer gerecht waren.

Für die Asen war dies ein ungewohnter Gedanke. Als Clan hatten sie sich immer selbst organisiert. Ihre Entscheidungen wurden oft in hitzigen Diskussionen getroffen, und es war die Stärke ... ob in Worten, Taten oder Weisheit ... die für diese Menschen zählte. Doch die ehemaligen Sklaven, die seinerzeit von ihnen befreit worden waren, brachten eine neue Perspektive ein. Sie hatten die Macht der großen Reiche erlebt. Die Grausamkeit der Tyrannen, aber auch die Stabilität und Möglichkeiten, die eine straffe Ordnung bot.

Inmitten dieser Gespräche begann eine Idee zu keimen, zuerst nur in den Köpfen einiger weniger, dann immer häufiger ausgesprochen ... Warum sollten sie nicht selbst ein Reich erschaffen? Ihren eigenen König auf einen Thron heben?

Es war Bjorn, ein alter Krieger mit einem vom Leben gezeichneten Gesicht, der eines Abends am Lagerfeuer die Worte sprach, die alles veränderten. "Warum nicht auch wir Asen? Warum sollten wir nicht ein Königreich gründen? Wir sind stolz, stark und haben einen Willen, den viele Völker nicht besitzen. Wer hätte diesen langen Marsch außer uns denn wohl schaffen können? Mir fällt da kein anderer Clan und kein anderes Volk ein. Wir erbauen hier in der Wildnis eine Stadt, auf die selbst die Götter mit Wohlgefallen blicken."

Seine kratzige, tiefe Stimme hallte nach, als ob die Nacht selbst über die Frage nachdachte. Einige lachten nervös, andere wechselten unsichere Blicke und wieder andere schwiegen, als ob sie die Tragweite der Worte spürten. Aber die Frage war gestellt worden und Bjorn besaß großes Ansehen beim Clan. Nie hatte er etwas getan, was sich später als unüberlegt heraus gestellt hätte.

"Ein Königreich?" fragte Ylva, eine angesehene Frau im Clan, die für ihre Klugheit bekannt war. "Wir sind ein Clan, Bjorn. Was wissen wir schon von Reichen und Königen? Erinnere dich daran, was wir gesehen haben. Denkst du, die Könige in Persien interessieren sich für ihr Volk? Denkst du, sie würden für ihr Volk kämpfen und bluten?"

Bjorn nahm einen Schluck Met und sah sie ernst an. "Wir wissen, was wir sind, Ylva. Überlebende sind wir. Wir haben mehr überstanden, als die meisten Könige in ihren Hallen je ertragen mussten. Und wir haben etwas, das andere Clans oder Völker haben ... die Freiheit, unseren eigenen Weg zu wählen. Wir erschaffen unseren eigenen Weg und gehen diesen. Für uns und diejenigen, die nach uns kommen, wenn wir selbst dereinst zu den Göttern gerufen werden."

"Das mag sein", sagte Hela leise, mit ruhiger Stimme. "Aber ein Reich erfordert mehr als Überleben. Es braucht Führung, Struktur, eine Vision. Denkt an das Reich der Perser. Dort ist alles geordnet aber die Ordnung wird dabei nur durch die ewige Furcht, vor der Macht und den Soldaten des Großkönigs gewährleistet. Wir wollen nicht in Angst leben, sondern frei und unbeschwert. Dazu bedarf es eines Herrschers, der nicht vergisst, wo seine eigenen Wurzeln sind. Jemand, der sich nicht scheut selbst Hand anzulegen, um etwas aufzubauen und es danach auch zu bewahren. Wer von uns könnte so etwas aufbauen? Wer wäre dafür geeignet?"

Die Gruppe wurde still und nachdenklich, bis ein jüngerer Krieger, Rulf, den Blick hob. "Baldur könnte es ... und später Olov, der ihm dann als unser König nachfolgen wird."

Die Aufmerksamkeit aller richtete sich auf Baldur, der etwas abseits saß und das Gespräch bislang schweigend verfolgt hatte. Sein Gesicht verriet keine Regung, doch in seinen Augen blitzte ein Hauch von Unsicherheit auf. Baldur war nicht nur verunsichert, er verspürte sogar Angst. Er fühlte sich der Bürde eines Königs nicht gewachsen, obgleich die im Prinzip nichts anderes war, als die Stellung des Clanoberhauptes, die er nun schon seit vielen Sommern inne hatte.

"Das ist Unsinn", sagte er schließlich. Seine Stimme war fest, aber nicht scharf. "Ich bin ein Krieger, kein König. Ich habe getan, was ich tun musste, um uns hierher zu bringen, aber das macht mich nicht zu einem Herrscher."

"Vielleicht nicht, Baldur", erwiderte Hela. "Aber du bist weitaus mehr als nur ein Krieger, Baldur. Du hast uns geführt, als wir verloren waren. Du hast Entscheidungen getroffen, die uns das Leben gerettet haben. Wenn das nicht die Eigenschaften eines Anführers sind, was dann?"

Baldur schüttelte den Kopf. "Ein König trägt eine Krone, Hela. Eine Krone bedeutet Macht und Macht verdirbt. Ich will kein Tyrann werden, wie jene, die wir auf unserem Weg gesehen haben. Welches Clanmitglied würde derartiges dulden? Du kennst uns doch. Ich würde eher auf dem Schlachtfeld verbluten, als solch ein Herrscher sein zu wollen. Frage doch einmal Olov, was er dazu sagen würde. Er würde dir wohl noch viel entschiedener widersprechen."

"Und gerade deshalb bist du der Richtige", sagte Ylva nun mit entschiedener Stimme. "Du willst die Krone nicht und genau das zeigt mir, dass du ihrer würdig bist. Ein Mann, der nach Macht strebt, sollte sie niemals haben. Aber ein Mann, der sie fürchtet, versteht ihre Bürde."

Zustimmendes Gemurmel wurde jetzt rundum hörbar und viele nickten bekräftigend, zu diesen überlegten Worten von Ylva. Trotz der Worte seiner Gefährten blieb Baldur skeptisch. Er lehnte diesen Weg ab und wollte am alten Brauch festhalten. Er verbrachte die nächsten Tage in stiller Zurückhaltung, beobachtete und hörte schweigsam zu, während die Gespräche im Clan weitergingen.

Die Idee eines Königreichs begann sich zu festigen. Es war nicht nur die Bewunderung für Baldur, die sie trieb, sondern auch eine pragmatische

Überlegung. Sie waren nicht mehr nur ein Clan, sondern ein Volk, das eine neue Heimat gefunden hatte. Ihre neue Umgebung verlangte nach Ordnung und Stabilität. Nach etwas, das anders war als die uralten und überlieferten Bräuche, Rituale und Strukturen ihres Clans. Der Clan musste sich anpassen. Das erkannten immer mehr der Clanmitglieder.

Ein einfaches Königtum, so erkannten sie, wäre jedoch gefährlich. Die Macht sollte nicht allein bei Baldur oder einem anderen König liegen. Also schlugen sie vor, einen Rat zu bilden. Einen Rat der Zehn, der Baldur und spätere Könige unterstützen und überwachen würde. Zudem sollte der König mindestens zwei Ratgeber erhalten und auch die Stimme des ihm nachfolgenden sollte Gehör finden. Diese beiden Ratgeber und auch der Nachfolger des Königs sollten jedoch im Rat der zehn kein Stimmrecht besitzen. So wollte man sich absichern. Letztlich jedoch würde der König die Entscheidungen fällen müssen und sollen. Alle anderen, sollten ihn lediglich dabei beraten und unterstützen.

"Der Rat muss alle Stimmen unseres Volkes repräsentieren", erklärte Ylva in einer der Beratungen. "Männer und Frauen, Krieger, Bauern und Denker, Alt und Jung. Wir müssen ein Gleichgewicht finden, damit keine Stimme überhört wird. Im Prinzip ist es wie bei unseren alten Bräuchen. Wir fügen nur etwas neues hinzu. Lasst es uns noch etwas besser machen, als unsere Vorfahren und jetzt einen neuen Weg beschreiten, der unseren Clan in eine leuchtende Zukunft führt. Der Rat soll alle zehn Sommer neu gewählt werden … und der Clan soll diese Ratsmitglieder wählen, die dann den König beraten. Seine beiden persönlichen Berater soll der König selbst auswählen und sich dabei auf sein Urteilsvermögen stützen."

Die Mitglieder des Rates wurden mit Sorgfalt ausgewählt. Ylva selbst wurde als spirituelle Beraterin bestimmt. Orm, dessen Mut und Loyalität unbestritten waren, vertrat die Krieger. Ragnar und Bjorn, die Ältesten, brachten ihre Weisheit ein. Zwei ehemalige Sklaven, unter ihnen auch Ephimos, die sich durch Klugheit, ihr Wissen und Entschlossenheit ausgezeichnet hatten, wurden ebenfalls in den Rat berufen ... ein klares Zeichen, dass die Asen fest entschlossen waren neue Wege zu beschreiten und nur die Fähigkeiten zählen sollten. Langsam fügte sich der neue Rat zusammen und war bereit, seine Arbeit aufzunehmen … Es fehlte jetzt nur noch ein König. Dieser würde dann seine beiden persönlichen Ratgeber wählen. Für alle war nun klar, dass Baldur schon bald ihr König sein würde. Baldur sträubte sich jedoch noch dagegen. Er hatte Sorge, die Aufgabe wäre zu groß für ihn. Nichts bereitete Baldur mehr Sorge, als die Angst bei etwas versagen zu können.

Nach einigen Tagen des Nachdenkens stand Baldur eines Abends am Feuer und wandte sich an die Versammelten. Seine Stimme war ruhig, aber sie trug die Schwere einer Entscheidung in sich. An diesem Abend hatte sich nahezu der gesamte Clan hier versammelt und wartete auf die Entscheidung, die Baldur ihnen nun mitteilen würde.

"Ich habe über eure Worte und euer Begehr lange nachgedacht", begann er. "Und über das, was ihr von mir verlangt. Ich werde ehrlich zu euch sein. Der Gedanke, euer König zu sein, macht mir Angst. Nicht, weil ich die Verantwortung scheue, sondern weil ich die Gefahr gesehen habe, die in Macht liegt."

Er sah in die Gesichter seiner Gefährten, suchte in ihren Augen nach Reaktionen. "Aber ich verstehe, warum ihr dies wollt. Ihr sucht nach einer Zukunft, nach Stabilität, nach etwas, das uns zusammenhält. Wenn ich euch helfen kann, das zu erreichen, werde ich es tun. Jedoch nicht als Herrscher, sondern als Diener unseres Volkes. So zumindest verstehe ich den Titel des Königs, den ich tragen soll."

Die Menge brach in Jubel aus, doch Baldur hob seine Hand und gebot Ruhe. "Ich werde eure Krone annehmen, aber unter einer Bedingung. Ich will nicht alleine regieren. Der Rat der Zehn, den ihr vorgeschlagen habt, wird die Stimme des Volkes sein. Ohne ihn werde ich diese Bürde nicht tragen. Zudem soll festgelegt werden, dass dieser Rat auch nach mir jeden König beraten soll. Dieser Rat ist die Stimme des Clans und diese Stimme muss jederzeit Gehör finden. Wenn der gesamte Rat einen anderen Weg gehen will, als der König, dann entscheidet die Stimme des Rates. Das ist der einzig richtige Weg, den ich erkenne und akzeptiere."

Am Tag der Krönung sammelte sich das Volk um einen großen Steinkreis, den sie errichtet hatten. Es war keine prunkvolle Zeremonie, sondern ein Akt der Demut. Baldur kniete vor Ylva, die ihm ein schmales goldenes Stirnband anlegte, das eher an die Bürde der Verantwortung als an die Pracht einer Krone erinnerte. Baldur hatte das Gefühl, das schmale aus Gold gehämmerte Stirnband würde deutlich mehr wiegen, als es eigentlich möglich war. Er senkte seinen Kopf und seufzte.

"Du bist jetzt unser König, Baldur", sagte Ylva mit feierlicher Stimme. "Nicht, weil du es wolltest, sondern weil wir es brauchen. Führe uns mit Weisheit, Mut und Gerechtigkeit … und mögen dich die allmächtigen Götter unerbittlich strafen, wenn du dabei versagst."

In den Wochen nach der Krönung war der Geist des Clans verändert. Die Gespräche am Feuer drehten sich nun nicht mehr um vergangene Reiche, sondern um ihr eigenes, welches sie mit ihren Händen erschufen. Sie planten für die Zukunft der Stadt, diskutierten Handelsmöglichkeiten und träumten von anderen Völkern.

Baldur selbst blieb ruhig, fast demütig. Doch tief in seinem Inneren wusste er, dass sich ihnen eine Gefahr näherte, die sich bisher noch nicht gezeigt hatte. Es war seine Aufgabe, dieser Gefahr zu begegnen. Oft sprach er mit Olov über dieses Gefühl, dass ihm teilweise den Schlaf raubte. Baldur tat sein möglichstes, um Olov bestmöglich auf dessen zukünftige Aufgabe vorzubereiten. Die Rolle des Clanführers, was nun gleichbedeutend mit dem Titel König war, verlangte nicht nur Mut sondern auch Weisheit und Weitsicht. Dinge, die der junge Mann bisher nur als Nebensächlich betrachtet hatte. Olov war ein Krieger. Ein herausragender Krieger sogar, zu dem die anderen Krieger aufblickten und dem sie nahezu blind folgten. Dies konnte jedoch auch Gefahren bergen. Der junge Mann musste also noch einiges erlernen. Ephimos stand Baldur dabei stets zur Seite und vermittelte dem jungen Olov, mit der Zeit, viel von seinem Wissen. Olov hatte sich anfangs widerspenstig gezeigt, änderte sein Verhalten jedoch schnell, als er entdeckte, dass es ihm Freude bereitete neue Dinge zu erlernen und bekanntes aus anderen Sichtwinkeln zu betrachten.

Dinge, die ihm vor einigen Monden noch als nebensächlich erschienen waren, rückten jetzt in das Zentrum der Gedanken, mit denen Olov sich beschäftigte. Wenn er nicht in der Stadt zugegen war und durch Ephimos unterrichtet wurde, so war er fast ununterbrochen an einer der Baustellen anzutreffen oder zusammen mit anderen Kriegern auf der Jagd. Die Jäger erkundeten auf ihren Jagdzügen den gesamten Talkessel. Nirgends in dem Talkessel oder den zahlreichen kleinen Seitentälern stießen sie auf Spuren, die darauf hindeuteten, hier würden einstmals bereits andere Menschen gelebt haben. Trotzdem blieben sie wachsam. Auch Olov verspürte das unbestimmte Gefühl einer Gefahr.

Olov, der Enkel von Baldur

An den Abenden, nachdem Ephimos ihm neues Wissen vermittelt hatte sprach Olov regelmäßig mit Baldur oder Hela über die Dinge, die er gelernt hatte. Die junge Frau sog das Wissen auf, wie ein Schwamm und so war es nicht verblüffend, dass Hela bald ebenfalls von Ephimos unterrichtet wurde. Baldur begrüßte dieses Vorgehen ausdrücklich. Seine Ansicht war klar und er äußerte sich gegenüber Ephimos auch. "Hela wird Olovs Frau werden. Es ist von Vorteil, wenn sie über Wissen verfügt und die Dinge ebenso klar erkennen kann, wie Olov. Letztlich sollte man nie vergessen, dass sie irgendwann die Königin sein wird. Wer will schon eine dumme Königin haben? Einmal ganz davon abgesehen, ergänzen die beiden sich hervorragend. Sie kennen sich seit ihrer frühen Kindheit und lieben sich derart, wie man es nur aus den alten Geschichten kennt. Ich gönne den beiden das Glück, welches sie miteinander finden werden. Hela sträubt sich zwar noch gegen die Verbindung aber ich kann ihre Argumente verstehen. Sie will die Bindung erst eingehen, wenn die Stadt soweit fertig gestellt ist, dass sie wirkliche Sicherheit für den ganzen Clan bietet … Die Tatsache, dass sie zusammen gehören ist für mich wie in Stein gemeißelt."

Hela

Ephimos schmunzelte nur verhalten, über diese Aussagen von Baldur. Da auch er in der Festung lebte, die nun der Sitz des Königs geworden war, konnte er relativ oft mit Hela sprechen, wenn diese von ihm unterrichtet wurde. Die intelligente, junge Frau hatte ihre eigene Meinung und war bisweilen sogar fast starrsinnig, wenn es um das Wohl des Clans ging, der für sie von entscheidender Wichtigkeit war. Sie war fast ständig an einer der Baustellen anzutreffen wobei sie jedoch den Hauptteil ihrer Zeit bei den Ziegelbrennöfen verbrachte. Ihr war es zu verdanken, dass der Strom der ewig notwendigen Ziegel nicht abriss, die überall beim Bau benötigt wurden.

Olov hatte sich als seine zukünftige Unterkunft einen Platz ausgesucht, der im obersten Stockwerk eines der beiden Festungstürme lag, welche auf der Innenseite der Festung aufragten und sich zur Stadt wandte. Der Turm überragte die Festung um fast dreißig Fuß, lag also noch ein gutes Stück höher, als die Stadtmauer, mit ihren imposanten fünfzig Fuß Höhe, die direkt an die Festung anschloss und somit ein Teil der Stadtmauer geworden war. Ephimos hatte diese bauliche Änderung vorgenommen, um Material zu sparen. Dicht neben der Festung befand sich das eine Stadttor, welches durch einen massiven Turm flankiert wurde. Ein zweites Tor, welches auf beiden Seiten durch Türme geschützt wurde entstand bereits auf der hinteren Seite der Stadt. Von dort aus konnten die Felder und Weiden erreicht werden, die sich direkt an die Mauer der Stadt anschlossen und von schmalen Wegen durchzogen wurden.

Olovs zukünftiges Heim lag direkt über einer der Turmetagen, in denen Waffen und Rüstungen verwahrt wurden. Die Räumlichkeiten, die Olov ausgewählt hatte, bestanden aus vier einzelnen Räumen von jeweils dreißig Fuß Breite und Länge. Auf der einen Seite gab es etwas wie eine Terrasse, die beim Bau als zusätzliche Verteidigungsplattform konzipiert worden war. Den Zugang zu den Räumen erlangte man durch eine innere Wendeltreppe, deren Steinstufen im Mittelpunkt der Räume verliefen und danach auf das Dach des Turms führten. Hier befand sich eine weite Bastion, die mit einem Zinnenwall umgeben war. Sowohl von der Plattform auf dem Turm als auch der Terrasse von Olovs Quartier hatte man einen imposanten Blick, der sowohl auf die Stadt, als auch auf den dichten Urwald möglich war, der den weiten Talkessel bedeckte.

Die dicken Wände aus Bruchstein mussten auf der Innenseite zwar noch verputzt werden aber das war eine Aufgabe, derer sich Olov selbst annehmen wollte. Vorerst war er zufrieden damit, eine feste Holztür angebracht zu haben, die seine Räume jetzt von der mittig verlaufenden Wendeltreppe abschlossen. Olov hatte Pläne, wie er diese Räume ausstatten wollte. Die Erfahrungen, die er in Men-Nefer gemacht hatte und Dinge, die er dort gesehen hatte sollten nun hier ebenfalls entstehen. Olov schätzte, dass er bis zur Fertigstellung mindestens einen Mond an Zeit und Arbeit benötigen würde. Erst dann würde er selbst die fast fünfzehn Fuß hohen Räume endgültig als ein Heim betrachten. Die Sache, die ihm am wichtigsten war, sollte in dem Raum entstehen, der sich zu der Terrasse hin öffnete. Hier wollte er ein großes Badebecken von mindestens zwanzig Fuß Durchmesser errichten. Ähnlich dem, welches er es bereits im Badehaus der Gästeunterkünfte in der fernen Stadt Men-Nefer gesehen hatte. Er hatte bereits mit Ephimos darüber gesprochen und dieser hatte zustimmend genickt. Da sich unterhalb des Raumes in dem das Becken entstehen sollte nur ein leerer Lagerraum befand sah der Baumeister kein Problem darin, den Boden aufreißen zu lassen, um die Vertiefung des Beckens hier entstehen zu lassen. Von unten her wurden diese Lagerräume sowieso durch massive Stützpfeiler gesichert, die problemlos das zusätzliche Gewicht tragen konnten, die ein gefülltes Becken nun einmal besaß. Innerhalb des Raumes, in dem man in das Becken hinein treten konnte wollte Ephimos eine Umrandung bauen lassen, die etwa einen Fuß hoch war. Obwohl sich Olov energisch dagegen sträubte bestand Ephimos darauf diese Bauarbeiten von einigen der geschicktesten Handwerkern des Clans durchführen zu lassen und auch selber mit anzupacken. Sein Argument war einfach gewesen. "Olov, du bist fast nie hier. Dazu bist du viel zu oft außerhalb von Festung und Stadt. Zudem reizt es mich, diese Bauarbeiten selber zu beaufsichtigen und auch daran mitzuwirken. Derartiges habe ich schon immer gerne gebaut." damit war das Thema für ihn erledigt. Olov fügte sich.

Ephimos benötigte einen Viertelmond, um die Arbeiten abzuschließen. Eine Zeit, in der Olov beständig auf Jagdzügen war und nur in die Stadt kam, um die Jagdbeute abzuliefern. Als Olov schließlich das Werk des Baumeisters betrachten konnte, war er begeistert. Er selbst hätte es nie geschafft, die Arbeit derart säuberlich auszuführen. Ephimos war stolz und das ehrliche Lob von Olov tat ihm gut. Als sie am Abend auf der, von einer mehrere Fuß hohen Zinnenmauer umgebenen Terrasse saßen und auf die Stadt blickten war Olov sehr nachdenklich. "Ich habe mit den Schmieden gesprochen, Ephimos. Unsere Vorräte an Bronze und Eisen neigen sich dem Ende zu. Auch der Vorrat an Kupfer ist beängstigend geschrumpft."

Ephimos nickte. "Das ist Baldur und mir auch schon aufgefallen. Wir werden etwas unternehmen müssen, da wir auf diese Metalle dringend angewiesen sind. Baldur hat jedoch noch keine Entscheidung getroffen. Ich vermute jedoch, er hat bereits einen Plan und ich kann mir bereits vorstellen, worin dieser Besteht. Wenn es soweit ist, sage ich es dir."

165

In der Festung, mit ihren vier Stockwerken und neun Türmen, lebten nun mittlerweile ständig fast fünfzig Menschen. Hier war der Punkt, an dem alles zusammenlief, was Bau und Verwaltung der Stadt betraf.

Olov nutzte diesen Abend dazu, um mit Hela zusammen etwas zu essen und zu sprechen. Sie hatte seine Einladung sofort angenommen. Als sie nach dem Essen auf der Terrasse von Olovs Räumen saßen blickten beide lange auf die Landschaft unter ihnen.

"Wie weit wohl diese Welt reicht?" fragte Hela und schirmte die Augen mit der Hand ab. Ihr Blick wanderte über die endlose Weite des dicht bewachsenen Talkessels, die sich vor ihnen erstreckte.

"Weiter, als wir es uns je vorstellen können," antwortete Olov. Sein Blick lag jedoch nicht auf der Landschaft, sondern auf ihr. Der Wind spielte mit ihren Haaren, die in der Sonne wie flüssiges Gold wirkten. "Aber ich brauche die Welt nicht zu kennen, wenn ich weiß, dass du bei mir bist."

Hela drehte sich zu ihm um, überrascht von der plötzlichen Tiefe in seiner Stimme. "Du sprichst, als wären wir mehr als nur Begleiter auf dieser Reise." Sie lächelte jedoch bei ihren Worten.

"Sind wir das nicht?" Olov beugte sich leicht vor, bis ihre Gesichter nur noch eine Handbreit voneinander entfernt waren. "Ich habe dich über Berge und Flüsse begleitet, durch Stürme und Dürren. Nicht, weil ich muss, sondern weil ich will. Weil…" Er hielt inne, die Worte blieben ihm im Hals stecken.

"Weil du was?" forderte Hela sanft. Ihre Augen bohrten sich tief in die Seinen, suchten nach der Wahrheit, die er zu verbergen schien. Sie wartete auf Worte von ihm, in denen er ihr seine Liebe erklärte. Etwas, dass sie schon lange nicht mehr gehört hatte und wonach sie sich sehnte.

"Weil ich ohne dich nicht mehr der bin, der ich sein will," gestand er schließlich, die Worte fast ein Flüstern. Er griff nach ihrer Hand, seine Finger verschränkten sich mit ihren. Die Geste war simpel, aber sie trug mehr Gewicht, als Worte ausdrücken konnten.

Hela legte ihre Hand an seine Wange und lächelte liebevoll. "Das geht mir doch auch so, Olov … Die Stadt ist beinahe fertig. Die Außenmauern reichen jetzt ganz um sie herum und wir arbeiten daran, den Raum zwischen der Außenmauer und der Innenmauer zu füllen. Ich denke, in etwa einem Mond sind die Arbeiten abgeschlossen. Die Häuser in der Stadt, in denen die Handwerker ihrer Tätigkeit nachgehen und auch die Wohngebäude sind längst fertig. Auch die Vorratsspeicher stehen bereits und unsere Vorräte sind dort sicher eingelagert. Wir haben unermesslich viel erreicht. Baldur sprach heute davon, dass er mich mit einem Auftrag aussenden wollte. Mehr weis ich noch nicht. Wenn ich wieder zurück bin, dann ist die Zeit gekommen, in der wir beide unseren Bund endlich eingehen können. Ich bin endlich bereit dafür, denn ich vermisse dich unsagbar. Du weist doch, dass ich dich liebe. Willst du mich noch als deine Gefährtin haben? Trotzdem wir uns in den vergangenen Monden so gut wie nie haben sehen können und noch viel weniger miteinander gesprochen haben?"

Olov nickte und ein entschlossener Ausdruck trat in seine Augen. "Ja! Ich will dich! Wenn du zurück bist, dann werde ich auf dich warten. Wir werden hier unser Heim haben und endlich zusammen sein dürfen."

Hela lehnte sich an seine Schulter und schloss ihre Augen. Es tat so gut, diese Worte von ihm zu hören. Sie wusste, dass sie für einander bestimmt waren und liebte ihn mit einer Intensität, die fast schmerzhaft war. Bis es soweit war, dass sie den Bund eingingen würde jedoch noch etwas Zeit vergehen … und bis dahin war sie noch ungebunden und niemandem Rechenschaft schuldig. Sie lächelte.

Urplötzlich spürte sie eine kribbelnde Wärme, die sich zwischen ihren Beinen ausbreitete und durch ihren Körper zog. Hastig setzte sie sich auf, küsste Olov leidenschaftlich auf die Lippen und sprang dann auf. "Es ist spät geworden. Ich gehe jetzt zurück. Im Brennofen sind Dachziegel für die Feldgebäude und ich wollte noch dabei sein, wenn sie aus dem Ofen geholt werden. Davon abgesehen muss ich morgen sehr früh bei Baldur sein. Er will mir etwas wichtiges sagen."

Olov blickte sie bedauernd an, nickte dann jedoch. Er wusste um den eisernen Willen von Hela, wenn es um die Bauarbeiten ging, denen sie sich verschrieben hatte. Nachdem sie ihn verlassen hatte blickte er lange auf den Urwald vor der Stadt. Sein Körper verlangte nach einer Frau und sein Geist verlangte nach Hela. Seufzend stand er auf und ging langsam in sein Schlafgemach, wo er sich auf eine Decke legte, die noch sein Bett ersetzte. Die Möbel für seine Räume sollten in den kommenden Tagen ebenfalls fertig sein. Die Holzarbeiter des Clans hatten ihm dies heute fest versprochen. Seine Gedanken waren bei Hela, die noch nicht wusste, was Baldur plante. Olov jedoch wusste dies bereits, da Baldur und Ephimos mit ihm darüber gesprochen hatten. Olov hatte darauf bestanden, bei dieser Mission dabei zu sein aber Baldur hatte dies abgelehnt. Mitfühlend hatte der König ihn angesehen und ihm dann die Gründe erklärt. "Ich verstehe dich, Olov. Es ist jedoch wichtig, dass du hier verbleibst. Du bist der wohl beste Krieger des Clan und ein von allen angesehener Anführer. Es ist deine Pflich hier zu bleiben und mit den Kriegern, die nicht bei der Mission dabei sind, für die Sicherheit des Clan zu sorgen. Das ist deine Pflicht, nicht nur als Krieger des Clan sondern auch als mein Enkel ... Als der Prinz von Asengard. Verstehe das bitte. Ich konnte nicht anders entscheiden."

Olov wälzte sich auf dem harten Boden umher und grübelte, ob es einen anderen Weg gegeben hätte. Er gestand sich jedoch ein, dass ihm keiner einfallen wollte. Erneut seufzte er, bevor er die Augen schloss und bald darauf eingeschlafen war.

Hela war nur kurz bei den Brennöfen gewesen, um dort nach dem rechten zu schauen. Danach war sie zu dem kleinen Haus von Jasamin gegangen, indem die beiden Frauen lebten. Das Haus lag ein kleines Stück abseits der anderen Wohnhäuser. Ein sorgsam gepflegter Garten umgab das Haus. Hier waren die verschiedenen Pflanzen und Kräuter gepflanzt, die Jasamin für die Herstellung von Arznei benötigte.

Die beiden Frauen unterhielten sich noch lange, an diesem Abend. Hela und Jasamin hatten ihre intime Beziehung bisher vor allen anderen erfolgreich verheimlichen können und bereiteten sich seit der Ankunft in ihrer neuen Heimat regelmäßig gegenseitig Lust, wenn Hela bei Jasamin übernachtete. Beiden war jedoch klar, dass irgendwann der Zeitpunkt kommen würde, wo sie jede einen Mann nahmen und dann mit diesem zusammen leben würden. Bis dahin jedoch wollten sie zusammen die Freuden empfangen, die sie sich gegenseitig geben konnten. Es waren lange Stunden, der ungezügelten Lust und der Begierde, die keine von ihnen bereute.

10.

Die Reise in die Handelsstadt, Swenu

Früh am folgenden Morgen fanden sich mehrere dutzend Krieger und auch Hela bei Baldur ein, der sie in der großen Halle der Festung erwartete. Ephimos stand dich neben ihm und trug eine kleine Holzkiste in seinen Händen.

Baldur beschränkte die Begrüßung auf das Notwendigste und kam dann auf den Grund ihres Hierseins. "Wir haben ein Problem mit unserem Saatgut und den Vorräten an Metallen. Wenn wir nicht Abhilfe schaffen, dann ist unsere Stadt in Gefahr. Voraussichtlich nicht in diesem Jahr oder dem nächsten Jahr aber ganz sicher in der Zeit danach ... Wir müssen eine Handelskarawane aussenden, um diese Dinge zu beschaffen. Der Ort, wo wir das notwendige erhalten können ist die Handelsstadt Swenu. Sie liegt weit entfernt. Am unteren Verlauf des Nil. Wir besitzen Karten von der dortigen Umgebung und haben zudem genaue Karten, die wir auf unserem Marsch angefertigt haben. Damit sollte sich diese Reise in sehr viel kürzerer Zeit bewerkstelligen lassen, als wir bei unserer Reise hierher benötigt haben."

Er blickte die vor ihm Versammelten nachdenklich an, eher er fortfuhr. "Ich habe mich lange mit Ephimos und Ylva sowie Ragnar und Bjorn beraten. Dabei haben wir auch lange überlegt, wen wir entsenden sollten. Unsere Entscheidung ist gefallen. Wir werden euch aussenden, damit ihr uns diese Dinge beschafft. Für den Transport geben wir euch alle noch lebenden Pferde mit und für den Erwerb der waren erhaltet ihr alles verfügbare Gold und Silber, welches in der Schatzkammer der Festung liegt ... Viel ist es nicht mehr. Ich wünschte, wir hätten damals mehr von der Karawane des persischen Händlers erbeuten können. Jetzt könnten wir es gut gebrauchen. Ephimos ist jedoch der Überzeugung, die Menge an Gold und Silber sollte mehr als ausreichend sein. Wir haben bereits Vorbereitungen getroffen. Die Pferde sowie Proviant, gute Waffen und dergleichen sind bereit. Ihr sollt morgen aufbrechen ... Seid ihr bereit dazu?"

Zustimmendes Gemurmel antwortete ihm und er Übergab die kleine Holzkiste an Hela. Der Inhalt der Kiste waren die Karten, die sie für ihre Reise benötigen würden. Hela nickte, mit ernstem Gesicht.

Baldur, der neu gewählte König der Asen, stand auf dem höchsten Turm der Festung und blickte nachdenklich der davon ziehenden Reisegruppe hinterher, die über den Boden des Tals marschierte und dann in den angrenzenden Urwald eintauchte, wo sie verschwand. Die Entscheidung war am Vorabend gefallen. Es war dringend notwendig, eine Karawane nach Swenu, dem letzten Handelsstützpunkt im Land der Pharaonen, zu entsenden. Der Clan der Asen benötigte Saatgut, wenn möglich Rinder und vor allem auch Bronzebarren sowie Eisenbarren. Die Entscheidung war nicht leicht gefallen. Die Gruppe würde viele Monde für den Hinweg und voraussichtlich noch länger für den Rückweg benötigen. Für den Clan war es jedoch lebensnotwendig, an die Materialien zu kommen. Die Eisenbarren und ebenso die Bronzebarren waren für die Herstellung von Werkzeugen sowie Waffen unverzichtbar und das Saatgut sollte die Aussaat und Ernten der Zukunft ermöglichen. Die jetzt vorhandenen Saatgutvorräte an Getreide waren bedenklich knapp und Baldur sah keine Möglichkeit, diese von einem anderen Ort zu beschaffen.

Der stets zuverlässige, geachtete und kampferprobte Orm, war als Führer der Gruppe auserkoren worden Er sollte die Gruppe führen, die aus den fünfzig besten Kriegern des Clans bestand. Ihm zur Seite sollte Hela stehen, um die sprachlichen Hürden zu meistern, denn niemand anderes des Clans beherrschte die Sprache der Eingeborenen, auf der Wegstrecke, sowie die Zunge der Leute aus dem Pharaonenreich derart geschickt wie sie.

Fünfzig weitere, tapfere und zähe Krieger, das Herzstück des Asenclan, waren dafür sorgsam und wohlbedacht ausgewählt worden. Männer von unbändiger Stärke, Erfahrung und unerschütterlichem Mut. Jederzeit dazu bereit, alle Gefahren zu trotzen, um somit den Erfolg dieser Reise sicherzustellen, die über das Schicksal des Clans entscheiden mochte. Sie wurden mit den besten Waffen und Rüstungen ausgestattet, die der Clan zu bieten hatte.

Die letzten Vorbereitungen für die lange Reise waren getroffen worden. Die Reisegruppe hatte sich verabschiedet und die Stadt verlassen. Die letzten noch verbliebenen vierunddreißig Lastpferde, schwer beladen mit Waffen und Proviant, sowie allem verfügbaren Gold und Silber, wurden mit festen, geflochtenen Lederriemen hinter den marschierenden Krieger geführt.

Nach zwei Monden des Marsches durch den Urwald, wobei sie dem Verlauf des Flusses folgten, gelangten sie endlich an das Dorf der kleinen Waldmenschen, wo sie freundlich aufgenommen wurden. Bereits früh am folgenden Tag zog die Gruppe der Asen weiter. Einen Mond später erreichten sie das Dorf der Savannenbewohner, die sich erstaunt zeigten die Asen zu sehen. Die Aufnahme war jedoch sehr herzlich und die Dorfbewohner veranstalteten am Abend ein Festessen, zu Ehren ihrer Gäste. Gebratene Gazellen drehten sich an Bratspießen langsam über dem Feuer und berauschende Getränke wurden herum gereicht. Hela sah, wie eine der Dorffrauen, eine große Frau mit beeindruckenden Brüsten, die sie unbedeckt trug, wie alle anderen Frauen des Dorfes ebenfalls, sich auffällig um die Gunst von Orm bemühte. Orm hatte Schweißperlen auf der Stirn, die nicht nur von der Hitze und den berauschenden Getränken stammen mochten. Lediglich die Gegenwart seiner Clangefährten hielt ihn davon ab, mit der Frau in einer der Hütten zu verschwinden. Hela grinste verstohlen, als sie aus dem Augenwinkel die zu Fäusten geballten Hände von Orm sah, der schwer atmete. Es war deutlich zu sehen, wie schwer es Orm fiel, den eiskalten Krieger zu zeigen … Zumindest nach außen hin.

Als sie das Dorf verließen lag die weite der Savanne vor ihnen, so weit das Auge reichte. Sie würden zwei Monde benötigen, um die Sandwüste zu erreichen, die sie ebenfalls durchqueren mussten, um an ihr Ziel zu gelangen. Entscheidend bei ihrem Marschweg war die Lage der Wasserlöcher, um nicht in der Hitze zugrunde zu gehen, wie es bereits vielen Reisenden vor ihnen ergangen war.

Die Savanne, die sie durchquerten war eine Prüfung, für die Gemüter gewesen. Dann jedoch standen sie am Rande der erbarmungslosen Wüste, die sie durchqueren mussten. Der Himmel war nun fast immer wolkenlos, und die Hitze wurde unerträglich. Der Sand glitzerte in der Sonne, und die Dünen schienen endlos. Die Pferde hatten Mühe, sich durch den tiefen Sand zu kämpfen. Sengend brannte die Sonne herab.

Wenn sie in die Ferne blickten, dann sahen sie nichts als nur Sand. Die wenigen Wasserstellen, an denen sie Trinken konnten und auch den Pferden Wasser geben konnten lagen bisweilen mehrere Tagesmärsche voneinander entfernt. Lediglich die Karten, die sie mitführten ermöglichten es ihnen, den kürzesten Weg zu wählen, der ein schnelleres Vorankommen ermöglichte. Auf der ersten Reise, durch diese trostlose Landschaft, war der Clan oft tagelang umher geirrt ... Stets auf der verzweifelten Suche nach Wasser. Die Wüste war eine harte Meisterin. Sie forderte den Kriegern alles ab. Sie mussten lernen, mit wenig Wasser auszukommen und sich vor den sengenden Sonnenstrahlen zu schützen. Die Pferde litten genauso. Da die Tiere so ungemein wichtig waren, weil sie alles notwendige trugen gab man ihnen das Trinkwasser und durstete selbst. Nachts krochen giftige Skorpione aus ihren Verstecken. Auch hier war Vorsicht geboten. Sandstürme peitschten zweimal über die Dünen und stellten die Gruppe vor eine harte Prüfung.

Orm und Hela hatten sich von der Hauptgruppe getrennt, um den Weg zu erkunden und auf der Route dann Signalzeichen zu setzen, die daraus bestanden, dass man ein langes Tuch aus Leinenstoff fest an einem Speerschaft befestigte. So konnten die Nachfolgenden bereits von weitem den weiteren Weg erkennen, was dann für sie die weitere Reise stark vereinfachte. Zwei lange Tage waren sie nun schon allein unterwegs, die sengende Sonne brannte auf ihren Häuptern. Der Sand knirschte unter ihren Füßen. Die Wüste war ein unerbittlicher Gegner, der ihnen Tag für Tag aufs Neue ihre Grenzen aufzeigte. Wenn sie die Oase endlich erreicht hatten, dann war ein wichtiger Teil ihrer Reise geschafft. Von der Oase aus musste die Reisegruppe einen Weg einschlagen, der östlich nach Swenu führte. Eine andere Route, als der Clan bei seiner reise genommen hatte. Durch unbewohntes Gebiet, wo nur eine einzige Wasserquelle auf den alten Karten der Pharaonen eingezeichnet war. Einen halben Mond würden sie unterwegs sein, bis sie Swenu erreichten. Dort würden sie die Dinge erwerben können, die in Asengard benötigt wurden.

Der Durst war ein ständiger Begleiter geworden. Ihre Kehlen schienen ausgetrocknet, ihre Lippen sprangen auf. Sie träumten nachts von kühlen Quellen und schattigen Wäldern. Doch die Realität war die Wüste. Eine sengende Einöde, die sich ewig hinzog ... endlos, heiß und unwirtlich.

Hela trug die Strapazen der Reise erstaunlich gut und zeigte keinerlei Schwäche. Ihre geistige Stärke half ihr, die körperlichen Leiden zu ertragen. Sie erzählte Orm die Geschichten von ihrer alten Heimat. Kindheitserinnerungen von grünen Wiesen, den dunklen Wäldern und blauen Seen, um die Stimmung aufzulockern und sie beide abzulenken. Orm lauschte aufmerksam, ein Lächeln umspielte seine Lippen und er genoss die Gegenwart von Hela, wobei er oft seinen Blick über ihren wohlgeformten Körper schweifen ließ. Hela tat so, als würde sie diese Blicke nicht bemerken. Sie zeigte Orm nicht, wie sehr diese Blicke sie aufwühlten und in ihr ein Verlangen entfachten, von dem sie wusste, dass Orm es auch empfand.

Die sengende Sonne brannte unerbittlich auf die Wüste herab, als Orm und Hela die kleine Oase erreichten. Hela schätzte, dass sie den übrigen Leuten ihrer Gruppe um zwei Tagesmärsche voraus sein mussten. Nach Tagen der Entbehrung war dieser kleine Fleck Grün wie eine Vision. Die Palmen, mit ihren langen, schlanken Stämmen und den riesigen Wedeln, boten einen willkommenen Schatten. Ein sanfter Wind streichelte ihre Gesichter und trug den Duft von blühenden Pflanzen herbei.

In der Mitte der Oase plätscherte ein kleiner Teich. Das kristallklare Wasser spiegelte den blauen Himmel wider und lud förmlich zum Baden ein. Orm und Hela warfen sich auf den weichen Sand und tranken gierig aus dem Teich. Dann füllten sie ihre mitgebrachten aber bereits seit dem Vorabend leeren Trinkflaschen. Der Durst schien zunächst unendlich, doch mit jedem Schluck füllten sie sich wieder mit Leben. Die beiden schleppten sich erschöpft zu den Palmen, legten sich dort in den Schatten und schlossen die Augen. Binnen weniger Augenblicke waren sie eingeschlafen. Ihre erschöpften Körper verlangten nach Erholung.

Rund zwei Stunden schliefen sie. Dann erwachte Hela, als Orm sich zu regen begann und sich ächzend aufsetzte. Der Schlaf hatte den beiden gut getan und ihnen einen Teil ihrer Kraft zurück gegeben. Orm kramte in seinem Tragesack umher und holte dann Dörrfleisch und Hartkäse hervor. Die beiden aßen mit Heißhunger. Nach dem Mahl lehnte Orm sich mit seinem breiten Rücken an eine der Palmen, während Hela mit scharfen Augen die Oase erkundete. Sie war nicht mehr, als ein kleiner Teich, der von etwa vierzig Palmen umringt wurde, zwischen denen hohes Gras und einige Blumen wuchsen. Vollkommene Stille lag in der Luft. Die Sonne näherte sich bereits dem Horizont und schickte sich an unterzugehen. Hela genoss das Farbschauspiel und die friedliche Ruhe. Auch Orm hatte den Sonnenuntergang beobachtet. Dieser hatte auch ihn beeindruckt.

Hela stand auf und blickte Orm an. "Ich werde jetzt baden gehen. Ich habe das Gefühl, ich stinke wie ein Schwein und mir kleben Schweiß und Sand am ganzen Körper … davon abgesehen, riechst du auch nicht gerade nach Blümchen. Dir würde ein Bad auch nicht schlecht tun. Wenn du so versuchen würdest, dich an eine Jagdbeute heranzuschleichen wäre das Wertfrei. Der Gestank ist beinahe schon wie eine Wolke. Noch nicht einmal die Fliegen und Mücken trauen sich in deine Nähe."

Orm hob seinen linken Arm und schnüffelte an seiner Achsel. Dann verzog er angewidert sein Gesicht. "Ich hätte nie gedacht, dass man derart abgestoßen sein kann, von seinem eigenen Geruch. Bei den Göttern, warum hast du nicht viel eher etwas gesagt?"

Hela lachte. "In der Wüste gibt es kein Wasser zum waschen … und ich habe mich bemüht immer in einer Richtung von dir zu sein, wo dein Gestank vom Wind nicht hingetragen wird."

Schallend lachte Orm und deutete dann auf den Teich. "Nur zu, Hela. Ich werde dann die andere Seite des Teiches nehmen, sonst wirst du noch ohnmächtig von meinem Gestank. Es ist windstill geworden, der Wind kann also nicht mehr helfen."

Hela lachte ebenfalls herzhaft und schritt dann zum Ufer des Teiches. Hela schlüpfte schnell aus ihrem weit geschnittenen Lederoberteil und ihren Stiefeln. Der Lendenschurz aus Leinenstoff folgte nur Augenblicke später. Mit weiten Schritten stapfte sie ins Wasser, setzte sich dann im knietiefen Bereich hin und fing an, sich den Schmutz und Gestank abzuwaschen. Am Anderen Ende des Teiches saß Orm ebenfalls im Wasser und wusch sich gründlich. Sein Gesichtsausdruck zeigte, wie sehr ihm dies behagte. Hela, die Orm aus den Augenwinkeln beobachtete, stellte zufrieden fest, dass dieser immer wieder zu ihr hinüber blickte, dann jedoch schnell seinen Kopf abwandte. Das Wasser war kühler als erwartet und spülte die Hitze der letzten Tage von ihren Körpern. Es war jedoch nicht unangenehm sondern erfrischend, rein und klar wie Kristall. Sie wuschen sich gründlich und fühlten sich wieder rein und erfrischt.

Der Mond war aufgegangen, während sie im Wasser waren und tauchte die Nacht in ein klares, silbernes Licht. Unzählige Sterne standen am Himmel und funkelten. Hela schloss die Augen und atmete tief ein. Dann stellte sie sich aufrecht hin und schritt in die Mitte des Teiches, wo das Wasser ihr bis zu den Schultern reichte. Fröhlich schwamm sie einige Schritte und planschte im Wasser herum, wie ein Kind. Sie wandte ihren Kopf und sah Orm, der nahezu reglos im flachen Wasser saß und sie nicht aus den Augen ließ. "Orm, komm her. Das Wasser ist herrlich. Hier gibt es nichts, wovor du mich beschützen müsstest. Sei nicht so brummig und komme endlich zu mir." Sie lachte fröhlich und beobachtete Orm, der langsam aufstand und mit schlurfenden Schritten näher kam. Endlich hatte auch Orm das tiefe Wasser erreicht. Nun gab er sich freier und entspannter. Planschte fröhlich und spritzte ebenfalls mit dem Wasser zurück, wenn Hela ihn lachend bespritzte. Hela betrachtete Orms sonnengebräunten, muskulösen Körper, der fast wie Bronze im silbernen Mondlicht schimmerte. Ein Kribbeln machte sich zwischen ihren Beinen bemerkbar und sandte Schauer durch ihren Körper. Sie bemerkte, wie ihre Brustwarzen hart wurden und nun fest hervorstanden. Sie unterdrückte mühevoll ein Stöhnen. Nur wenige Schritte standen die beiden von einander entfernt. Während der ausgelassenen Wasserspiele waren sie ein Stück ins flachere Wasser geraten, das ihnen nun nur noch bis ein kleines Stück über den Bauch reichte. Hela sah, wie Orm plötzlich auf ihre großen Brüste starrte und krampfhaft schluckte. In Bruchteilen eines Wimpernschlages fasste sie eine Entscheidung. Die Gespräche, die sie mit Jasamin geführt hatte und deren Erklärungen die sie Hela gegeben hatte, als die beiden sich mit dem Elfenbeinpenis beschäftigt hatten drängten sich ihr mit fast kristallener Klarheit, in jeder Einzelheit, ins Gedächtnis. Ein warmer Schauer lief durch den Körper von Hela, als sie nun erneut den Blick von Orm sah, der auf ihre Brüste starrte. Ihre Brustwarzen waren hart und fest. Sie zweifelte daran, dass ihm dies nicht auffiel. Orm drehte sich eilig um und machte hastige Anstalten, aus dem Wasser zu gehen. Hela blieb dicht hinter ihm und folgte ihm im beständig in das flachere Wasser, welches nun nur noch knietief war.

Orm, was ist los mit dir? Hast du etwa Angst vor mir? Du bist doch ein erfahrener Krieger … Mit einem beeindruckenden und schönen Körper. Warum willst du dich nun verstecken oder vor mir davon laufen?"

Orm blieb stehen und ballte seine Hände zu Fäusten. Er wandte ihr den Rücken zu. Hela trat näher und legte ihm die Hand auf die Schulter. "Ich denke, ich weis, was mit dir los ist, Orm … Verwirre ich dich? Mache ich dich unsicher?"

Orm nickte und wandte ihr immer noch den Rücken zu. Hela trat um ihn herum. Ein einziger Blick genügte ihr und ihre Augen funkelten. Der Penis von Orm stand steil von seinem Körper ab und er hatte seine Augen geschlossen. Hela trat vor ihn. "Mach die Augen auf Orm … Du brauchst dich nicht schämen."

Als Orm seine Augen öffnete sah er Hela in deren helle Augen. Sie lächelte ihn aufmunternd an. Seine Kiefermuskeln zeigten, dass er fest seine Zähne zusammenbiss. Helas Stimme war wie ein leises Flüstern des Windes, als sie ein Stück vortrat und nun nur noch wenige handbreit vor ihm stand. "Erregen dich meine Brüste etwa? So wie mich dein harter Schwanz erregt?"

Orm stutzte unsicher, nickte zögerlich und wurde schamrot, im Gesicht. Hela streichelte ihm seine Wange. Ihre Stimme war mitfühlend und sanft. "Ich habe gesehen, wie schwer es dir in dem Dorf der Eingeborenen fiel, der Frau zu widerstehen, die sich von dir bespringen lassen wollte … lass mich raten. Du hast, seit wir aus Tbilissi fort sind, bei keiner Frau gelegen, nicht wahr? Schabnam war die letzte Frau, die du hattest, nicht wahr?"

Orm nickte stumm. Sein Blick huschte immer wieder zu Helas Brüsten, die so dicht vor ihm waren, dass sie ihn fast mit ihren Brustwarzen berührte. Hela lächelte sanft. "Du musst brünftig sein, wie eine Katze in der Paarungszeit. Warum hast du dir denn keine Frau aus dem Clan genommen? Sicherlich würden doch einige gerne mit dir zusammen sein?"

Orm zuckte nur mit seinen breiten Schultern und grummelte dabei unverständliches. Hela trat ein winziges Stück näher und spürte, wie sich der Penis von Orm ein Stück unterhalb ihres Bauchnabels an sie drückte. Orm wurde erneut schamrot und trat hastig einen Schritt zurück. Hela lächelte zufrieden, ehe sie mit sanfter Stimme weitersprach. "Verlangt es dich nicht nach einer Frau? Verspürst du wirklich nicht den Wunsch, mich zu berühren? Willst du deine Lust nicht an mir befriedigen?"

Orm sah sie bittend an. "Hela, das geht nicht! Du bist die Gefährtin von Olov. Das widerspricht unseren Clangebräuchen. Stelle dir vor, was Olov oder Baldur mit mir tun würden, wenn ich Hand an dich lege."

Hela lachte schallend. Ihre Augen funkelten. "Hast du einmal bedacht, dass ich bislang mit niemandem den Bund eingegangen bin? Ich kann tun und lassen, was ich will. Wer irgendwann später einmal mein Gefährte werden mag, das habe ich noch nicht endgültig entschieden. Es ist gut möglich, dass es Olov sein wird. Das ist sogar sehr wahrscheinlich, wie ich gestehe. Jetzt jedoch bin ich frei von jeder Verpflichtung."

Sie sah Orm tief in dessen Augen. "Lasse uns die Einsamkeit der Oase in dieser Nacht genießen. Niemand wird es jemals erfahren … Du brauchst es wirklich nötig. Das sieht jeder … und ich brauche es auch."

Orms Kopf ruckte hoch und er sah sie erstaunt an. Hela lächelte, blickte dann nach unten und seufzte. Der Penis von Olov war nur unwesentlich kleiner als der polierte Elfenbeinpenis. Erneut seufzte sie, hob dann ihren Blick und sah Orm in die Augen. "Solange du mir kein Kind machst, wie du das bei Schabnam getan hast, kann keinem von uns beiden etwas geschehen. Es gibt Möglichkeiten, dies zu vermeiden und dennoch Lust zu empfinden und auch zu geben. Es verlangt mich nach deinem Körper und deinem Schwanz."

Orm stammelte unverständliches. Hela lächelte sanft und griff dann zwischen die Beine von Orm. Entschlossen umfasste sie seinen harten Penis und rieb daran auf und ab. Mit der anderen Hand umfasste sie seine Hoden und walkte diese sanft. Orm schloss die Augen, legte den Kopf zurück und stöhnte tief. Lächelnd blickte Hela auf den Penis, der hart und doch so wunderbar samtig in ihrer Hand lag. Sie gedachte der Worte von Jasamin, die gesagt hatte, ein Mann könne mehrfach spritzen und habe mehr Ausdauer, wenn der erste Druck erst einmal abgebaut war. Das wollte Hela nun selbst testen. Ihr Verlangen war grenzenlos, in diesem Moment. Sie wollte das Sperma des Mannes kosten, fühlen, schmecken und erleben, wie er sich ergoss. Ihn dabei stöhnen hören und von einem echten Mann berührt werden. Nie zuvor hatte sie so etwas erleben dürfen und nun verlangte es sie mit einer Intensität danach, die fast schon atemberaubend war.

Sie sank auf die Knie. Der Penis ragte direkt vor ihrem Gesicht auf. Mit den beiden Händen verstärkte sie ihre Schwanzmassage und achtete dabei darauf, die Hoden beständig zu reizen. Dann küsste sie den Penis von Orm. Fuhr dann mit ihrer Zunge über die entblößte Spitze und leckte danach den Schaft. Orm hatte seine Augen geschlossen und stöhnte vor Lust. Hela lächelte triumphierend. Sie näherte sich Orm ein winziges Stück, öffnete ihren Mund und nahm die Spitze des Penis in diesen auf. Orm stöhnte lauter.

Gierig bewegte Hela ihren Kopf, auf und ab. Der Penis lag einmal zwischen ihren Lippen und im nächsten Augenblick bereits wieder tief in ihrem Mund. Orms Hände lagen nun an ihrem Kopf, verwuselten ihre langen Haare. Der Mann stöhnte laut und lustvoll. Hela zog ihren Kopf zurück und lächelte Orm von unten an. Speichelfäden liefen aus ihren Mundwinkeln. Sie blickte erneut auf den harten Penis und erhöhte de Geschwindigkeit, mit der ihre Hand den Schaft rieb. Da bemerkte sie, dass sich die Hoden von Orm zusammenzogen. Jasamin hatte davon gesprochen. Ein untrügliches Zeichen dafür, dass der Mann bald seinen Samensaft verspritzen würde. Orm nahm seine Hände von ihrem Kopf und klammerte sich an ihre Schultern. Seinen Kopf hatte er weit zurück gelegt und die Augen geschlossen. Ein tiefes Stöhnen drang aus seinem weit geöffneten Mund. Seine Stimme war leise aber rau, vor Lust. "Hela! HELA! … Vorsicht, ich komme gleich!"

Hela lächelte triumphierend. Sie blickte kurz auf.und verstärkte ihre Handarbeit an dem steifen Penis noch einmal. "Komm, Orm … Spritze deinen Saft heraus. Spritze für mich!" Schnell stülpte sie ihre Lippen wieder über den Penis und bearbeitete die Spitze mit ihrer Zunge. Orm stöhnte erneut laut auf und verkrampfte sich. Dann spritzte sein Sperma in nicht enden wollenden Schüben aus ihm hervor, tief in den Mund von Hela, die nun versuchte, den Großteil davon zu schlucken. Unentwegt zuckte der harte Penis von Orm in ihrem Mund. Endlich versiegten die Spermaschübe und Hela entließ den Penis, mit einem schmatzenden Geräusch, aus ihrem Mund. Lange Fäden des Spermas liefen aus ihren

Mundwinkeln und tropften auf ihre Brüste. Orm stöhnte noch immer leise. Hela stand langsam auf. Das Sperma lief langsam ihre Brüste herab und tropfte in das Wasser. Sie lächelte Orm an.

Hela und Orm

Sie trat dich an ihn heran und blickte ihm lüstern in seine Augen. "Hat es dir auch so gut gefallen, wie mir? Ich will heute Nacht noch viel mehr mit dir tun. Ich will dich stöhnen hören, wenn du mich reitest und dabei stößt. Ich werde dir heute Nacht soviel Saft aus deinen Kugeln holen, dass du denkst, du musst ausgedörrt sein. Ich will deine Lippen und deine Zunge an meinen Brüsten fühlen und dir meine Lust entgegen schreien, wenn ich komme."

Orm stand vor ihr und blickte sie mit weit aufgerissenen Augen an. Dann trat ein lüsterner Ausdruck in sein Gesicht, er senkte seinen Kopf und saugte sanft an den harten Brustwarzen von Hela, die nun ihre Augen schloss und wohlig söhnte. Sie ließ ihn eine Weile gewähren und schob in dann von sich. Ihn an der Hand haltend schritt sie zu den Palmen, wo ihre Kleider lagen. Dort legte Hela sich auf den Rücken und spreizte ihre Beine. Verlangend sah sie ihn an, als er vor ihr stand.

Orm kniete sich zwischen ihre Beine. Hela zog ihre Schamlippen mit ihren Händen auseinander. "Küsse mich dort, Orm. Gebe mir die Lust, die ich dir gegeben habe."

Orm senkte seinen Kopf und begann damit, ihr offen dargebotenes Lustzentrum mit seiner Zunge zu bearbeiten. Seine Hände hatte er dabei unter ihren Po geschoben und hob diesen ein kleines Stück empor. Diese Art von Lust zu vergeben kannte er, da Schabnam dies damals auch oft von ihm gefordert hatte. Hela stöhnte laut und ungezügelt ihre Lust heraus, als die Zunge von Orm sie jetzt erst sanft, längs der inneren Schamlippen leckte, dann mehrfach in ihren Lustkanal drang und danach um ihre Lustperle kreiste. Hela hatte ihre Hände auf seine Haupthaare gelegt und ließ sich von seiner geschickten Zungenarbeit einem Orgasmus entgegen tragen. Laut stöhnte sie und warf ihren Kopf hin und her. Dann wurde ihr Stöhnen zu leisen Schreien, die endlich in einem schrillen Schrei endeten, als die zuckenden Wellen eines heftigen Orgasmus durch ihren Körper zogen. Ein dünner Schwall klarer Flüssigkeit spritzte aus ihrem Lustkanal und benetzte das Gesicht von Orm. Helas Körper bebte. Sie ließ ihren Kopf zurück sinken und atmete schwer. Als sie aufblickte, sah sie den lächelnden Orm vor sich knien. Hela grinste ihn an. Dann fiel ihr Blick auf den Penis von Orm, der wie aus Stein gemeißelt aufragte.

Zufrieden und voller Vorfreude setzte sie sich auf. Orm kam näher und ihre Körper berührten sich, als sie sich sanft küssten. Lange tanzten ihre Zungen miteinander und ihre Hände streichelten dabei über den Körper des anderen. Schwer atmend löste Hela sich von ihm. "Ich habe hier nicht die Dinge dabei, die verhindern können, dass du mir ein Kind machst … Aber es gibt auch andere Möglichkeiten, die wir beide jetzt genießen können."

Sie legte sich zurück und griff nach seinem Penis, der steil empor ragte. Hela spreizte ihre Beine und dirigierte die Spitze seines Penis zu ihrer Hinterpforte. Die Augen von Orm wurden groß. Verlangen war darin zu lesen. Die Stimme von Hela drang wie durch einen Nebel zu ihm. "Sei vorsichtig und habe Geduld, bis er drin ist … Ich leite dich."

Orm drückte seinen Penis an die feuchte, etwas runzelige Öffnung und war überrascht, als die Kuppe des Penis bereits nach kurzem Widerstand in den engen warmen Kanal eindrang. Hela hatte die Augen geschlossen und biss sich auf ihre Lippen. Ein kurzes Schmerzgefühl durchzuckte sie, als Orm den Schließmuskel überwand und nun seinen harten Penis weiter in sie hinein schob. Dann drang ein wohliges, leises Stöhnen aus ihrem Mund. Sie spürte, wie Orm langsam tief in sie eindrang. Orm keuchte leise und versenkte seinen Penis tiefer in Hela. Dann hatte er ihn gänzlich in sie herein geschoben. Es war fast so, als wenn der Körper von Hela seinen Penis fest umklammern würde. Langsam begann er sich in ihr zu bewegen. Hela öffnete die Augen und sah ihn an. Pure Lust stand in ihren Augen und sie gab leise laute von sich. Orm stöhnte, vor Lust. Das Gefühl war atemberaubend. Die Instinkte überdeckten in ihm jedes bewusste Denken. Er wollte jetzt nur noch seinen Samen tief in Hela verspritzen. Fester und schneller stieß er zu und entlockte Hela damit spitze Schreie der ungezügelten Lust. Sie klammerte sich mit einer Hand an seine Schulter und bearbeitete mit den fast fliegenden Fingern der anderen Hand ihre Lustperle. Ihre Augen waren weit aufgerissen und hingen verlangend an seinem von ungezügelter Lust verzerrten Gesicht. Orm fühlte, wie sich bei ihm ein Orgasmus anbahnte und steigerte die Intensität seiner Stöße noch einmal. Dann überkam es ihn. Keuchend und mit weit aufgerissenen Augen verspritzte er seinen Samen tief in Helas Kanal. Hela spürte, wie der Penis von Orm zuckte, als dieser seinen Samen in ihr verspritzte. Sie selbst kam nur Augenblicke später ebenfalls zum Orgasmus. Das Gefühl, als Orm seinen Samen in sie verspritzte, war der Auslöser für sie, um die Klippe des Orgasmus zu überschreiten. Hela bäumte sich jetzt mit einem lauten Schrei der Lust auf. Orm sackte auf dem Körper von Hela zusammen, der zitternd unter ihm lag. Mit beiden Armen klammerte sie sich an ihn, während immer neue Schauer der Lust durch ihren Körper liefen. Eine Weile lagen sie schwer atmend aufeinander. Dann zog Orm seinen langsam erschlaffenden Penis aus Hela. Ein Schwall seiner Samenflüssigkeit lief aus ihrer weit offenen Hinterpforte und tropfte in das Gras. Hela stöhnte, mit geschlossenen Augen und einem zufriedenen Lächeln, auf ihren Lippen. Zufrieden stellte sie fest, dass ein Mann sie deutlich mehr befriedigen konnte, als ihr Elfenbeinpenis, den sie oft benutzte.

Ächzend ließ sich Orm neben Hela sinken und schnappte nach Luft. Hela kuschelte sich, wohlig stöhnend, in seinen Arm. Eine lange Zeit lagen sie einfach nur schweigend nebeneinander und hielten einander im Arm. Der Mond stand hoch am Himmel und die Sterne leuchteten in all ihrer Pracht, als sie schließlich zutiefst befriedigt einschliefen.

Die Sonne war bereits aufgegangen und die Temperatur stieg bereits merklich an, als Hela ihre Augen öffnete. Orm regte sich kurz neben ihr schien jedoch noch zu schlafen. Hela streichelte mit ihren Fingerspitzen den Brustkorb des Mannes, der ihr in der vergangenen Nacht Orgasmen ermöglicht hatte, wie Hela sie bislang nur selten zuvor erleben konnte. Sie lächelte. Ihr Blick fiel auf den Penis von Orm und eine neue Welle des Verlangens durchströmte sie.

Hela setzte sich auf und krabbelte zwischen die Beine von Orm, die dieser im Schlaf weit genug gespreizt hatte, damit sie sich bequem dazwischen hocken konnte. Sie grinste lüstern. Nochmals hob sie ihren Kopf und vergewisserte sich, dass Orm noch schlief. Dann senkte sie ihren Kopf und begann seinen Penis sanft mit ihrer Zunge zu bearbeiten. Ihre Bemühungen blieben nicht lange unbelohnt. Sehr schnell schwoll der Penis an und richtete sich auf. Orm hatte angefangen, wohlig zu stöhnen und öffnete nun seine Augen. Mit glänzenden Augen starrte Hela auf das jetzt harte Stück Lustfleisch, das aufgerichtet vor ihrem Gesicht emporragte und grinste Orm dann an.

Sie erhob sich und kniete sich dann über das Gesicht von Orm. Mit ihren Fingern spreizte sie wortlos ihre Schamlippen und präsentierte ihm ihre bereits nasse Lustgrotte. Orm legte seine Hände über ihre Oberschenkel und vertiefte seine Zunge dann, in ihrem Lustkanal. Mit schlürfenden Geräuschen tanzte seine Zunge über die Lustperle von Hela, die breitbeinig über seinem Gesicht kniete und wohlig stöhnend ihre Brüste massierte, deren Brustwarzen bereits hart und aufgerichtet waren. Sie legte den Kopf zurück und genoss sein Zungenspiel, welches sie schnell dazu brachte, dass ein wohliger Schauer durch ihren Körper bebte. Orms Zunge umspielte auch ihre Hinterpforte und bohrte sich dort hinein, was Hela jetzt zu weiteren Stöhnlauten brachte, die sich steigerten, als er einen Finger dort hineinschob und ihn langsam auf und ab bewegte. Sie spürte, wie ihre Erregung anstieg und sich von ihrem Lustzentrum in

182

warmen Wellen durch ihren Körper bewegte. Kurz bevor sie von einem Orgasmus erfasst wurde, hob sie ihr Becken und rutsche über Brust und Bauch von Orm zu seinem pochenden Penis, der steil und hart empor ragte.

Sie blickte ihn lüstern an und platzierte danach ihren Unterkörper über dem Penis. Hela spuckte in ihre Hand und verrieb den Speichel auf der Spritze des vor Lust bereits pulsierenden Penis von Orm. Sie sah im in die Augen und erkannte dort das tiefe Verlangen, welches sie ungeteilt erwiderte. Hela entspannte ganz bewusst ihre Muskeln und setzte sich dann mit ihrer Hinterpforte auf die Spitze des Luststabes.

Langsam senkte sie sich herab. Die Spitze des Männerschwanzes stand direkt unter ihrer glitschigen Hinterpforte. Nur kurz dauerte es, bis die Eichel den Schließmuskel überwand. Nun ließ hela sich langsam weiter herab sinken und machte dabei leichte Reitbewegungen. Mit jedem auf und ab drang Orm nun weiter in sie ein, was von ihm mit lustvollem Keuchen untermalt wurde. Hela hatte ihren Kopf gesenkt, und konzentrierte sich darauf, Orm vollständig in sich aufzunehmen. Endlich war er so tief in ihr, dass sie seine Hoden an ihren Pobacken spüren konnte. Hela seufzte und begann ihn langsam zu reiten. Orm griff an ihre Brüste und massierte diese nun, wobei er ihre harten Brustwarzen leicht zwickte. Hela stöhnte keuchend und fing an, ihre Lustperle mit ihren Fingern zu stimulieren, während sie immer schneller auf Orm ritt.

Für Orm war das Erlebnis erneut tief in Hela zustecken unbeschreiblich. Warm, weich und doch fest umgab sie ihn und ritt nun immer schneller auf ihm. Orm fühle seine Erregung steigen und wusste, dass er nicht mehr lange durchhalten konnte, bevor er seinen Samen tief in ihr verspritzen würde, wie bereits in der Nacht zuvor. "Hela ich komme bald! Du machst mich rasend vor Lust. Ich kann es kaum noch zurück halten."

Seine Worte spornten Hela an, die ebenfalls kurz vor einem Orgasmus stand und ihre Finger nun immer schneller und fester über ihre Lustperle kreisen ließ. Hela schwebte auf der Schwelle zum Orgasmus und stieß leise Lustschreie aus. Als Orm nun mit einem tiefen, lang gezogenen Stöhnen seinen Höhepunkt erreichte. Sein harter Penis zuckte in Hela und spritzte den Samen heraus. Dieses Gefühl genügte, um auch Hela nun den ersehnten Orgasmus zu bereiten, der durch ihr Fingerspiel bereits fast erreicht worden war. Sie stieß einen Schrei reiner Lust aus und legte dabei ihren Kopf weit zurück. Wellenförmig durchströmten die Orgasmuswellen ihren Körper. Hela schüttelte sich, vor Lust und ließ sich dann auf Orm herab sinken, der sie wortlos aber keuchend atmend umarmte. Lange zeit blieben sie bewegungslos liegen. Erst als den Penis von Orm langsam schrumpfte und dann, mit einem leisen Geräusch, aus der Hinterpforte heraus flutschte hob Hela ihren Kopf und sah ihn an. Die beiden lächelten sich wortlos an. Jede Worte waren in diesem Moment überflüssig.

Sie badeten ausgiebig und aßen danach. Den Rest des Tages verbrachten sie dösend in der Hitze und wechselten wenige Worte. Beide hingen ihren Gedanken nach. Orm hatte Gewissensbisse, die jedoch immer wieder von den Gedanken an das erlebte verdrängt wurden. Hela hingegen war mit sich und der Situation zufrieden. Sie war noch ungebunden und niemandem Verpflichtet. Trotzdem war beiden bewusst, dass niemals einer von ihnen kund tun durfte, was zwischen ihnen geschehen war. Es war ihr Geheimnis und würde somit nie an irgendwen weitergetragen werden, um somit mögliche Probleme zu vermeiden.

Die Sonne neigte sich bereits dem Horizont entgegen, als in der Ferne das leise wiehern eines Pferdes ertönte. Orm setzte sich auf und spähte in die Wüste. Noch weit entfernt konnte er die lang gezogene Reihe ihrer Kameraden ausmachen, die sich mit müden Schritten der kleinen Oase näherten. Auch Hela hatte die Reisegruppe jetzt erspäht und stand auf. Sie hob ihren Arm und winkte. Wartend standen die beiden im Schatten der Palmen und betrachteten, wie die Reisegruppe immer näher kam. Hela wandte ihren Kopf zu Orm, der ein Stück von ihr entfernt stand und nachdenklich auf den Boden blickte. "Ich habe die Nacht und den Morgen sehr genossen, Orm. Wenn du magst, dann können wir das auf der Rückreise wiederholen."
Orm blickte sie an und grinste. Das wäre ganz nach seinem Geschmack. Er war sich bewusst, dass er Hela wohl niemals mehr berühren würde, wenn sie erst einmal zurück in Asengard waren. Bis dahin jedoch würde er jede Gunst von ihr dankbar annehmen.

11.

Fremde Menschen

Hela und die sie begleitenden Krieger hatten Asengard nun bereits vor drei Monden verlassen. Olov vermisste die Frau, die ihm so viel bedeutete. Er sehnte den zeitpunkt herbei, an dem er sie endlich wieder in die Arme nehmen konnte. Etwas, was irgendwie seit vielen Monden völlig fehlte. Seit ihrer Abreise aus Men-Nefer hatte Hela sich verändert. Olov hatte das Gefühl, sie könnte irgendwie von seinem Erlebnis mit Seramis erfahren haben, an welches er sich noch heute klar und deutlich erinnerte und die Gedanken daran und an Seramis genoß. Bestand die Möglichkeit, dass Hela davon erfahren haben könnte? Das verunsicherte ihn. Er war sich jedoch bewusst, dass die Mission überlebenswichtig für den Clan war. Wenn Hela zurück war, dann würde er versuchen zu erfahren, warum sie so abweisend geworden war.

Die Morgensonne war kaum über die steilen Hänge des Talkessels gestiegen, als Olov und seine Gefährten sich auf den Weg machten. Der Tag versprach Hitze, doch die Luft war am Morgen noch kühl und frisch, erfüllt vom Duft feuchter Erde und dem Harz der Bäume. Olov schritt an der Spitze der Gruppe von acht Kriegern, die mit ihm zusammen auf diesen Jagdzug gingen. Seinen Jagdspeer trug locker in der rechten Hand, während seine Augen aufmerksam das Gelände vor ihnen absuchten.

Die Wildnis des weiten Talkessels, rings um Asengard herum, war eine Schatzkammer der Natur. Reich an Jagdbeute, aber auch voller Gefahren. Der dichte Wald war oftmals durchzogen von plätschernden Bächen und einzelnen, steilen Felsklippen. Er boten zahllosen Tieren Unterschlupf, doch auch Räuber lauerten dort. Es war das Land, das die Asen zu ihrem Zuhause gemacht hatten und Olov kannte jetzt bereits jeden Pfad, jede Lichtung und jeden Wasserlauf, im Umkreis eines Tagesmarsches um die Stadt. Heute jedoch wollten sie weiter entfernt von der Stadt auf jagd gehen, dort wo das Wild noch viel zahlreicher war.

Sechs Tage waren sie nun schon unterwegs. Der Jagdzug hatte sich bisher als erfolgreich erwiesen, mit einer Beute von über einem Dutzend Gazellen, die den Clan mit Fleisch versorgen würden. Olov spürte die Müdigkeit in seinen Gliedern, doch der Gedanke an die kommenden Tage und die Ehre, die mit einer erfolgreichen Jagd einherging, trieb ihn voran.

"Da drüben," flüsterte Eirik, einer der erfahrensten Jäger der Gruppe, und deutete auf eine Lichtung vor ihnen. Olov folgte seinem Blick und sah eine kleinere Herde Gazellen, die sich im schützenden Schatten einer Baumgruppe versammelt hatte.

Die Männer duckten sich instinktiv, ihre Bewegungen waren lautlos wie die eines Raubtiers. Olov hob die Hand, ein Signal, das die Gruppe innehalten ließ. Die Gazellen waren aufmerksam, ihre schlanken Köpfe hoben sich immer wieder, die großen Ohren zuckten bei jedem Geräusch.

"Wir müssen die Herde umzingeln," flüsterte Olov und deutete auf die Positionen, die nun die Männer einnehmen sollten. Er selbst zog seinen Bogen, prüfte die Spannung der Sehne und suchte ein Ziel.

Das war der Moment, den er liebte. Das Kribbeln der Spannung, die unendliche Klarheit des Augenblicks, bevor der Pfeil losgelassen wurde. Sein Ziel war eine der größeren Gazellen am Rand der Herde, ein kräftiges Tier, das reichlich Fleisch versprach.

Der Pfeil flog, und die Gazelle brach zusammen, bevor sie auch nur einen Laut von sich geben konnte. Weitere Pfeile zischen aus den umgebenden Büschen, hinter denen sich die Jäger verborgen hatten. Drei weitere Gazellen wurden getroffen und brachen zusammen. In demselben Augenblick stürzten die Männer aus ihren Verstecken hervor, ihre Speere blitzten in der Sonne, als sie die Herde auseinandertrieben. Ein weiterer Pfeil traf sein Ziel, und Eiriks Speer brachte ebenfalls ein flüchtendes Tier zur Strecke.

Es dauerte nur wenige Augenblicke, dann war die Lichtung wieder still. Die überlebenden Gazellen waren geflohen, und die Männer hatten ihre Beute gesichert.

"Gut gemacht," sagte Olov zufrieden, während er sein Messer zog, um das erlegte Tier zu häuten. "Das spart uns viel Zeit. So ist es einfacher, als nur auf einzelne Tiere zu treffen."

Die Männer stimmten ihm zu, ihre Gesichter strahlten vor Stolz. Sie arbeiteten schnell und konzentriert, zerlegten die Tiere und verpackten das Fleisch in Tragegestelle aus geflochtenen Zweigen. Vier der Männer, die mit ihrer Stärke und Ausdauer bekannt waren, erklärten sich bereit, die Last zurück nach Asengard zu bringen.

"Seid vorsichtig auf dem Rückweg," sagte Olov grinsend zu ihnen, als sie sich gut gelaunt verabschiedeten. "Und richtet in der Stadt aus, dass wir bald folgen werden."

Die verbliebenen fünf Männer ... Olov, Eirik, Hakon und zwei weitere Krieger ... entschieden sich dazu, noch weiter in den Wald vorzudringen. Es war Olov, der den entscheidenden Vorschlag machte: "Wir sind nah am Rand des Talkessels. Hier war ich nur ein einziges mal. Wer weis, was sich hier noch an Jagdbeute befinden mag. Gazellen sind ja recht angenehm zu jagen aber vielleicht finden wir noch größere Beute."

Die Männer zögerten nicht sondern stimmten begeistert zu. Die Jagd war mehr als nur eine Notwendigkeit. Sie war eine Prüfung ihrer Fähigkeiten, ein Ausdruck ihrer Verbindung zur Natur und ein Beweis ihrer Stärke.

Die Gruppe bewegte sich weiter nach Süden, wo der Wald jetzt noch dichter wurde. Die Geräusche des Waldes schienen lauter, intensiver, je weiter sie vordrangen. Die umgebenden Berghänge, deren Gipfel in den tiefhängenden Wolken aufragten, waren nun schon sehr nahe. Vögel schrien, Affen huschten durch die Baumwipfel, und irgendwo in der Ferne hörten sie das dumpfe Brüllen eines unbekannten Tieres.

Olov spürte, wie die Spannung in der Gruppe zunahm. Dies war das Grenzgebiet des Talkessels. Eine Gegend, die von den Asen nur sehr selten betreten wurde, da man dazu keinen zwingenden Grund sah. Es war ein Land, das von Geheimnissen und Mythen durchdrungen war, und selbst die mutigsten Männer konnten die Erhabenheit und die unheimliche Schönheit dieser Wildnis nicht ignorieren.

"Was ist das?" fragte Hakon plötzlich und blieb stehen. Er deutete auf eine Reihe von Kratzspuren an einem Baum. Die tiefen Kratzspuren verliefen von Bodennähe bis weit über Kopfhöhe.

"Ein Leopard wahrscheinlich … Es scheint ein erstaunlich großes Tier gewesen zu sein, das hier viel Zeit hatte, um seine Krallen zu schärfen," sagte Eirik nach kurzem Blick. "Wahrscheinlich auf der Jagd nach Affen oder kleineren Tieren."

Olov nickte. "Das scheint wohl so zu sein. Wir sollten jetzt wachsam sein, solange wir in dem Revier dieser Raubkatze sind. Aber solange wir zusammenbleiben und wachsam sind, haben wir nichts zu befürchten."

Sie setzten ihren Weg fort, und die Sonne stand bereits tief am Himmel, als sie eine kleine Lichtung erreichten, die von hohen Gräsern umgeben war. Hier, am Rand des Talkessels, war das Land offener, und Olov konnte, durch die Äste der Bäume, bereits deutlich die nahen, schroffen Felswände sehen, die den Kessel umgaben. Anscheinend lag eine enge Schlucht vor ihnen, die den Weg in das Gebiet außerhalb des Talkessels ermöglichte.

"Hier ist es gut," sagte er und deutete auf eine kleine Anhöhe, die einen guten Überblick über das Gelände bot. "Lasst uns hier rasten. Wir essen etwas und kehren dann zurück, in die Stadt. Auf dem Rückweg können wir noch versuchen einige weitere Gazellen zu erlegen."

Die Männer waren einverstanden. Sie entfachten ein kleines Feuer, das sie mit trockenem Holz speisten und aßen von dem geräucherten Fleisch, das sie mitgebracht hatten. Der Geruch von Rauch und Fleisch mischte sich mit dem Duft des Waldes und für einen Moment schien die Welt um sie herum stillzustehen.

Doch diese friedliche Ruhe wurde jäh unterbrochen, als Olov plötzlich etwas völlig Ungewöhnliches entdeckte. Sein Blick fiel auf eine Stelle am Rand der Lichtung, wo das Gras niedergetreten war.

"Was ist das denn?" murmelte er erstaunt und stand auf. Seinen Speer hielt er dabei unschlüssig in der rechten Hand. Er zog seine Augenbrauen zusammen und starrte auf die stelle, die ihm nun aufgefallen war.

Die anderen Krieger folgten seinem Blick. Olov trat näher, kniete nieder und untersuchte den Boden. Es war keine Spur eines Tieres. Die Form der Abdrücke war unmissverständlich menschlich. Olov fuhr mit den Fingern die Spuren nach.

"Hier waren Menschen," sagte er schließlich und sah zu den anderen auf. "So klar wie die Spuren sind kann es noch nicht lange her sein, dass hier andere Leute waren."

Eirik trat heran, sein Gesicht war ernst und nachdenklich, als er jetzt die Fußspuren betrachtete. "Unsere Leute sind es nicht gewesen. Niemand aus Asengard ist derzeit auf der Jagd und sonst gibt es keinen Grund, für unsere Leute, sich hier herum zu treiben. Dazu kommt, dass unsere Leute Stiefel oder Sandalen tragen. Das sind jedoch die Abdrücke von nackten Füßen."

"Schaut euch das an," fügte Hakon hinzu und deutete auf eine zweite Spur, die etwas kleiner war als die erste. "Das hier könnte zu einer Frau gehören oder aber zu einem jungen Menschen."

Olov betrachtete die Spuren genauer. Sie waren frisch, sicherlich keine sechs Stunden alt, schätzte er, mit dem Blick des erfahrenen Kriegers und Jägers ... und sie führten tiefer in den Wald, in den Talkessel. Es waren fünf Personen gewesen. Vier Männer und vermutlich eine Frau, wie die unterschiedlichen Abdrücke verrieten. Ihre Schritte waren zielgerichtet, aber auch vorsichtig, als würden sie sich des Territoriums bewusst sein, das sie betraten.

"Fremde," sagte Olov mit leiser Stimme. In seinen Worten lag dabei eine Mischung aus Neugier, Vorsicht und Unbehagen.

Die Männer sahen sich an, und eine Spannung lag in der Luft. Fremde bedeuteten immer Unsicherheit. Vielleicht waren es Händler, vielleicht Wanderer, aber genauso gut könnten sie auch eine Bedrohung sein. Möglicherweise Späher, die nun die Stadt auskundschaften wollten.

"Was sollen wir tun, Olov?" fragte einer der Krieger, ein junger Mann namens Rurik.

Olov stand auf, sein Blick war kalt und entschlossen. "Wir müssen vor allem Asengard warnen. Der König muss davon erfahren. Die Sicherheit unserer Stadt steht an erster Stelle."

Eirik nickte. "Ich werde zurückkehren und den König informieren. Er wird wissen, was zu tun ist."

Doch Olov schüttelte den Kopf. "Nein, Eirik, nicht du alleine. Ihr alle werdet zurückkehren. Ihr seid sicherer, wenn ihr zusammen geht. Die Nachricht muss unter allen Umständen schnell Asengard erreichen. Möglicherweise schwebt bereits eine Gefahr über dem Clan, von der wir nichts ahnten. Die Spuren … Nun ja, ich werde sie verfolgen und heraus finden, von wem sie sind. Dann komme ich nach. Wir treffen uns dann spätestens in der Stadt."

Die Männer protestierten, allen voran Hakon. "Das ist Wahnsinn, Olov. Du kannst nicht allein gehen. Was, wenn es ein Hinterhalt ist? Was, wenn sie bewaffnet sind?"

Olov lachte kurz und fletschte dabei die Zähne. "Ich werde vorsichtig sein. Aber wir dürfen nicht riskieren, dass sie zu nahe an Asengard kommen, ohne dass wir wissen, wer sie sind. Wenn sie friedlich sind, werde ich es herausfinden. Wenn nicht …" Er ließ den Satz unvollendet, doch seine Hand streichelte kurz den Griff seines Schwertes, das ihm über die Schulter ragte. Seine Entschlossenheit war unverkennbar. "Ich bin nicht ganz unerfahren, im Kampf und kann mich verteidigen, wenn es notwendig wird," vollendete er seinen Satz.

Die Männer schwiegen. Schließlich nickte Eirik widerwillig. Die Gruppe der vier Krieger brach auf, und Olov blieb allein auf der Lichtung zurück. Die Sonne hatte ihren Höchststand bereits vor einer guten Weile erreicht. Er hatte also gutes Tageslicht, um den Spuren zu folgen. Abseits der kleinen Anhöhe, wo die Lichtung endete und in den Wald überging waren die Spuren waren klar und deutlich ... und sie führten nach Osten, tiefer in den Talkessel.

Olov zog seinen Köcher mit dem Bogen und den Pfeilen fester an sich und überprüfte auch den Sitz seines Dolches. Seine Sinne waren geschärft. Jeder Laut, jedes Rascheln im Unterholz wurde von ihm registriert. Er wusste, dass er sich beeilen musste. Je länger er zögerte, desto größer wurde die Distanz zu den Fremden, denen er nun mit ausgreifenden Schritten folgte. Weite Strecken legte er im raschen Lauf zurück. Die Spur war mehr als deutlich. Augenscheinlich hatten die Fremden nicht versucht, ihre Spuren zu verwischen oder überhaupt zu vermeiden, dass sie welche hinterließen. Immer wieder sah er Anzeichen dafür, dass die vier größeren Spuren sich als Gruppe bewegten, während die letzte Spur ihm geringfügig älter erschien. Ob das ein Späher war?

Die Spuren führten ihn über ein kleines Bächlein, dessen Ufer steil und von Wurzeln durchzogen war. Hier sah er deutlich, wie sich die Fremden abgestützt hatten, um hinüberzuklettern. Ihre Spuren deuteten darauf hin, dass sie in Eile gewesen sein mussten. Olov runzelte seine Stirn. Verfolgten die vier etwa denjenigen, der vor ihnen ging? Warum beeilten die Fremden sich sosehr?

Er folgte den Abdrücken weiter, vorbei an einem umgestürzten Baum, dessen Stamm von Moos überwuchert war. Die Luft wurde schwerer, erfüllt vom Duft des feuchten Waldbodens und den süßen Noten blühender Pflanzen. Olov spürte, wie die Umgebung hier immer fremder wurde, je tiefer er vordrang.

Doch er zögerte nicht. Der Gedanke an die Sicherheit seiner Heimatstadt gab ihm Kraft. Asengard war das Vermächtnis seines Clans. Das Ergebnis jahrelanger Entbehrungen und harter Arbeit. Es war seine Pflicht, es zu schützen. Nicht nur die Stadt sondern auch den Clan. Selbst wenn es bedeutete, sich allein den Gefahren des Waldes zu stellen. Das war es, was ein Krieger tat.

Plötzlich hielt er inne. Vor ihm lag eine kleine Lichtung. Hier hatten die Fremden gerastet, wie die Spuren ihm verrieten. Jedoch hatten nur vier hier Rast gemacht. Die Spuren des einzelnen deuteten darauf hin, dass er die kleine lichtung eilig passiert hatte, ohne anzuhalten.

Olov kniete nieder und untersuchte den Boden. Er fand die Abdrücke von Füßen, die in den weichen Boden gedrückt waren und die verkohlten Reste eines kleinen Feuers, das hastig gelöscht worden war. Die Fremden hatten nur kurz verweilt, doch sie waren hier gewesen. Weit konnten sie nicht mehr voraus sein.

Sein Blick fiel auf etwas Glänzendes, das im Gras lag. Er hob es auf und betrachtete es genauer. Es war ein kleines, poliertes Stück Elfenbein, dass den geschnitzten Kopf eines Löwen zeigte. Anscheinend war das dünne Lederhalsband gerissen und das Schmuckstück dann unbemerkt herab gefallen. Das Lederhalsband lag ein Stück daneben auf dem Boden.

Olov runzelte die Stirn. Wer waren diese Leute und was wollten sie hier?

Die Sonne stand nun schon deutlich tiefer, am Himmel. Ihr Licht drang nur spärlich durch das dichte Blätterdach des Urwalds, als Olov die Natur um sich herum noch genauer wahrnahm. Jedes Rascheln, jeder entfernte Laut wurde Teil eines Musters, das seine geübten Sinne zu deuten versuchten. Die Spuren auf dem Boden erzählten ihm eine Geschichte. Eine Jagd, doch nicht auf Wild. Er war sich nun sicher, dass die einzelne Spur von einer Frau stammen musste.

Die Spuren der Frau waren schmaler, zarter, sie bewegten sich mit bemerkenswerter Präzision durch den Wald, zeugten jedoch seit einiger Zeit von Erschöpfung. Ihre vier Verfolger hingegen hinterließen breitere Abdrücke. Sie bewegten sich schneller, ihre Schritte waren größer und oft unregelmäßig, als würden sie sich beeilen, ihre Beute einzuholen.

Olov hielt inne, stützte sich auf seinen Speer und überlegte. Die Verfolger waren Krieger, das war ihm klar. Der Abstand zwischen ihren Spuren verriet, dass sie geübt und entschlossen waren. Doch wer war die Frau? Eine Verbündete? Eine Fremde? Und warum wurde sie verfolgt?

Sein Jagdinstinkt regte sich, und er spürte, wie das Blut in seinen Adern zu pulsieren begann. Das war keine Jagd auf Gazellen oder anderes Wild. Das hier war eine Jagd auf Menschen, eine Jagd auf Leben und Tod.

"Wenn sie sie finden, wird sie keine Chance haben," murmelte er zu sich selbst. Der Gedanke ließ keinen Zweifel zu. Er musste die Verfolger einholen. Dann würde er erfahren können, was hier vorging. Vielleich stelltte sich das ganze als ein Irrtum heraus, der harmlos war. Allerdings hatte Olov seine Zweifel daran. Sein Instinkt sagte ihm etwas anderes.

Die Stunden vergingen, während Olov weiter durch den Wald schlich. Die Spuren führten ihn immer tiefer in den unbekannten Teil des talkessels. Hier war er noch nie zuvor gewesen. Der dichte Dschungel um ihn herum schien beinahe lebendig zu werden. Äste kratzten an seiner haut, Dornen rissen an seinen Stiefeln, doch er ließ sich nicht aufhalten.

Plötzlich stoppte er. Vor ihm, hinter einer dichten Wand aus Farnen und Lianen, hörte er gedämpfte Stimmen. Männer, die in einer fremden Sprache sprachen, ihre Worte waren hart und rau. Olov duckte sich, schlich näher heran und schob vorsichtig die Blätter beiseite, um einen Blick zu erhaschen. Er erkannte die Sprache jetzt deutlicher. Es war die Handelssprache der Eingeborenen, die auch er während der Reise des

Clans erlernt hatte. In diesem Teil des dunklen Kontinentes wurde die Handelssprache von nahezu allen Eingeborenen gesprochen, was deren Handel und Informationsaustausch erleichterte.

Die fremden Krieger

Da waren sie. Vier Männer, jeder von muskulöser Statur, mit harten Gesichtern und nackten Oberkörpern, deren Muskeln angespannt waren. Ihre Waffen waren primitiv gefertigte Lanzen und Stoßspeere. Stücke, mit Klingen aus Kupfer, die im Sonnenlicht funkelten. Olov erkannte am Gürtel des einen eine abgetrennte Hand, die wohl von einem ehemaligen Gegner stammte und getrocknet worden war … Die Siegestrophäe eines Barbaren, dachte Olov, kurz. Die vier Krieger waren deutlich kleiner, als der Asenkrieger. Sie rechten ihm wohl kaum bis zu seinen Schultern, vermutete Olov.

Einer von ihnen hielt etwas in der Hand. Ein dünnes Stoffstück, das sie offenbar gefunden hatten. Es war für ihn ein Hinweis darauf, dass die Frau nicht weit sein konnte. Olov Trat aus dem Schatten der Bäume hervor und hob grüßend seine linke Hand. "Frieden sei mit euch." Er nutzte jetzt die Handelssprache, war sich also sicher, dass man seine Worte verstand.

Die Männer waren wie erstarrt, als sie Olov erblickten. Doch innerhalb eines einzigen Augenblickes gingen sie zum Angriff über und stürmten, mit gefletschten Zähnen, auf ihn zu.

"Das reicht dann wohl mit den friedlichen Absichten," dachte Olov. Es gab keinen Raum für Verhandlungen, keine Möglichkeit, ihre Absichten zu hinterfragen. Sie waren auf der Jagd und nun wollten sie ihn zur Strecke bringen. Er musste sie aufhalten, bevor sie ihr Ziel erreichten. Noch waren die vier etwa zwanzig Schritt von ihm entfernt.

Der Arm von Olov zuckte hoch und er warf seinen Jagdspeer mit aller Kraft. Die Klinge bohrte sich mit einem klatschenden Geräusch in die Brust des vordersten Angreifers und nagelte diesen förmlich an einen Baum, wo er aufgespießt hing und zuckte, während er starb.

Nun waren die anderen fast heran. Olov riß sein schwert aus der Schwertscheide, die er auf seinem Rücken trug. Zischend fuhr die Stahlklinge empor, beschrieb einen Bogen und traf dann gleichzeitig die beiden ihm am nächsten befindlichen Krieger am Hals. Der Hals des ersten wurde vollkommen durchtrennt und sein Kopf fiel zur Seite herab, als der Kopflose Körper ein Stück weiter taumelte und dann auf den Boden fiel. Dem anderen wurde die Kehle bis zur Hälfte des Halses aufgeschlitzt. Blut sprudelte hervor. Der Mann ließ seine Waffe fallen, sank auf die Knie und versuchte vergeblich die Wunde zuzudrücken. Er würde in wenigen Herzschlägen verblutet sein, wusste Olov, der derartige

Verletzungen bereits gesehen hatte. Der noch verbleibende Krieger war vorsichtiger. Seine Bewegungen zeigten den erfahrenen Kämpfer. Erneut zischte das Schwert von Olov. Der Schlag war mit aller Kraft geführt. Der Krieger versuchte die Klinge, mit dem Schaft seines Speers, zu stoppen. Erstaunen und dann Entsetzen zeigte sich in den Augen des fremden Kriegers, als die Klinge den Speerschaft durchtrennte und dann tief in seinen Brustkob eindrang, wobei sie erst durch die Wirbelsäule gestoppt wurde. Olov zerrte die Klinge heraus. Der Krieger sah ihn ungläubig an und kippte dann um, wie ein gefällter Baum.

Die Stille, die auf den Kampf folgte, war beinahe für ihn beinahe schon erschreckend. Die vier Krieger waren bereits tot und ihr Blut versickerte auf dem Boden. Olov zerrte seinen Jagdspeer aus der Brust des Mannes, der damit an den Baum gespießt worden war. Nochmals kontrollierte er, ob seine Gegner wirklich tot waren. Dann nickte er zufrieden. Diese Krieger würden ihm nicht mehr in den Rücken fallen können. Schnell durchsuchte er die Krieger, fand jedoch nichts, was sich gelohnt hätte, mitgenommen zu werden. Erneut blickte er auf die abgetrennte Hand, die der eine an seinem Gürtel trug. Ein Ausdruck der Abscheu trat auf das Gesicht von Olov. Derartiges lehnte der Clan kategorisch ab. Tote Gegner zu verstümmeln war in den Augen des Clans etwas geradezu unheiliges.

Olov hob den Blick und ließ ihn durch den Wald schweifen. Die Frau, die diese Männer verfolgt hatten, war nirgendwo zu sehen. Doch die frischen Spuren führten weiter. Nachdenklich sah er die zerklüftete Wand des Tals ein Stück voraus emporragen. Dort schien es ein kleines Seitental zu geben. Olov wusste, dass seine Aufgabe noch nicht beendet war.

Er atmete tief durch, richtete seinen Speer erneut auf und setzte seinen Weg fort. Die Wahrheit über diese Fremden und ihre Beute lag irgendwo vor ihm, verborgen im dichten Grün des Waldes. Er würde sie finden und Antworten erhalten, auf seine Fragen.

Die Stille des Waldes war schwer und drückend, unterbrochen nur vom leisen Rascheln der Blätter, als Olov den Kampfplatz hinter sich ließ. Seine Sinne waren geschärft aber sein Blick fixiert sich auf die zarten, und kaum sichtbaren Spuren der Frau, die ihm ihren Weg auf dem Boden markierten. Es war offensichtlich, dass sie geübt war. Sie hatte versucht, den weichen Waldboden zu meiden und sich über Felsen und harte

Untergründe zu bewegen, um möglichst wenig Spuren zu hinterlassen und ihre Verfolger abzuschütteln. Doch Olov war schon seit seiner frühesten Kindheit ein geübter Fährtenleser. Er wusste, worauf er achten musste. Die abgeknickte Spitze eines Grashalms, seltener aber auch ein verräterischer Abdruck eines nackten Fußes im leichten Staub, oder der unnatürlich gebogene Zweig eines Busches. Diese Zeichen, unsichtbar für die meisten, waren für ihn wie ein offenes Buch.

Nach etwa einer Stunde entdeckte er den Eingang zu einem schmalen Seitental, welches er bereits vorher von weitem gesehen hatte. Hierher also war die Frau geflohen. Der schmale Zugang war von Büschen, Felsen und Bäumen fast völlig verdeckt. Die Umgebung war unwegsam, die Felsen ragten steil auf und dichte Vegetation versperrte den Blick. Der Ort bot Schutz und Versteckmöglichkeiten. Genau das also, wonach eine gehetzte Seele suchen würde.

Olov kniete nieder, prüfte den Boden und sah, dass die Spuren abrupt endeten. Ein Beweis für die Sorgfalt der Frau, die offenbar versucht hatte, ihren Weg zu verschleiern. "Klug," murmelte er, seine Stimme war kaum mehr als ein Flüstern im Nachtwind. Doch ihre Vorsicht konnte ihn nicht täuschen. Er Grinste. Das Seitental würde irgendwo enden und so saß die Flüchtende nun zwangsläufig in der Falle. Mit größter Vorsicht setzte Olov seinen Weg fort, jeden einzelne Schritt bedächtig wählend. Er hielt seinen Speer bereit, nicht aus Angst vor der Frau, sondern vor den Gefahren, die der Wald auch in diesem abgelegenen Seitental bergen konnte. Die Luft war feucht und schwer und die Geräusche des Waldes schienen gedämpft, als wäre die Welt selbst in Erwartung dessen, was kommen würde.

Das Seitental, welches sich anfangs noch etwas verbreitert hatte, verengte sich allmählich wieder. Die steilen Wände der Schlucht rückten näher zusammen und die Vegetation wurde dichter. Olov nahm jedes Detail intensiv und bewusst wahr. Seine Sinne waren völlig auf diesen Moment eingestimmt. Die winzigen Bewegungen der Blätter, den Geruch des feuchten Gesteins, das entfernte Plätschern eines Baches. Es war ein Ort der Ruhe, doch auch der Isolation … und er war der Jäger, der nun die unbekannte Frau suchte, um zu erfahren warum sie vor den Männern geflüchtet war.

Nach einer weiteren Stunde entdeckte er schließlich ein Anzeichen, dass die Frau nicht weit sein konnte. In der Nähe eines großen Felsblocks, der wie ein Wächter am Rand des Tals stand, fand er einen frisch abgebrochenen Zweig. Das gebogene Gras darunter verriet ihm, dass hier vor nicht allzu langer Zeit jemand kurz geruht hatte.

Seine Anspannung wuchs. Er bewegte sich jetzt noch langsamer und vorsichtiger. Er achtete darauf, kein Geräusch zu machen. Seine Augen suchten die Umgebung ab, während er weiterging, sein Atem war ruhig und kontrolliert. Jeder Muskel war angespannt, um jederzeit reagieren zu können.

Dann sah er sie. Hinter einem dichten Gebüsch, halb verborgen von den Zweigen, lag die Frau. Sie war sichtlich erschöpft. Ihr Körper zitterte leicht. Ihre Haltung verriet die völlige Erschöpfung eines Menschen, der bis an seine Grenzen gegangen war. Ihre dunkle Haut war glänzend vor Schweiß und ihr Atem ging schwer. Sie hielt sich an einer Wurzel fest, als würde sie sich daran klammern, um nicht aufzugeben. Sie blickte unter dem Gebüsch in die Richtung, aus der ein Verfolger kommen würde. Olov war jedoch etwa zwanzig Schritte weiter seitlich durch gedecktes Gelände gekommen und war dadurch nicht von ihr entdeckt worden. Neben ihr lag ein Knüppel, den sie augenscheinlich von einem Baum abgebrochen hatte. Eine ärmliche Waffe aber es zeigte, dass sie nicht kampflos aufgeben wollte.

Olov hielt inne, ließ seinen Speer sinken und betrachtete sie einen Moment lang, wobei er die Einzelheiten genau registrierte. Sie war jung, vielleicht in seinem Alter, mit langem, dunklem Haar, das feucht an ihrem Gesicht klebte. Ihre Kleidung, bestehend aus einem Lendenschurz und einem knappen Oberteil, welches kaum ihre enormen Brüste verdecken konnte, war einfach gearbeitet aber jetzt zerschlissen von der Flucht. Den Körper der jungen Frau konnte man zweifellos als sehr wohlgeformt bezeichnen. Olov bemerkte, dass der Lendenschurz aus feinem Leinen bestand und durch einen Ledergürtel gehalten wurde, der mit gehämmerten Silberplatten verziert worden war. "Nicht unbedingt die Kleidung einer Bäuerin oder Viehhüterin," flüsterte er nahezu unhörbar. Ihre Füße waren bar, teils ein wenig blutend von den scharfen Steinen und Dornen.

Er trat langsam näher, jeden Schritt mit Bedacht setzend, um sie nicht zu erschrecken. Doch es war natürlich unvermeidlich, dass sie ihn trotz all seiner Vorsicht irgendwann bemerken musste. Als sie ihn bemerkte, fuhr sie hoch, ihre Augen weiteten sich in diesem Moment vor Furcht. Olov stand zu diesem Moment keine zehn Schritte von ihr entfernt. Sie versuchte, sich aufzurichten, doch ihre Beine gaben unter ihr nach, und sie sackte zurück auf den Boden, wo sie nach ihrem Knüppel tastete.

"Keine Angst," sagte Olov, mit ruhiger und leiser Stimme, wobei er die Handelssprache der Eingeborenen benutzte. "Ich bin ein Freund und werde dir nichts antun." Er lächelte beruhigend und legte seinen Speer auf den Boden, bevor er sich wieder aufrichtete. "Ich bin nicht hier, um dir zu schaden. Ich habe dich nur gesucht."

Die Frau keuchte vor Erschöpfung, ihre Hände tasteten nach einem Stein, den sie Werfen konnte, einer Waffe, irgendetwas, mit dem sie sich jetzt verteidigen konnte. Doch ihre Kräfte reichten nicht aus, um auch nur aufzustehen. Resigniert stöhnte sie und in diesem Stöhnen lag eine Verzweiflung, die Olov alles sagte.

Olov hob langsam die Hände, um zu zeigen, dass er keine Bedrohung war. "Sieh mich an," sagte er und kniete sich nieder, seine Bewegungen waren langsam und kontrolliert. "Ich bin kein Feind. Ich gebe dir mein Ehrenwort als Krieger, dass ich dir nichts antun werde."

Die Frau starrte ihn an, ihre Augen waren voller Misstrauen und Angst, doch in ihrem Zustand hatte sie keine Möglichkeit auf eine erfolgreiche Flucht. Hinzu kam, dass die enge Schlucht etwa hundert Schritte hinter ihr endgültig endete. Sie ließ den Knüppel fallen. Ihre Hände zitterten vor Erschöpfung.

Olov zog seine Trinkflasche von seinem Gürtel, löste den Verschluss und hielt sie ihr entgegen. "Hier," sagte er, "trink dies. Das ist nur Wasser aber es wird dir helfen. Du brauchst es."

Zögernd nahm sie die Flasche, ihre Hände zitterten so sehr, dass etwas Wasser über den Rand tropfte. Doch schließlich setzte sie die Flasche an ihre Lippen und trank gierig, als hätte sie seit Tagen nichts mehr gehabt. Dabei achtete sie darauf, nur kleine Schlucke des Wassers zu nehmen, was ihr sichtlich schwer fiel.

Olov wartete geduldig, beobachtete sie aufmerksam. Als sie mit dem Trinken fertig war, zog er ein Stück Dörrfleisch sowie einen Brocken Hartkäse aus seiner Tasche und reichte es ihr. "Iss dies," sagte er. "Du brauchst Kraft, um dich zu erholen."

Die Frau nahm das Essen, ihre Augen waren jetzt weniger furchtsam, aber immer noch sehr wachsam. Sie kaute langsam, ihre musternden Blicke wanderten dabei immer wieder zu Olov, als versuchte sie, seine Absichten zu ergründen.

Olov ließ sie essen und trinken, ohne sie zu drängen, ohne Fragen zu stellen. Er wusste, dass sie Zeit brauchte, um sich zu beruhigen, um zu erkennen, dass er keine Gefahr für sie darstellte. Er hob den Kopf und blickte in den Himmel. Die Sonne war untergegangen und die Dunkelheit breitete sich langsam aus Der Mond stand bereits am Himmel und auch die ersten Sterne waren schon erkennbar. Bald schon würde der Rest des Tageslichtes völlig verschwunden sein.

"Ich bin Olov," sagte er schließlich, seine Stimme war leise und sanft. "Ich komme aus Asengard, eine Stadt im großen Tal. Ich war mit einigen anderen auf der Jagd, als wir die Spuren von dir und den anderen gefunden haben. Wir haben erkannt, dass du verfolgt wurdest. Meine Freunde sind von mir zurück in unsere Stadt geschickt worden. Ich bin den Spuren gefolgt."

Die Frau sah ihn nun erschrocken an. Es war Olov nun klar, dass sie ihn deutlich verstehen konnte. Panische Angst trat erneut in ihre schönen Augen. "Diese Krieger wollen meinen Kopf. Sie werden ihn ihrem König bringen. Sie werden auch dich töten, wenn sie hier sind. Wir müssen hier weg, bevor sie eintreffen."

Olov lachte leise, wobei seine Augen kalt wie das Eis seiner alten Heimat glitzerten. "Die Krieger werden niemals ihre Hand an dich legen. Ich bin ihnen begegnet … Sie wollten nicht mit mir sprechen, sondern haben sich auf ihre Speere verlassen. Das war der letzte Fehler, den sie in ihrem Leben machen konnten. Du brauchst dir wegen ihnen also keine Sorgen mehr machen."

Die junge Frau sah ihn erstaunt an. In ihren Augen blitzte für einen Moment etwas auf ... vielleicht Erleichterung, vielleicht Dankbarkeit, aber ebenso deutlich war da das Misstrauen, das sie noch nicht loslassen konnte. Deutlich war jedoch die tiefe Erleichterung darüber, dass die vier Krieger sie nicht mehr länger verfolgen konnten.

"Du bist hier sicher," fuhr Olov fort. "Niemand wird dir hier etwas tun, solange ich dabei bin. Aber ich muss wissen, wer du bist und warum sie hinter dir her waren."

Die Frau legte ihren Kopf zur Seite und sah ihn jetzt das erste mal völlig bewusst an. Matumba war seit fast einer Woche auf der Flucht, vor den vier Kriegern, die sie überrascht hatten, als sie nahe ihres dorfes im wald Kräuter sammeln wollte. Seitdem war sie auf der Flucht und die vier Krieger hatten sie unablässig verfolgt. Als dieser riesenhafte fremde Krieger nun so unerwartet aufgetaucht war, hatte Matumba gedacht, ein Gott wäre erschienen, um sie in die tiefsten Höllen zu holen. Sie galt bei ihrem Volk als hoch gewachsen. Diesem Krieger jedoch reichte sie gerade bis zu seinen breiten Schultern. Nie zuvor hatte sie einen Mann gesehen, der derartig kräftig ausgeprägte Muskeln besessen hätte. Dabei wirkte sein starker Körper jedoch nicht wuchtig, sondern eher wie der geschmeidige Körper eines zähen Raubtieres, welches sich jederzeit auf ein Beutetier stürzen konnte. Auch seine Hautfarbe war ganz anders, als die ihre. Seine Haut schimmerte fast wie alte Bronze und hatte dabei doch einen hellen Farbton. Aber am ungewöhnlichsten war jedoch sein Haar. Es glänzte heller als Gold, im schwindenden Tageslicht und reflektierte das schwache Mondlicht. Noch war es hell genug, damit Matumba alles genau erkennen konnte. Die Augen des Fremden hatten eine Farbe, die irgendwo zwischen hellen Felsen und der Farbe des Himmels lag. Auch so etwas hatte sie nie zuvor gesehen und auch nie davon gehört. Wenn er sprach, dann schien seine tiefe Stimme direkt aus der Tiefe der Berge zu kommen und brachte ihren Körper fast zum vibrieren, obwohl er sich scheinbar bemühte nicht laut zu sprechen.

Matumba war sich nicht sicher, was er war. Ein Gott? Ein Dämon? Oder doch ein Mensch? Wenn er ein Mensch war, so mussten die Götter ihn berührt haben. Er wirkte so kraftvoll, wie ein Löwe und dabei in diesem Moment doch so freundlich und sanft. Matumba bemerkte, wie ihr Körper auf die Nähe dieses Wesens reagierte. Das Wesen, das aussah wie ein Mann verströmte eine Kraft und Macht, die sie fast schwindelig machte. Warme Wellen, ausgehend von ihrem Schoß durchliefen sie. War das Magie, die hier angewendet wurde?

Olov zwang sich zur Geduld. Er wusste, dass Antworten Zeit brauchten, dass Vertrauen nicht erzwungen werden konnte. Also blieb er bei ihr, saß schweigend neben ihr, während der Wald um sie herum langsam zur Ruhe kam und die ersten Sterne am Himmel erschienen. Die Frau aß kleine Happen und trank dabei immer wieder kleine Schlucke von dem Wasser aus der Trinkflasche. Nach einiger Zeit legte sie die Trinkflasche auf den Boden und sah Olov abwartend und sehr nachdenklich an.

In diesem Moment, inmitten der Stille des Tals, wusste Olov, dass er am Anfang von etwas stand, das weit über seine Vorstellung hinausging. Die Frau war ein Rätsel, ein Teil einer Geschichte, die noch geschrieben werden musste. Und er war entschlossen, sie zu entschlüsseln. Ganz gleich, welche Gefahren noch vor ihm lagen.

Olov lächelte. "Brauchst du noch Wasser oder etwas zu Essen? Du hast jetzt Zeit, bist bei mir in Sicherheit und brauchst keine Sorgen zu haben. Ich werde dir ganz bestimmt nichts antun. Darauf gebe ich dir mein Ehrenwort als Krieger."

Olov bemerkte die Veränderung in ihrem Gesichtsausdruck und wusste sofort, dass er ihr mit seinen Worten eine gewisse Sicherheit geben konnte. Die Handelssprache, die in weiten Teilen der Region gesprochen wurde, hatte ihren Ursprung in vielen Stämmen und war bekannt für ihre Klarheit und Einfachheit. Sie war ein Werkzeug der Verständigung in einer Welt, die von ständigen Konflikten geprägt war und die junge Frau, obwohl sie von ihrem eigenen Stamm und den Gefahren der Umgebung geprägt war, beherrschte diese Sprache ebenso gut wie er. Doch gerade das machte sie vorsichtig. Sie kannte die Bedeutung von Worten und der Bedeutung, die ihre Herkunft und ihre Absichten hatten.

"Wer bist du?" fragte sie schließlich, ihre Stimme rau und zögerlich. Sie hatte den Klang ihrer eigenen Stimme fast schon vergessen, so angespannt war sie. Es war ein Moment der Unsicherheit, den Olov durch seine seine ruhige Stimme überwinden konnte.

"Ich heiße Olov," antwortete er freundlich und grinste dabei. "Ich komme ursprünglich aus dem Norden, sehr weit über die Berge hinaus. Mein

Volk nennt sich die Asen und ich bin ein Krieger dieser Leute. Wir leben im großen Talkessel."

Matumba zog leicht die Augenbrauen hoch. Sie hatte nie zuvor von einem "Asen" gehört, doch ihre Aufmerksamkeit galt mehr der Art, wie er sich präsentierte … ruhig, ohne Überheblichkeit, ohne das prahlerische Gehabe eines Kriegers, wie sie es aus ihren eigenen Reihen kannte. Es war viel mehr die Präsenz eines Mannes, der sich seiner Stärke bewusst war, ohne sie ständig beweisen zu müssen.

"Olov," wiederholte sie den Namen, als wollte sie sich diesen neuen Klang einprägen. Sie betrachtete ihn sorgfältig. Die Furcht in ihren Augen begann langsam zu verblassen, während eine vorsichtige Neugier in ihr aufstieg.

"Und du?" fragte Olov, der ihre Unsicherheit bemerkte, aber auch ihre Bereitschaft, sich ihm zu öffnen und Informationen preiszugeben. "Was ist dein Name?"

Matumba fühlte sich von dieser Frage berührt. Sie spürte, dass es mehr war als bloße Höflichkeit, als bloße Neugier. Er wollte sie kennenlernen, nicht nur als Flüchtig und auch nicht nur als die Tochter einer Fürstin. Er wollte sie als Frau und Person kennenlernen.

"Ich heiße Matumba," sagte sie schließlich, ihre Stimme war jetzt fester und klarer. "Ich bin die jüngere Tochter von Omoru, der Fürstin meines Stammes. Wir leben weiter im Westen, jenseits der Berge, in einem Land, das von dichten Wäldern umringt ist. Mein Stamm sind die Gomuna."

Die Worte fielen fast wie ein Bekenntnisse, als wollte sie sich mit ihrem Namen und ihrem Stamm identifizieren, um sich selbst zu beweisen, dass sie mehr war als nur eine Frau auf der Flucht. Als sie ihren Namen aussprach, spürte sie eine Welle von Stolz in sich aufsteigen, auch wenn ihre Umstände sie nach wie vor demütigten. Doch sie hatte in den Augen von Olov eine Anerkennung gefunden, die sie nicht erwartet hatte. Die Art, wie er ihren Namen wiederholte, als würde er das Erbe, das sie trug, respektieren, weckte in ihr etwas, das tief in ihr verborgen lag.

"Matumba," sagte Olov und dieses Mal lag ein Hauch von Respekt in seiner Stimme. "Ein schöner Name. Er zeugt von deiner Stärke und passt zu dir." Er lächelte bei diesen Worten und Matumba fühlte einen wohligen Schauer über ihren Rücken streichen. Es war für sie fast so, als ob sie die Stimme von Olov körperlich fühlen könnte.

Matumba spürte, wie ihr Herz einen Moment lang schneller schlug. Die Worte, die von einem fremden Krieger kamen, hatten mehr Bedeutung für sie, als sie sich eingestehen wollte. In diesem Moment war sie nicht länger nur ein Opfer auf der Flucht. Sie war Matumba, die Tochter einer Fürstin, und Olov hatte das verstanden. Er akzeptierte sie und verhielt sich darüber hinaus ihr gegenüber wie ein Krieger sich gegenüber einem anderen Krieger verhalten würde.

Sie sah Olov nun nicht mehr mit der gleichen Mischung aus Furcht und Misstrauen an, sondern mit einem Funken Neugier, der in ihren Augen aufblitzte. "Vielleicht bist du wirklich nicht so gefährlich, wie ich dachte," murmelte sie, mehr zu sich selbst als zu ihm. "Bist du ein Gott oder ein Dämon? Oder bist du ein Mensch, wie ich auch?"

Olov lachte schallend. "Ich bin nur ein Mensch, mit allen Fehlern, die ein Mensch und vor allem ein Mann haben kann." Olov lächelte sanft, und auch Matumba konnte nicht anders, als ein kleines Lächeln zu erwidern. Ihre Züge, die zuvor von Angst und Anspannung geprägt gewesen waren, begannen sich zu entspannen. Es war ein Moment der Verbindung, der in der Stille zwischen ihnen hing. Zwei Fremde, die sich durch Zufall begegnet waren und doch war etwas zwischen ihnen gewachsen, ein Band des gegenseitigen Respekts, das stärker war als die bloße Sprache. Es mochte jedoch durchaus der Situation geschuldet sein, in der sie sich befanden.

Matumba konnte nicht anders, das Lachen wirkte ansteckend. Sie fing erst leise an zu kichern und gleich darauf lachte auch sie herzhaft. Das Lachen nahm die Last der vergangenen Tage von ihr. Sie merkte, wie sie sich nun langsam sicherer fühlte. Davon abgesehen, wer würde ihr in der Nähe dieses Kriegers, der wirkte wie aus einer uralten Sage, etwas antun können?

Als sie ihr Lachen beendete verzog sie schmerzhaft ihr Gesicht. Ihre Muskeln waren in den vergangenen Tagen überstrapaziert worden und sie wurde sich des Schmutzes bewusst, der sie bedeckte. Olov sah ihren

Blick, als sie an sich herab blickte und ihre Nase kraus zog.

Er stand auf und reichte ihr seine Hand, um ihr beim Aufstehen zu helfen. "Komm," sagte Olov und deutete hinter das Gebüsch, wo er das leise Murmeln von Wasser vernommen hatte. "Es gibt dort eine Quelle. Du kannst dich erfrischen und neue Kraft schöpfen."

Matumba nickte zögernd und ließ sich von ihm helfen, aufzustehen. Ihre Beine waren schwach, doch sie lehnte sich nicht völlig auf ihn. Es war ein Zeichen ihres Stolzes, das Olov respektierte. Gemeinsam bewegten sie sich durch das Dickicht, bis sie an den kleinen Teich gelangten, den die Quelle speiste.

Das Wasser war klar wie Glas, und die Sträucher, die den Ort umgaben, schufen einen natürlichen Schutz vor neugierigen Blicken. Es war ein friedlicher, abgeschiedener Ort, der wie geschaffen schien, um nach den Strapazen des Tages zur Ruhe zu kommen.

Matumba kniete sich an den Rand des Teiches, tauchte ihre Hände ins Wasser und wusch sich Gesicht und Arme. Olov beobachtete sie einen Moment lang, bevor er sich selbst niederließ und das kühle Wasser über seinen Nacken laufen ließ.

"Das Wasser ist rein," sagte er, mehr zu sich selbst als zu ihr, "und es fühlt sich an wie ein Geschenk der Götter." dabei seufzte er leise und genoss nun sichtlich das kühle nass des Teiches.

Matumba lächelte schwach und beobachtete ihn, als sich nun das Licht der Sterne und des Mondes auf seinem muskulösen Oberkörper spiegelte. Erneut spürte sie diese Anziehungskraft, die sie fast umwarf. Sie waren nur eine halbe Armlänge von einander entfernt. Sie roch seinen Körper, der nach Sandelholz duftete und ihr fast den Atem nahm. "Vielleicht ist es das," sagte sie, ihre Stimme war sanft, hatte aber nun einen kehligen Unterton.

"Ich werde dich in meine Stadt bringen," sagte er nach einer Weile. "Asengard ist nicht weit. Dort bist du sicher, und wir können überlegen, wie wir dir helfen können. Wenn du wieder bei Kräften bist, dann geleite ich dich zurück in deine Heimat, zurück zu deiner Mutter und deinem Stamm."

Matumba betrachtete ihn mit einem Blick, der gleichzeitig neugierig und dankbar war, dabei jedoch etwas in sich hatte, das ihn unsicher machte und ihm den Schweiß auf die Stirn trieb. "Du bist so vollkommen anders als die Männer, die ich kenne," sagte sie leise.

Olov lachte leise. "Anders? Wie meinst du das?"

"Die Männer der meisten mir bekannten Stämme denken immer zuerst an Macht, Reichtum, Krieg und Stärke. Danach daran, wie sie einer Frau imponieren können, oder sie versuchen heraus zu finden, wie weit sie gehen können, bevor die Frau sich gegen sie wehrt," erklärte sie. "Doch du … du hast mich nicht bedrängt. Du hast mich nicht ausgefragt oder zu irgend etwas gezwungen, obwohl es dir ein leichtes wäre. Stattdessen hast du mir Wasser gegeben und Nahrung und du hast mir Sicherheit versprochen, ohne dafür etwas zu fordern. Das ist … ungewöhnlich." Sie lächelte. "Ich gestehe, in deiner Nähe fühle ich mich so sicher, wie schon lange nicht mehr."

Olov spürte, wie ein seltsames Gefühl durch ihn strömte. Es war nicht Stolz, sondern etwas Tieferes, etwas, das er nicht benennen konnte. "Ich tue nur, was richtig ist. Jeder Mann mit Ehre würde das tun," sagte er schlicht.

Matumba senkte den Blick, doch ihre Lippen verzogen sich zu einem sanften Lächeln. Es war das erste Mal, dass Olov sie lächeln sah, und er bemerkte, wie es ihre Züge weicher machte, ihre Erschöpfung weniger offensichtlich. Das Licht des Mondes und der Sterne tauchten die Umgebung nun in ein blasses, silbriges Licht. Die Schatten traten deutlich hervor. Tiefe Stile war rundum.

Olov und Matumba standen am Rand des Teiches, beide von der Anstrengung des langen Tages gezeichnet, aber auch von einem tiefen Bedürfnis, sich zu erfrischen und ihre erschöpften Körper in der kühlen Klarheit des Wassers zu entlasten.

Matumba betrachtete Olov, als er sich dem Wasser erneut näherte. Ihre Augen, die in der Dämmerung des Augenblicks wieder Ruhe gefunden hatten, folgten jedem seiner Bewegungen. Es war eine merkwürdige Stille zwischen ihnen, eine Atmosphäre, die von Respekt und einer stillen Erwartung durchzogen war, die ihren Körper fast vibrieren ließ. Sie hatte ihm vertraut als er sie gefunden hatte. Zu einem Zeitpunkt, an dem sie völlig wehrlos gewesen war. Dieses Vertrauen schien nun plötzlich, da sie gemeinsam in der Rande des Teiches standen, tiefer zu werden … und sich dabei zu wandeln in etwas, was Matumba fast aufstöhnen ließ.

Der Krieger tauchte seine Hände ins Wasser und spritzte sich erneut das kühle Nass über sein Gesicht. Seine Haut, blass und doch von der Sonne gebräunt, reflektierte das Licht in einem fast mystischen Glanz. Für einen Moment blieb er so stehen, den Kopf zurückgeworfen, um den Tropfen zu spüren, die seine Haut erfrischten.

Matumba biss sich auf die Lippen und beobachtete ihn aufmerksam. Ihre eigene Haut war tiefschwarz, wie das glatte Ebenholz, das in den Wäldern ihrer Heimat wuchs. Sie konnte nicht anders, als die deutlichen Unterschiede zwischen ihnen zu bemerken. Ihre Haut war dunkel und schimmerte sanft. Olovs Haut dagegen war so hell und hatte doch einen Glanz, der matumba an altes Kupfer erinnerte. Das faszinierte sie. Es war das erste Mal, dass sie jemanden mit einer so gänzlich anderen Erscheinung sah. In diesem Moment erschien es ihr, als stünden sie für zwei Welten, die sich nie hätten berühren dürfen, aber jetzt, hier, am Rande des Teiches, waren sie dicht beieinander … Keine Armlänge entfernt. Erneut nahm Matumba seinen Körperduft wahr, der sie bis ins Mark traf und eine warme Welle von irritierenden Gefühlen durch ihren Körper sandte.

"Das Wasser ist angenehm," sagte Olov schließlich, seine Stimme war ruhig und tief, als er seine Hände erneut tief sich in das kühle Nass des Teiches tauchte. Matumbas Körper reagierte mit einer Deutlichkeit auf die Präsenz von Olov, die sie nie zuvor, in der Gegenwart eines anderen Menschen, erlebt hatte.

Sie betrachtete Olov, aus ihren Augenwinkeln. Sie war sich noch immer nicht ganz sicher, was er wirklich war. Ein Mensch? Ein Dämon? Oder doch ein Gott?

Sie fasste einen Entschluß. Sie würde herausfinden, was Olov war. War er ein Gott, so würde ihr Körper ihn nicht interessieren. War er ein Dämon, so würde er sie bereits in sein finsteres Reich geholt haben oder aber er wartete darauf, dass sie unaufmerksam wurde, um sie dann in das

Reich der Dämonen zu verschleppen … wobei, und nun lächelte sie innerlich, er diese Möglichkeit bereits gehabt hatte, als er sie fand. Blieb also noch die Variante, dass er ein Mensch war. Ein Mensch sollte jedoch körperliche Reaktionen zeigen, wenn sie sich ihm unbekleidet zeigen würde. Matumba bemerkte, dass der Gedanke an diese letzte Variante einen Schauer der Lust durch ihren Körper gehen ließ.

Sie stand auf und blickte Olov an. Sie hoffte, dass ihre Stimme nicht zitterte. "Es ist mir unangenehm, wie sehr ich nach Dreck und Schweiß rieche. Ich werde mich waschen, um mit meinem Geruch keine wilden Tiere anzulocken. Man sollte kein Risiko eingehen ..." Sie sah Olov in die Augen, der sie jetzt verwirrt ansah. Sie rümpfte ihre Nase. "Du könntest auch ein Bad vertragen. Dein Körpergeruch ist wahrlich nicht zu vertuschen."

Olov wurde rot, vor Scham. Er war ein reinlicher Mensch und legte viel Wert auf Sauberkeit. Jetzt und hier von dieser faszinierenden Frau darauf hingewiesen zu werden, dass er stank, war ihm äußerst unangenehm.

Matumba drehte sich ein Stück von ihm weg, streifte ihr Oberteil ab, löste ihren Gürtel und ließ dann das Lendentuch fallen. Sie blickte über ihre Schulter zurück, wandte sich dann zu ihm um und sah Olov in die Augen. Dieser hatte seinen Blick auf ihren Brüsten und Matumba spürte, wie sich jetzt schlagartig ihre Brustwarzen verhärteten, als sie seinen Blick sah und er schneller atmete.

Sie wandte sich dem Wasser zu und schritt hinein. Dann drehte sie sich um, als sie im hüfthohen Wasser angekommen war. Olov stand am Ufer, als wäre er aus Stein gemeißelt und bewegte sich nicht. Lediglich seine kräftigen Hände hatten sich zu Fäusten geschlossen. Seine Augen folgten ihr und es schien Matumba fast so, als wenn sie im Licht von Mond und Sternen nun leicht funkelten. Sie lächelte ihn an, lache leise. "Willst du mit deiner Kleidung baden oder ziehst du wenigstens die Stiefel dabei aus?"

Sie wandte ihm den Rücken zu um und begann damit sich nun sorgsam Schmutz und Schweiß von ihrer Haut zu waschen. Dabei schaute sie kurz über ihre Schulter. Orm hatte seine Kleidung, am Ufer, abgelegt und war ebenfalls in das Wasser gegangen. Er saß nun im hüfthohen Wasser und genoss es sichtbar sich zu waschen. Matumba blickte schnell wieder nach vorne und lächelte verhalten. Wenn er ein Gott war, so war er zumindest ein Gott der gerne badete. Nach einer Weile drehte sie sich zu ihm um und watete durch das Wasser hindurch zu ihm. Einen Schritt vor ihm blieb sie stehen und lächelte ihn an. "Du würdest mir einen großen Gefallen erweisen, wenn du mir den Rücken massierst. Die Flucht war sehr anstrengend und mein Körper ist völlig erschöpft." Sie klimperte mit ihren Augen und sah ihn an, wie ein Kind, dass um Süßigkeiten bettelt. "Das ist doch für dich sicher nichts, was du nicht tun könntest ... Bitte, Olov." Dabei drückte sie ihre prachtvollen Brüste heraus und lächelte dabei verhalten. Matumba hätte vor Verlangen stöhnen können, als sie die breiten Schultern und die kraftvolle Brust von Olov betrachtete, der reglos vor ihr im Wasser saß. Ihre Angst vor Olov war nun gänzlich verflogen. Sie sehnte sich danach, von seinen starken Armen gehalten zu werden und seine Hände auf ihrem Körper zu fühlen. Matumba spürte, wie die Erregung von ihr gänzlich Besitz ergriff. Warme Wellen der Lust breiteten sich in ihrem Körper aus und ihre Brustwarzen verhärteten sich noch mehr. Die Feuchtigkeit zwischen ihren Beinen stammte bei weitem nicht nur von dem Wasser des kleinen Teiches.

Olov schluckte krampfhaft. Ihre nur leicht behaarte Scham war in diesem Moment nur wenige Handbreit von seinem Gesicht entfernt. Er roch den Duft nach Moschus, der von der jungen Frau ausging. Bereits die ganze Zeit hatte er versucht nicht auf den wohl gerundeten Körper der Frau zu starren, der ihn zutiefst erregte ... Es war jedoch bei dem Versuch geblieben. Immer und immer wieder hatte er mit den Augen die Formen der Rundungen verflogt. Sie übte eine animalische Anziehung auf ihn aus und mehr als gerne hätte er sich ihn genähert und ihren Körper berührt. Lediglich das Ehrgefühl, welches einen Krieger des Clans davon abhielt sich ohne Zustimmung einer Frau zu nähern hielt ihn zurück. Er blickte auf die aufgerichteten Brustwarzen der vollen Brüste, dann auf die Scham der jungen Frau, und spürte, wie sich sein Penis fast schon schmerzhaft versteifte. Nun nickte er. Langsam, sichtlich widerwillig und augenscheinlich verlegen, wie sein rot angelaufenes Gesicht zeigte.

Seine tiefe Stimme hatte einen heiseren Klang. "Wenn du das wirklich wünscht, dann werde ich das tun. Dreh dich bitte um, damit ich aufstehen kann."

Sie lachte. "Warum soll ich mich denn umdrehen? Schämst du dich etwa, mir deinen Körper zu zeigen? Meinen Körper siehst du doch auch. Ich bin in einem Volk aufgewachsen, das sich nicht seines Körpers schämt und ich habe in meinem Leben schon viele nackte Männer gesehen."

Langsam erhob Olov sich aus dem Wasser, welches ihm bis zur Brust gereicht hatte. Sein harter Penis stand weit von ihm ab und ragte dabei steil nach oben. Matumbas Augen wurden groß. Innerhalb eines einzigen Augenblickes kam sie zu dem endgültigen Schluss, das dies kein Dämon und auch kein Gott war, sondern ein Mann, dessen Körper auf sie ganz eindeutig reagierte. Sie leckte sich über ihre Lippen und konnte kaum einen Blick von dem Penis abwenden, der sie fast berührte. "Bei allen Göttern! Du bist wahrlich überall groß und gut gebaut!"

Ihre Hände zuckten und sie konnte sich gerade noch zurückhalten, bevor sie nach dem Männerschwanz greifen konnte, dessen Anblick eine Welle des puren Verlangens bei ihr auslöste und Lust in ihr aufsteigen ließ.

Hastig drehte sie sich um. Ihr Atem ging schwer und sie spürte, wie die Feuchtigkeit der Lust zwischen ihren Beinen sich verstärkte. "Meine Schultern fühlen sich an, als hätte ein Waldelefant darauf getanzt. Bitte massiere dort zuerst, Olov."

Sie fühlte, wie er seine Hände auf ihre Schultern legte und damit begann diese zu massieren. Sanft und fast zärtlich, wobei sie jedoch die kraft spürte, die in diesen Händen steckte. Matumba stöhnte leise. Still stand sie vor Olov und ließ nun ihren Kopf ein wenig hängen, während sie seine massierenden Hände und Finger genoss, die ihre Schultern bearbeiteten. Sie beugte ihren Oberkörper etwas vor und streckte dabei ihr Hinterteil heraus. Da war er! Sie spürte den harten Penis von Olov gegen sich stupsen. Eine neue Welle des Verlangens durchströmte sie. Matumba stöhnte erneut. Diesmal jedoch vor kaum noch unterdrückter Lust, die stetig weiter in ihr anstieg.

Sie schob ihr Hinterteil noch weiter nach hinten und spürte jetzt seinen heißen Penis gänzlich gegen ihren Hintern und unteren Rücken gedrückt. Matumba hielt es kaum noch aus und auch Olov atmete jetzt schwerer. Sie richtete sich auf, wandte sich um und blickte ihm in die Augen. Sie erkannte in seinen Augen eine Lust und ein Begehren, was wohl nur weniger stark war als das ihre. Sie umfasste seine Schultern und zog ihn zu sich. Dann küsste sie ihn. Erst sanft und dann, nachdem er ihren Kuss erwiderte, heftiger. Olov hatte seine Hände an ihren Hüften und zog sie an sich heran. Seine Lippen glitten über ihren Hals und küssten sie zart.

Matumba stöhnte laut auf, vor Lust. Sie packte seine breiten Schultern und schwang sich auf seine Hüften. Olov griff unter ihren Hintern, um sie zu halten. Matumba küsste ihn erneut. Leidenschaftlich ließen die beiden ihre Zungen miteinander tanzen. Sie spürte die Spitze seines Penis der sich zwischen ihre Schamlippen geschoben hatte, die glitschig und feucht vor Verlangen nach ihm waren. Nun ließ Matumba ihren Unterleib ein Stück herab sinken. Sie keuchte, als sie spürte, wie sein harter Penis tief in sie eindrang. Sie hatte zwar gesehen, dass dieser größer war als bei anderen Männern, aber sehen und fühlen waren zwei ganz verschiedene Dinge, wie sie nun keuchend feststellte. Sie hatte das Gefühl nie zuvor in ihrem Leben derart ausgefüllt worden zu sein. Das Empfinden war unbeschreiblich. Lustvoll stöhnend hob und senkte sie ihren Unterleib, auf seinem tief in ihr steckenden Männerschwanz. Olov hielt sie fest und hatte seine Augen geschlossen. Er genoss das Gefühl tief in ihr zu sein. Ihr Ritt auf seinen Hüften wurde schneller und ganz plötzlich stieß sie einen leisen Schrei aus, während ein Zittern durch ihren Körper lief.

Matumba klammerte sich an seine Schultern. Der heftige Orgasmus war so schnell über sie gekommen, dass sie davon überrascht worden war. Sie legte ihren Kopf auf die Schulter von Olov und stöhnte wohlig, während die Wellen des Höhepunktes langsam verebbten. Dann hob sie ihren Kopf, sah ihn verlangend an und lächelte zufrieden. Olov mochte wohl kein Gott sein, aber die Lust, die er ihr bereitet hatte war göttergleich gewesen.

Olov schritt durch das Wasser zum Ufer. Dort hob er sie von seinen Hüften und stellte sie vor sich. Matumbas Beine zitterten noch leicht. Sie ließ sich auf den Boden sinken, spreizte ihre Beine und schaute ihn verlangend an. "Gebe mir mehr, Olov. Zeige mir, was für ein Mann in dir steckt."

Olov lächelte. Dann kniete er sich zwischen ihre Beine und drückte diese sanft ein klein wenig weiter auseinander. Zuerst küsste er leicht ihre offen stehenden Schamlippen und fuhr dann mit seiner Zunge darüber. Er dachte einen Augenblick an Seramis, die dies geliebt und dabei oft ihre Lust und Erfüllung laut heraus geschrien hatte. Seine Zunge tanzte über die Lustperle von Matumba. Sie hielt seinen Kopf zwischen ihre Beine gedrückt und stöhnte ihr Wohlbehagen laut heraus. Matumba spürte, wie sich erneut ein Orgasmus ankündigte. Ihr Unterleib zuckte immer wieder nach vorne. Dann warf sie ihre Kopf zurück und schrie laut ihre Lust heraus, als der Höhepunkt sie schon wieder durchströmte. Ihr Körper zuckte unkontrolliert, als die Wellen des Orgasmus sie erneut erbeben ließ.

Olov setzte sich auf und betrachtete die junge Frau vor sich, die nun leise stöhnte, als die Wellen des Höhepunktes langsam verklangen. Ihr Körper glänzte im Licht von Mond und Sternen. Einzelne Schweißtropfen liefen durch das Tal zwischen ihren vollen Brüsten. Er lächelte sie an. Matumba setzte sich auf und erwiderte das Lächeln. Sie hatte auch schon zuvor körperlichen Kontakt zu Männern gehabt … aber derart schnell war sie noch nie zum Orgasmus gekommen. Die Männer, mit denen sie in der Vergangenheit zusammen gewesen war hatten sie auch bei weitem nicht derart körperlich erregt, wie es bei Olov der Fall war.

Sie blickte bewundern und verlangend auf seinen harten Penis, der weit von ihm Abstand. Die vorhat war weit zurück gezogen und er glänzte noch immer feucht, von den Säften aus ihrem Lustkanal. Kurz griff sie an seine prallen Hoden und wog sie in ihrer Hand. Olov stöhnte leise und schob seinen Unterleib ein klein wenig vor. Sie umfasste seinen harten und doch so samtigen Penis. Gefühlvoll bewegte sie ihre Hand auf und ab. Er stöhnte lustvoll und laut auf. Sie lächelte, als sie ihre Hand nun schneller bewegte. Dann schaute sie verlangend in seine Augen und lächelte liebevoll, als sie auch sein Verlangen sah.

Schnell wandte sie sich um, stützte sich auf ihre Unterarme und streckte ihm ihr Hinterteil entgegen. Sie wandte ihren Kopf, blickte ihn an und wackelte mit ihrem festen Hintern. "Komm und bespringe mich! Schiebe mir deinen harten Männerschwanz tief in meine nasse Luströhre und stoße mich!"

Olov zögerte nicht sondern kam dieser Aufforderung nach. Matumba senkte ihren Kopf und stieß ein tiefes Stöhnen der Lust aus, als er jetzt langsam in sie eindrang. Sie bockte ihm ihr Hinterteil entgegen, um in völlig in sich aufzunehmen. Kurz senkte sie ihren Kopf, atmete tief durch und ließ ein keuchendes Geräusch hören, welches ihre Lust und ihr Empfinden spiegelte. Olov steckte bis zu seinen Hoden in ihr, er keuchte kurz auf, als er ihre Wärme und Feuchtigkeit spürte, die seinen Penis fest umschlangen. Er hielt sie nun an ihren Hüften fest und begann sich langsam in ihr zu bewegen. Matumba warf ihren Kopf zurück und ließ ein wimmerndes Geräusch hören. Ganz langsam steigerte Olov das Tempo seiner Stöße. Er zog sich dabei jedes mal fast gänzlich aus ihr heraus, um dann erneut mit seiner ganzen Größe in sie einzudringen. Seine Augen hatte er geschlossen und atmete tief, während er die junge Frau von hinten nahm. Matumba bereitete ihm größte Lust und sein Verlangen nach ihrem Körper war unsagbar. Matumbas Bewegungen wurden nun hektischer. Immer fester stieß sie ihr Hinterteil nach hinten, wenn er erneut seinen harten Penis in sie hinein Schob. "Olov stoß mich härter und fester … Ich bin gleich soweit!"

Sie hob ihre rechte Hand vom Boden und fasste unter sich, suchte und fand seine Hoden, die sie nun sanft walkte. Matumba schwebte an der Schwelle des Höhepunktes. Sie keuchte laut und vor ungezügelter Lust. Da bemerkte sie, wie die Hoden von Olov sich zusammenzogen. Sie wusste, dies war das untrügliche Zeichen dafür, dass er gleich seinen Samen verspritzen würde. Wild bockte sie ihren Körper seinem harten Männerschwanz entgegen, um so viel von ihm in sich aufzunehmen, wie nur irgend möglich. "Olov es kommt mir gleich! … Stoß mich schneller und härter … Tiefer! JA! Härter! JA! JA! JA! JAAAAA! SPRITZ MICH VOLL!"

Begleitet von einem Kreischen der puren Lust überkam sie nun ein Orgasmus, wie nie zuvor in ihrem Leben erlebt hatte, als sie fühlte, wie der Penis von Olov tief in ihr zuckte. Sie spürte deutlich die Schübe, mit denen er sein Sperma tief in sie spritzte. Olov hatte seinen Kopf zurück gelegt und ließ ein fast urzeitliches Stöhnen hören. Er klammerte sich an ihre Hüften und obwohl er in diesem Moment gänzlich in ihr steckte zuckte sein Körper immer wieder nach vorne, als er sich in nicht enden wollenden Fontänen in sie ergoss.

Eine Weile verharrten sie beide keuchend und genossen das Gefühl des Höhepunktes, welchen sie beide zusammen erleben durften. Olov bemerkte, wie sein Penis langsam abschwoll und schließlich aus dem Lustkanal von Matumba heraus rutschte. Ein dünnes Rinnsal seiner soeben verspritzten Samenflüssigkeit lief aus ihr heraus und tropfte an ihren noch immer zitternden Beinen herab.

Matumba

Matumba ließ sich einfach auf den Boden sinken und gab gurrende Geräusche von sich. Ihre Augen hatte sie geschlossen und ein zutiefst befriedigtes Lächeln lag auf ihren Lippen. Olov legte sich wortlos neben sie, blickte schwer atmend in den Sternenhimmel und versuchte das soeben Empfundene zu verarbeiten. Matumba wälzte sich herum, legte ihren Kopf auf seine Brust und seufzte wohlig. Er umfasste sie mit seinem Arm, hielt sie wortlos fest und streichelte ihr sanft die langen und nun vom Schweiß getränkten Haare. Die beiden jungen Menschen schwiegen lange Zeit, genossen diesen Augenblick der Perfektion.

Olov hauchte Matumba einen Kuss auf ihre Stirn, in dem grenzenlose Zuneigung lag. "Morgen bringe ich dich in unsere Stadt. Wir müssen König Baldur von deinem Volk berichten … und davon, was dir widerfahren ist, bevor ich dich fand. Er wird entscheiden, was zu tun ist."

Matumba seufzte. "ich danke den Göttern, dass du auf meine Spuren gestoßen bist ..." Sie blickte ihn an und grinste, lüstern. "Und ich danke den Göttern auch dafür, dass du mich gestoßen hast."

Sie kicherte und Olov lachte herzhaft. Lange Zeit lagen die beiden still nebeneinander. Nachdem Matumba eingeschlafen war setzte Olov sich vorsichtig auf, um sie nicht zu wecken. Dann stand er auf und schritt zu seien Waffen hinüber. Der Dschungel war kein Ort, um unbewacht oder sorglos zu schlafen. Er würde die Wache halten, während Matumba schlief.

Er blickte zu ihr hinüber, folgte mit seinen Augen den Kurven ihres Körpers und spürte alleine bei ihrem Anblick erneut Lust und Verlangen in sich aufsteigen. "Bei den Göttern … Was für eine Frau!" Er murmelte diese Worte kaum hörbar. Dann machte er sich dazu bereit, die lange Nachtwache anzutreten, die erst enden würde, wenn die Sonne sich anschickte erneut ihr Licht zu versenden.

Weit entfernt zog eine Kolonne von menschen und Pferden durch die karge Einöde der Wüste. Ihr Ziel war die Handelsstadt Swenu. An der Spitze der Kolonne gingen Orm und Hela, die beide ihren Gedanken nachhingen und daran dachten, was sie bislang auf ihrer Reise erlebt hatten.

Die Saga der vergessenen Stadt geht weiter im nächsten Teil

ASENGARD

Der Autor, Olaf Thumann

Olaf Thumann, geboren 1966 ist Wirtschaftsfachmann. Er lebt in Norddeutschland.
Er schreibt hauptsächlich Romane und Serien, die in den Bereichen SF, Fantasy und Geschichte liegen.

Das Schreiben von Büchern bezeichnet er selbst als sein Hobby. Unübersehbar in seinen Schriften sind seine Erfahrungen und Kenntnisse aus den Bereichen Militär, Geschichte und Wirtschaft, die mit einfließen.

Bisher erschienen:

Werkverzeichnis SPQR-Reihe

SPQR – Der **Falke von Rom (Hauptzyklus)**

Teil 1 – Imperium … von Sascha Rauschenberger

Teil 2 – Die Fackel der Freiheit … von Sascha Rauschenberger

Teil 3 – Ruhm und Ehre … von Sascha Rauschenberger

Teil 4 - Der Preis des Ruhms … von Sascha Rauschenberger

Teil 5 - Dunkle Schatten … von Sascha Rauschenberger

Teil 6 – Der Römer Zorn ... von Sascha Rauschenberger

Teil 7 – Wenn Reiche fallen … von Sascha Rauschenberger

Teil 8 – Mit Feuer und Schwert … von Sascha Rauschenberger

Teil 9 – Pax Romana … von Sascha Rauschenberger

Teil 10 – Die dunkle Zuflucht ... von Sascha Rauschenberger

Teil 11 – Roma Viktor ... von Sascha Rauschenberger

Teil 12 – Schattenspiele … Sascha Rauschenberger

Teil 13 – Legatus (i.V.) … Sascha Rauschenberger

SPQR – **Outback (Nebenzyklen)**

Teil 1 - Ferne Welten … von Olaf Thumann (Lemuria-Zyklus Teil 1)

Teil 2 - Pflicht und Ehre … Olaf Thumann (Lemuria-Zyklus Teil 2)

Teil 3 - Waffengang … Olaf Thumann (Lemuria-Zyklus Teil 3)

Teil 4 – Fremde Himmel (i.V.) … Olaf Thumann (Lemuria-Zyklus Teil 4)

Weitere Romane der Reihe in Vorbereitung

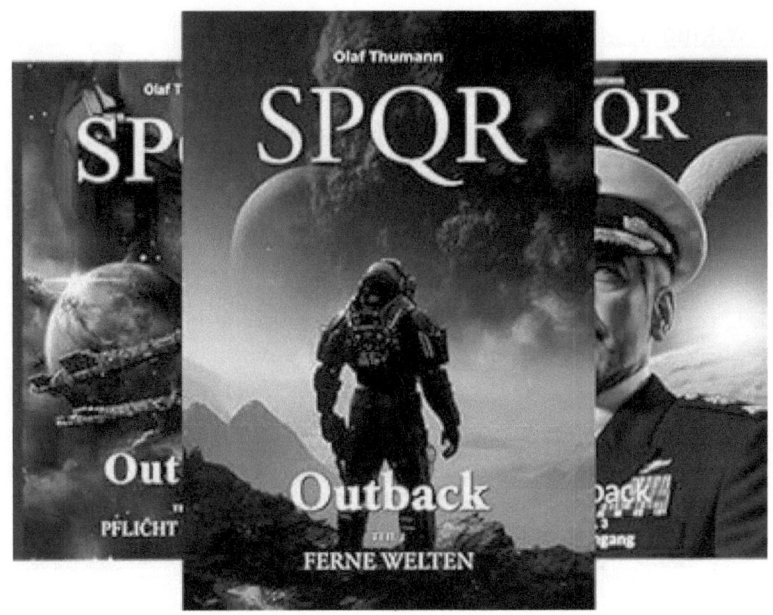

MäcBee (Tuscelan Chroniken)

Teil 1 – Der Weg des Paladins

Teil 2 – Blut und Eisen

Der Zyklus um Nils und Gudrun

Teil 1 - Wikinger

Teil 2 – Die Walküre (in Vorbereitung)

Der Freibeuter von Wismar

(Historischer Roman)